ザコ女が、
あの子の
て迫ってくる
著…広ノ祥人
イラスト…猫麦

目次

鮫島冬華

鮫島冬華になってしまった桃島うるは

桃島うるは

桃島うるはになってしまった鮫島冬華

恋愛クソザコ女が、大好きなあの子のカラダで迫ってくる

広ノ祥人

口絵・本文イラスト●猫麦

第〇話　鮫島内閣

冬華 side

——よしよし勝った！　これでチェックメイトね！

歯がゆそうな顔をした老人達を横目に、私——鮫島冬華は心の中で勝利を確信してほくそ笑んだ。

ここは国会議事堂の本会議場。

挙げ足取りの稚拙な質問を見事カウンターパンチで黙らせることに成功した私は、「以上で私の答弁を終わります」と淡々と言って席に着く。その内心はもちろんほくほく顔。しかし、冷徹クールで通っている以上、心の内をおくびにも出さず鉄面皮を貫き通す。

何故私が国会などという大それた場所で弁舌を振るっているのか。

それは私が与党・青空党を統べる者にして、女性初となる内閣総理大臣であるからに他ならない。

汚職事件の釈明に追われていた前総理の唐突な辞意表明後。欲深い大人達が国民の声など二の次に派閥や名誉をかけて党内で熾烈なつぶし合いをしていた最中、中立を装って自己の保身や利益を優先するクズ共を巧みに誘導して票を集め、見事総理の座をかすめとった存在、それが私。

と、ここまでに提示した情報だけなら、きっと国民の皆様はかのエカチェリーナ二世のような年季の入った女傑を思い浮かべることだろう。

しかし私はなんとまだ華ざかりの二十三歳。

成人年齢が下がると同時に、衆参両院の被選挙権も大学卒業を区切りとした、二十三歳まで引き下がった我が国において、二十歳で海外の大学を飛び級で卒業して政治の世界へと飛び込んで経験を積み、被選挙権を得た今年、初の理論上最年少となる若さで衆議院議員から総理の座に上り詰めた天才。

最年少でおまけに女性初と、二つの偉業を同時に達成した偉人として、日本史に長らくその名を刻むであろう存在。

国民に理解ある政治・世代一新を掲げて行ったとある大仕事が功を奏し、今や支持率70%と多くの国民から評価を受けている常勝の女。

それがこの私、鮫島冬華(さめじまとうか)なのである。どう、凄(すご)いでしょ！

にしても……さっきから心なしか身体(からだ)全体がホッカイロみたいにじんわりと熱い。

勝利を目前にして柄にもなく気分が高揚しているとでもいうの？　だとするなら、あまり褒められたことではないわね。油断大敵、気を引き締めなきゃ。

浮ついた自分の心に活を入れる。まだ、全てが終わったわけではないのだから。

ただ、自分がかつてないくらいに気が昂ぶっているのもまた、無理もないことであった。

私が総理に就任して早一ヶ月。今日は就任以来初となる大きな公約の達成がもうすぐそこにまで迫っている。


転売ヤー取締法。


この法案は私がまだ総理になる以前から訴えかけてきた目玉政策の一つ。

フリマアプリを主な市場として年々増加の一途を辿る、お店で買い占めた人気商品をそのまま値段だけをつり上げて販売している通称転売ヤーどもに罰則をかけるための法案。

それが今日、ようやく実現しようとしている。

転売ヤーとは本当にろくでもない人種。自己の利益のためなら他人がどんな不快な思いをしようが構わないスタンスで、待機列や購入制限のルールを平気で破るどころか、酷いと配送のトラックすら追いかけ回す、ときたものだから手に負える存在ではなかった。あまつさえ、そんな自分達を賢いと誤認していることがもう手の施しようがない。何よりもストレス社会で戦う国民達の娯楽の一時を奪っていることが大問題ね。学校が、仕事が終わったら今日発売の〇〇を買いに行こうとその日の活力にしていた人達が絶望し、真面目に生活している人では買えないという風潮があるのが許せない。だから私が変えてみせる。

あぁ、ここまで来るのに本当に長い道のりだったわ。

反対するのが野党だけならまだしも、よりにもよって与党——身内からも待ったの声が出ているのが頭痛の種だった。

反グレや反社達(たち)が資金源として組織的に活動していることもあり、そういった連中達と持ちつ持たれつのグレーな交際をしていると噂(うわさ)のある一部(ゴミ共)の議員から、国民の購買の自由を損なうという詭弁(きべん)で猛反発をくらったのだ。その声は大きく、党内からも官房長官を中心に仲間割れしてまで通す法案ではないと苦言をもらう始末。何が仲間よ、ほんと反吐(へど)が出る。

が、それで「なら仕方ないですね」と引き下がるほど私は聞き分けのいい女ではない。

想定される反論パターン八十七件。これら全てに対する回答をシミュレートして用意し、今日の国会に望んでいる。これが私、鮫島冬華(さめじまとうか)の武器。

さぁ、さっさと来るがいいわ国民よりも自己の利益が最優先の政治家の風上にも置けない恥さらしども。もっともどんな角度から切り込んで来ようが、思考時間ノータイムでズバッと切り返してあげる。ふふっ、精一杯の挙げ足取りを一蹴され狼狽(うろた)える顔が全国中継される光景が目に浮かぶ。いい気味ね。脳内カメラにお気に入り保存して、今日の酒の肴(さかな)にするとしましょう。あぁ、晩酌が待ち遠しい。

……それにしてもさっきから本当に胸の辺りがやけにじんじんと熱いわね。なんか頭までぼーっとしてきた気がするし、これはちょっと異常かも。私ここまであからさまに興奮すると体温が上がるタイプだったかしら？　それとも考えたくはないけど風邪——？

と小首を傾げたその時、挙手がされた。気を引き締めて相手の顔を見やる。しゃがれ声が特徴の長谷川議員。わかってはいたが、残念なことに身内だ。

無論、情や手心を加える気など毛頭なかった。どうせ向こうだって私のことを仲間だなんて微塵も思っていないでしょうし。せっかくだから、二度と私に立ち向かう気をなくすくらいフルボッコにしてあげるわ。

私の進撃は絶対に止まらない！　まぁ、ここまで万全の体制を整えた分、歯ごたえがなさすぎるのもそれはそれで拍子抜けでつまんないし、少しは私の目が思わずぴくつくような質問が飛んできても——って期待するだけ無駄か。そんな詭弁が出来てればとっくの昔に私を差し置いて総理になれているでしょうし。ふふっ。

さぁ、かかってらっしゃい！

「——好きだ！　俺と、ファーストレディになることを前提に付き合ってくれ！」

……。

…………。

……………。

「………………ふぇっ？」

第一話　天才と天災が入れ替わった日（好きな子が嫌いなあの人と入れ替わった日）

大好きな女の子へ、愛の告白。

俺——桜庭弘樹は今、人生最大と呼べる大勝負に挑んでいる真っ最中だった。

半日授業で人気のなくなった教室に呼び出した相手の名は桃島うるは。

子猫のようにくりくりっとした瞳を筆頭に、天使という言葉がぴったりの整った顔立ち。ゆるくふわったとした金色の髪は肩下辺りまで伸びており、いわゆる今時の高校生といった感じに垢抜けて制服を着崩しているが、生来の育ちの良さもあってかどこか上品さを共存させている。

いつもニコニコ明るく元気で、笑った時のえくぼがとってもチャーミングな女の子。

そんな彼女に俺はたった今思いの丈を告げ、頭を下げたまま返事を待っている。

告白の言葉は、政治家や官僚を筆頭に各界における数多の著名人を輩出してきた名門校——天堂院学園において学年トップをキープし続けるこの俺が、告白を決意してから一週間、徹夜で告白についてネットで勉強してノートに纏めながら練りに練った渾身の力作。

「好きだ！　俺と、ファーストレディになることを前提に付き合ってくれ！」

どうだ。見事だろう。

この胸に燦々と輝く気持ちをドストレートに伝え、かつ女性が男性に求める将来性の強さ――それも「甲子園に連れていく」みたいなありふれたものとはスケールがまるで違う、学生の告白としては前例がないであろう彼女のためだけのオリジナリティに溢れた告白。

俺が先達たちと同様に政治の道を、それも行く行くは日本のトップたる総理大臣を志していることはうるはにも以前から伝えてある。

きっかけは小学生の頃。公務員だった父が時の権力者の私利私欲によって反吐が出るほどの理不尽に襲われ、父は職を失い家庭が傾き、すっかりふて腐れた俺が喧嘩に明け暮れる毎日を送っていた時のこと。あのままいけばろくな人生が待っていなかっただろうあの時、たまたま出会ったある人に言われたのだ。「そんなくだらない雑魚相手にイキリ散らしてる暇があるなら、ちょっと勉強して君が言う理不尽を作ってる国や役人相手に喧嘩を売った方が百倍格好いいし、スカッとしないか」と。

最初は何綺麗事言ってんだとしか思わなかった。そんなこと簡単にできるのなら、父は職を失わず、俺はこうなってないって。どうしようもない理不尽は確実に存在するのだと。

だが、そんな俺の概念を覆すような事件が起きた。なんと、父の職を奪った例の権力者の汚職事件が明るみに出て捕まったのである。

俺はこれを偶然だとは思わなかった。だって、その人に事情を話した数日後に起きた出来事だったのだから。きっとあの人がマジで喧嘩を挑んで勝ったんだって。

そうして俺はこの国に蔓延る不条理や理不尽をぶっ潰すために政治家を目指すことを決めた。真面目な人が損しない世界。悪を正しく裁き、善人が報われる世界。それが俺の目指す理想であり、何よりも俺を救ってくれたあの人に続きたいって、そう思ってあの日から心を改め猛勉強して中学の時受験に合格し、この名門天堂院の門を叩いたのだ。

周囲が冗談半分にしか受け取らず嘲笑していた俺の夢を「ひーくんならきっとなれるよー」と笑顔で応援してくれた唯一の存在がうるはだった。そんな彼女なら、きっとこの告白にかける俺の本気具合がどれほどのものなのか受け取ってくれているはず。男に二言はない。俺は今日から以前にも増して――いや、死ぬ気で総理の座を目指す！

だがその時……一番の壁になるのは、令和の魔女と呼ばれ、恵まれた容姿による女の武器を利用してのし上がったともっぱらの噂の現総理、魔性の女・鮫島冬華だろう。ネットやワイドショーによると、理解ある政治・世代一新を建前に、「正義は私にあり！」と気にくわないやつらをどんどん更迭したりして好き放題してるって話だ。

俺は鮫島総理のことがはっきり言って嫌いだった。

確かに彼女のまるで半沢○樹を見ているような悪党成敗のスタイルは、支持率を上げるためのパフォーマンスとしてみれば優秀なのかもしれない。けれど俺には、どこか彼女の独りよがりな政治に見えてならないのだ。まるで自分が神に選ばれた優秀な人間だからやってあげているというような傲慢な本心が見え隠れしているようで気にくわない。それに、ああやって権力者の一存で周りが振り回されている姿を見るとどうしてもイライラしてしまうのだ。昔父が受けた不条理——表では「みんなで作るクリーン」な政治を掲げていい顔をしつつも、その裏で私腹を肥やして部下を奴隷や駒としか見てなかった県知事が、不正を追及した父に対してその罪を全て押しつけ厚顔で断罪してきたあの時と重なって——

ああ、あいつにだってきっと表には出せないとんでもない一面があるに決まってる。

あのどこかいけ好かない、男を下に見ているような面をいつか引きずり下ろしてやる。

残念だがあんたお得意のお色気攻撃は俺に通用しないからな。そう、うるは一筋の俺には！

中学で天堂院に入学して席が隣だったうるはと出会って早四年。ひょんなことから中二の時に赤点常習犯だった彼女の教育係になってしまい、当時は半ば嫌々一緒にいた俺が、ある事件をきっかけに彼女に惚れてから早三年。

長年想いを燻らせてきた俺が、何故今この片想い生活に踏ん切りをつけようと思ったのか。それは今、俺の夢が一歩前に踏み出そうとしているからに他ならなかった。

九月が終わりへとさしかかり、もうすぐこの天堂院学園では次期生徒会長を決める選挙が始まる。天堂院学園生徒会長は歴代の政治家達が通ってきた定石ルート。そこに粉骨砕身で挑む覚悟だ。

——立候補した桃島うるはの参謀として。

何故俺自身ではなく、うるはが立候補しているのか。これには、複雑な事情があった。

幼稚園から大学までエスカレーター式が基本となる天堂院学園において、俺のように中学の時に入試を受けて入学した庶民出の一般組は、伝統・家柄重視のこの学園において風当たりが強く、生徒会長選挙の出馬を暗黙のルールとして禁止されていたのである。

その事実を知ったときは、そりゃもうふて腐れたものだ。

しかしそんな俺を見て、うるはが突然言い出したのだ。

「なら、今回は幼稚園からここにいるわたしがひーくんの代わりに生徒会長になって、そのふざけたルールをぶっ壊すよ。ひーくんは副会長になってわたしを支えてね。それでー時を見てひーくんと交替しようと思うんだ。ひーくんの優秀さを見れば誰も反対しないだろうから、うん完璧な作戦だね」と。

あの時は嬉し過ぎて、ほんとどうにかなりそうだった。

これはもう想いを伝えないと、選挙運動に身が入りそうにないくらい。

というかそこまで俺のためにしてくれる子が、何も思ってないってことは流石にないだろとか考えたら、いてもたってもいられなくなり——告白しようって決意したんだ！

…………。

あ、あれっ——？

なんか告白の返事、いささか遅すぎやしませんか⁉

覚悟を決めてゆっくり姿勢を正しながら顔を上げる。決して反応を見るのが怖くなって告白後からずっと顔を上げられずにいたとかそんなんではない……たぶん。

するとと目の前の想い人は、まるで狐に化かされたかのように、目をぱちくり口をあんぐりと開いたまま、これぞ呆然のお手本といった姿でフリーズしていて――

「あ、あの、うるはさん……？」

喉に緊張を張り付けながら恐る恐るうるはの名を口にする。

「…………」

反応なし。ま、まさか。そんな時が止まるくらいに俺の告白がショックだったと……？

「お、おーい、うるは――うるはさん――」

めげずに俺はもう一度うるはの名を呼び、レスキュー隊員が意識チェックするみたいに目元で手をぶらぶらとさせる。

「…………!?　はっ――」

すると、反応を示したうるはが、目を大きく見開いて一歩後退した。

「こ、これは一体……？」

唖然とした表情で周囲をきょろきょろと見回す。そうして俺をまじまじと見つめたかと思うと、まるで見知らぬ人と初めて会話するような恐る恐るといった様子で口を開いて、

「あの、少年……ここはどこかの学校よね？　これは一体、何が起きたというの？」

「しょ、少年？　あ、あはは……。それは一体何の遊びだようるは？　さ、流石に今の俺にはそんな冗談に付き合えるほど心の余裕がないつーか……。その、素直に告白の返事をしてもらえると嬉しいんだけど……」

へこたれそうになりながらもどうにか口を動かすと、うるはは意味がわからないといったように首を傾げて。

「………うるは？　告白の返事？」

ど、どうなってんだおい……？

反応に戸惑い、言葉が出てこない。少なからず長く一緒にいたからこそ、ふざけているようには見えなくて――いや、これはもしかして、うるはなりの配慮とかそういうことなのか？　これからの関係を気まずくしないためにも、お互い何も聞かなかったし、何もなかったということにしようという。要するに遠回しな告白のお断りであって――

い、いやだぁあああ。そんなのぉおおお。

と、俺がこの世の終わりとばかりに打ちひしがれていると。

「――んんっ⁉」

不意に何かに気がついたとばかりに目をかっぴらいたうるはが、ひゅんと俺の横を通りすぎて窓の方へと向かった。

「な、なによこれ……⁉」

うるはは、窓に映る自分の顔をまじまじと確認し、まるで大きなニキビが出来て信じられないとショックを受けるような様子で顔をぺたぺたと触りながら息を呑んでいた。と、その直後、うるはは自分で自分の顔をビンタした。

「――っ！　痛みがあるってことは、本当にこれが現実ってこと？　う、嘘よね……」

「お、おい、どうしたってんだようるは……？」

正直、信じられないと言いたいのは俺の方なんだけど。

そんな内心を押し殺して問うた言葉に、うるはは一度調子を整えるよう小さく息を吸うと振り返って、

「いいかしら少年。心して聞いてほしいのだけど。今の私は、この子本人――少年が言う、うるはって子ではないの」

胸に手を当て、今まで見たことないような神妙な顔つきでそう言った。

「はぁ!?」

「わかる。少年がそんな顔になるのはよーくわかるわ。正直、私自身だって何を言ってるのか意味がわからないし、今すぐ『なによこれー!!』って大声で叫びたいくらい。けど、これはどうにも紛れもない現実みたいなの」

「じゃ、じゃあ……仮にここにいるのが俺の知るうるはじゃないとして、あんたは一体誰だって言うんだよ……？」

迫真の顔でうるは（？）に迫られた俺は、呆れ半分驚き半分で問うた。

「私は——内閣総理大臣、鮫島冬華その人よ」

返って来たのは、ふふんと胸を張ってのしたり顔。

な、なんだよそれ——!?

「……あ、あのなぁ。いくら俺の告白が嫌ではぐらかしたいからって、これはちょっとあんまりじゃないか。俺にとって人生初の告白ですっげー悩んだんだ。それを、こんなわけのわからない悪ふざけでなかったことにしようとか。……悪いけど、流石に度が過ぎてる」

それも俺のファーストレディになってほしいという告白に、あろうことか総理大臣の——よりにもよって俺が目の敵にしてる奴の名を語ってとぼけてくるとか……。

俺が落胆の混じった視線を向けていると、うるはは何故だか途端に狼狽え始めて、

「ち、違うの。この子の名誉のために言うけど、別に貴方の告白を茶化してなぁなぁに逃げようとしてるとか、そんなことではないの。それだけは信じて。ただ本当に、総理として国会で答弁中だったはずの私がなぜか急にこの子と入れ替わってしまったという漫画みたいな現象が起きてることを理解してほしいだけで——あーもう、どうやったら説明できると言うのよこんな馬鹿げたこと！」

行き場のない怒りを叩きつけるように、うるはが地団駄を踏む。

「おい、まだそんなふざけたこと――」

「言うわよ！　だって本当に私はうるはって子ではないんだもの！」

突然の怒声に思わず息を呑む。

こんな粗暴なうるはを見るのは初めてだ。本当に別人になったとでも――まさかな。

ただ、この茶番に付き合わないとどうにも話が進まなそうなのが……どうしよう。

目の前のうるはが、うるはでないことの証明をするとか？

――いや。俺になら簡単に出来るはずだ。

そう、彼女とは中学来の付き合いであり、このうるはへの愛なら誰にも負けない自信のあった俺になら、彼女が偽物かどうかを見分けるなんて朝飯前のはず！

「なぁ、ちょっといいか？」

「はい？」

「$3x^2=9$の答えは？」

「？　……$x=\pm\sqrt{3}$よね？」

「お前、うるはじゃないな!?」

防衛反応に駆られるまま反射的に距離を取る。こいつ、何者だ？　まさか彼女が説明したように、本当に中身が別人に入れ替わっているとでもいうのか!?

理由がどうかとかはさておき、ここにいる彼女が俺の知る桃島うるはでないことだけは、受け入れ難い事実ではあるがどうやら確からしい。ああ、本物のうるはが、この問題に正解するなんて、それも暗算で瞬時に解くなど出来るわけないからな。

「あの……信じてもらえたのは嬉しいけれど。この子そんなに馬鹿なの……？　今気付いたけどこの制服は、確かあの名門天堂院学園高等部の制服よね？　今の問題中三レベルだったわよ」

自分の身体を見下ろしながら、困惑するうるは（？）。

「ひとまずあんたが俺の知るうるはじゃないとしてだ。じゃあ俺の知る——本物のうるはは今一体どこにいるってんだよ!?」

警戒心を露わに俺は問う。というか俺はなんだ。この人の言葉を馬鹿正直に信じるとすれば人生初めてとなる異性への告白を、よりによって嫌いな相手にしてしまったってことになるのか。嘘だろおい……。まぁうるはは本人に振られてないのはほっとしたけども！

「そう。それよ！　私が今この子になっているってことは、私の中にこの子がいるかもしれないってことよね!?　女子高生が、総理大臣の代わりに、国会に立って——!?　ま、まずいじゃないそれ！」

はっとなった彼女が食い気味に詰め寄った。

「少年、もちろんスマホは持ってるわよね？」

「は、はぁ。そりゃ持ってるけど……」

「悪いけど、YouTubeを開いて見せてもらえる」

「ゆ、YouTube？　ってか開くっていっても何の動画を……」

「もちろん、国会中継に決まってるじゃない。早く！」

語気の強い彼女の言葉に急か(せ)されるままに、俺は国会中継を開く。

彼女は俺の横にぴたっとくっつき神妙な顔つきで中継を眺めた。

「私だ……」

鮫島総理の姿を目にしたうるは（？）が息を呑(の)んだ。客観的に自分自身の姿を見る光景――それはよほど形容しがたい神秘的な体験であると言わんばかりに、吸い付くように映像に見入る彼女は口をぽかんと開けたまま呆気(あっけ)に取られている。

鮫島冬華(さめじまとうか)総理。

絶世の美女という言葉は彼女から作られたのではないかと思うほどの女神のような容貌と、艶(あで)やかなプロポーション。背中まで伸びた黒くて艶(つや)のある美しい髪に、はちきれんばかりの豊満な胸部。

左目下の泣きぼくろが印象的で、より一層の色気を醸し出している。

そうして、画面の向こう側にいる彼女本人、鮫島冬華総理は――

『うほぉーわたしのおっぱいすっごいでけぇー』

と、喜色満面の大はしゃぎで自分の胸を揉みしだいていた。

全国中継が行われ、多くの国民に見守られているであろう国会の場で。

「「…………」」

周りには俺達と同じように何を見せられているんだと唖然となった議員達。が、そんな周囲の反応などどうでもいいといった様子で、尚も総理は愚挙を続ける。

『これってあれだよね。漫画やアニメでよくある異世界転生？ってやつだよね？　うぉーわたし総理大臣に転生かすげぇー。チートおっぱいだぁ』

おしい。かすってるようでかすってない。

にしてもこの動揺よりも興奮が勝る、異世界転生ものの主人公顔負けの前向きな順応力。どうやらあの総理大臣の中身は、マジで俺の知る桃島うるはその人らしい。

「う、嘘だろ……。本当にうるはとあの鮫島総理が入れ代わったとか……」

絶句して息を呑む。馬鹿げた話ではあるが、実際に目にしてる二人が俺の知る二人ではない以上、受け入れるしかないようだ。うるはと鮫島総理の心が今、入れ替わっていると。

「そう。こんなお伽話みたいな状況を、すぐに理解してもらえたみたいでなによりよ」

血の涙を流し、ちっともよくなさそうな涙ぐんだ声。

そりゃあ全国ネットと配信で盛大に自分の痴態を晒したんだ。議会からもまるでテレビに初めて出た芸人が盛大に空回りしたかのような、触れていいのかわからない空気が漂っているというか、流石に心中お察しします。

『――こほん。さ、鮫島総理、ふざけてないで長谷川議員の質問に答えてください』

議長と書かれた席に座る男が、咳払いして議会を進めるよう促した。

『鮫島総理……？　それってやっぱりわたしのこと、なんだよね？　さっきあそこに指されて言われたとおり、鮫島冬華さん。それが今のわたし……』

大臣席へと振り返った鮫島総理（うるは）がすぐそばの空席に置いてあった黒い四角柱――氏名票をまじまじと見つめる。なるほど、今の話から察するに、入れ替わったうるはは、誰かに自分が鮫島冬華であることを説明されて把握したのか。俺と鮫島総理が「誰だお前」とか一悶着やってる間にうるはもうるはで色々とあって――それでまぁあのダイナミックな胸に目がいった結果、興奮がおさえられずにハッスルしたと。流石はうるはだ。

『総理、早く』

『わ、そうだった。……ええっと、質問ってなんの質問ですか？』

『……質問は質問ですよ。まさか鮫島総理、聞いてなかったとでも？』

『えへへー。そのまさかかなぁって』

てへっと鮫島総理（うるは）が頬を掻きお茶目にはにかむ。瞬間、議会にどよめきの声が走った。

『長谷川議員。すみませんがもう一度、お願いします』

『わかりました議長。では総理、今度こそよく聞いていてください』

『おぉー。おじさん、いい声してますねー』

『……』

「いやぁ……私の築き上げてきたイメージがぁ……」

見るに堪えないといったように、うるは（鮫島総理）が顔全体を手で覆った。

『――というわけでして、私としてましては、国民の購買の自由性を損なわないためにもこの法案は慎重に進めるべきであり、先送りを進言します』

「お、お願い！　頼むからなんかそれっぽいこと言ってちょうだい！」

うるは（鮫島総理）が手を合わせ、祈るようなポーズで状況を見守る。

『んーなんかよくわかんないけど、困ってそうだし。いいよー』

手で丸を作ってにっと痛快に笑った鮫島総理。いまどきの女子高生のような軽いノリは場内全員を騒然とさせていて――まぁ中身は正真正銘いまどきの女子高生なわけだけど。

「おぃいいいい、なにやってんのよ私ぃいいいいいい!?　なんでよくわかんないのにオッケー出来るのよ!?　なにが『困ってそう――』よ！　これで誰が一番困ると思ってるの、私自身なのよ!?」

俺からスマホをぶんどったうるは（鮫島総理）が、スマホに食いつくようにで叫んで荒ぶる。

「終わった……私の苦労が全て水の泡となってはじけ飛んでしまった……。八十七のシミュレートが全てぱぁに。ははは、はははははははは」

うるは（鮫島総理）は目をうつろに生気を失った顔でぺたんとその場にうな垂れ座り込むと、念仏を唱えるようにぶつぶつと独りごちた。よくわからないが、察するにどうやら彼女もまた俺と同じように何かしらの大勝負に挑んでいる最中だったらしい。それも自身の人生どころではなく、国の明日を左右するレベルの。

「はぁ――。まぁいいわ。終わったことをうじうじ言ってても何も始まらないものね。気を切り替えて現実と向き合うことにしましょう。そう、非常事態にどう立ち回れるかで国のトップとしての器量が見えるというもの」

スケールの違いにどう声をかければいいか分からずにいると、うるは（鮫島総理）は腹の底から深い息を吐き出して立ち上がった。

「幸いなことに後は連立与党からの答弁台本ありきの物価高騰への質問にズバッと答えるのみ。秘書が用意してくれた原稿を読み上げるだけの猿でも出来る簡単なお仕事だから失敗のしようがないでしょうし。まぁ本来なら、原稿を即座に暗記して一切読まずに相手の目を見て喋るのが私の流儀で、そこを踏まえてのアピールだったのだけれど、今回ばかりは目を瞑るしかなさそうね。それよりもこれからどうするかを考えないと……」

「はぁあっ⁉」

「ど、どうしたのよ少年？　急に大声あげないでもらえるかしら。心臓に悪いじゃない」

「い、今からあのうるはが、秘書が用意した原稿を読み上げるって本当かよ？」

「そ、そうだけど……」

「それって、ちゃんと漢字にはふりがなが振ってあるんだよな？」

「なに、もしかして馬鹿にしてるの？　そりゃあ歴代の総理大臣の中には、中学生レベルの漢字さえあやうい人がいたし、一時期全漢字にふりがなが振られていたことがあったのは紛れもない事実よ。しかし、私は飛び級で海外の大学を卒業し最年少で総理になった天才。私だけが読む原稿にふりがななんて振ってあるわけがないでしょ」

「確かにあんた自身が読むなら何も差し支えないし、何一つ問題ないんだろうよ。けど今、実際にその原稿を読むのは総理ではなく、うるはなんだぞ。……こんなこと、本来あんま大きな声で言うことじゃないけどさ、彼女——桃島うるはは、中学レベルどころかたまに小学生で習う漢字まで危うい時があるというか、どのくらい学力がやばいかというと、過去に全国模試最下位を取ったことがあるくらいおバカだったり……」

「…………は？　——全国模試最下位⁉　嘘でしょ。人間業じゃないわよそれ……⁉」

うるは（鮫島総理）が目を点にする。

その直後、再生しっぱなしだった動画から不穏なざわつきが聞こえだした。

俺達はもう一度スマホの画面に釘付けになる。すると映像は、鮫島総理（うるは）が周りに説明されながら、答弁の原稿を片手に壇上にあがったところで――

『質問に、お答えします。我が国は、国際的な、はらあぶら価格高騰による』

「は、はらあぶら？」

まさか原油のこと？

『国内でのガソリン、ともしびあぶら販売価格の高騰』

「灯油よね。こんな間違え方する方が逆に難しくない!? 高騰は読めてるのに！」

うるは（鮫島総理）が顔を青くして呆然とする。高騰やらところどころ難しい漢字が読めているのは、漫画かなんかで見たのを偶然覚えてたとかたぶんそんなところ。そんなうるはが奇跡的にも氏名票の鮫島冬華の名を読めたのは、この前一緒にニュース番組を見てた際に俺が教えたからだろう。

『また同時に、国際的、な、小麦価格高騰を、受けたパンやうどん、ラーメン等の麺類等、国民生活に、きょくめて密接に関わるもろ物価が』

「極めて、諸物価！ ねぇ、わざとやってないわよねこの子！」

『近年み……。み……。み……ん、なんて読むんだこれ？』

「み、ぞ、う！」

『――これらの政策をか、すい……？　ああ、かのてきか。かのてきはややかに行うと共に、また不足するところには、ぜんるべき補ちんを――』

「もうやめてー。いっそ誰かそこの私を殺してー」

うるは（鮫島総理）が両手で顔を押さえる。その右手にはハートマーク形の枠のような痣があって――ん？　あんなタトゥーみたいなの前からうるはの手にあったか？

そんな俺の違和感はよそに、その後も鮫島総理（うるは）はどんどんと誤読を連発。それはもう、見るに堪えない放送事故、地獄絵図だった。

頭を押さえ絶句する与党。プロレスで質問を投げた連立与党のひだまり党の議員なんて、まるで自分がやらかしたかのように青ざめた表情で凍りついている。

一方で野党の方は実に活き活きしていた。正義は我にあるとばかりに野次や嘲笑の嵐。

そして本来ならすました顔で原稿を暗唱するはずだった鮫島総理本人といえば――

「ほ、ほへー」

ムンクの叫びみたいな顔になって固まっていた。

「お、おい鮫島総理……」

おずおずと声を掛けると、うるは（鮫島総理）は俺の胸元をぐっと掴んで、

「もぉー一体どーなってんのよこの子は！　国会の場で勝手に私のおっぱい揉むわ、勝手に法案先送りをオッケーするわ、おまけに小学生レベルの漢字すらまともに読めないって

どういうことよ！　この国の教育レベルはここまで落ちてるの!?　ねぇ、違うわよね？　あんなのがこれから社会にどっと出てくるとかそんなんじゃないわよね？」

俺の身体をぶんぶんと揺さぶりながら癇癪を起こすように言葉をまき散らした。

「い、いたい、その——とりあえず落ち着けって！」

「はぁはぁ……。こうしちゃいられないわ。とりあえず行くわよ。少年もついて来て」

「へ？　行くってどこに……？」

「官邸によ！」

○○○

マジ、かよ……!?

官邸に一歩踏み入れた俺の感想はそれに尽きた。まさか夢に見ていた首相官邸にこのような形で入ることになるなんて。感情が軽く交通渋滞を起こしていて今どんな気持ちなのか自分でもよくわからない。

あの後、うるは（鮫島総理）は第一秘書の斉藤さんという方に連絡をとり、俺達は即座に駆け付けた斉藤さんの車に乗って官邸へとやって来ていた。

ちなみにたとえ第一秘書といえど、よくもまぁこんな荒唐無稽な話をあっさり信じてくれることになったなぁって話だけど——

『もしもし、どちら様でしょうか？』

「もしもし斉藤、私よ。貴女が仕える美人天才総理大臣、鮫島冬華よ」

『………』

「ああ、切らないで斉藤！　よく聞いて。貴女は斉藤七緒。私の第一秘書。趣味は裏で女遊びが激しいチャラ男な芸能人を逆に骨抜きにして弄ぶこと。今のコレクショ——もとい彼氏はアイドルグループ○○の●●に、バンドグループ△△のボーカルの▲▲。それから清純派俳優として売り出し中の■■ね」

『——！　ほ、本当に貴女は鮫島総理なのですか……？』

と、こんな風に彼女が恐らく二人の間だけでしか知らなかったんだろう週刊誌垂涎ものの秘密を口にしてからは、それはもう驚くくらいスムーズにことが運んで現在に至る。

というか、そんな歩くスキャンダルみたいな人を一国の首相が第一秘書として横に置いとくのはどうなんだ？　まぁ主の方だってその豊満な肉体を武器に数多の男を誑かして今の地位まで上り詰めたってもっぱらの噂だし。あれか、師弟関係みたいな感じで彼女達にとっては普通ってことなのか？　こう、どれだけ男を手玉に取ってるかがステータス的な。

いやいやハニトラで国が回ってるとか、この世の終わりもいいところだろ。いずれ俺がなんとかしてみせないと。――って、今はそんなことよりもうるはだ。待っててくれ今助けにいくから！

斉藤さんに「あちらです」と案内された部屋に駆け足で入る。

「あ、ひーくんだ！　おーい」

ソファーに座っていたスーツ姿の女性が、俺の姿を見た途端嬉々とした表情で手を振り俺の下に駆け寄ってきた。

そうして初めて対面した鮫島総理は、ずっとテレビで見てきた怜悧で艶やかな雰囲気とは違い、人懐っこい空気が滲み出ていて、まるでというかやはり別人のようだった。

「お前、本当にうるは、なんだな……？」

「うん、そうだよー。わたし、桃島うるは。華の女子高――ってあ、今は違うんだった。リテイクリテイク。――わたし、桃島うるは。……えーっと満開の後だから……あっ。散り始めの社会人！」

手を頭にバーンとまるで奇妙な冒険が始まりそうな謎の決めポーズ。その強調された彼女の右手には、うるは（鮫島総理）と瓜二つのハート形の枠のような痣があった。ん、なんでまったくそっくりな痣がこの人の手にもあるんだ？　偶然、じゃないよな？

「何なのその悪意しか感じられないリテイクは。言っとくけど、私はまだ二十代前半。その気になればまだこの制服だって全然着こなせるわよ」

遅れて入って来たうるは（鮫島総理）が、自分の制服をぴしっと引っ張り不服を訴えるように主張した。いや魔女と呼ばれてる本物のあんたが着たらどう見てもコスプレだよ。

「うぉー！　すげー！　わたしだぁー。わたしがいるー!!」

自分を目にした鮫島総理（うるは）が、好奇心満々に目を輝かせて詰め寄った。

突然の急接近に「へ？」と目を丸くして困惑しているうるは（鮫島総理）を余所に、鮫島総理（うるは）はくるりと背後に回ると、胸を一心不乱に揉みしだいた。

「ひゃっ、な、なに!?」

「む、このハリのある瑞々しい感触。ひーくんこれ、正真正銘本物のわたしのボディだよ」

「お、おう。そうか……」

そんなこと俺に嬉々として告げられても、どうリアクションすればいいんだよ。

「ちょ、こういうのは普通顔とかを触って確かめるものじゃないの——あっ」

堪えきれないとばかりに漏れ出た艶やかな声。なんだろう罪悪感がはんぱない。

「自分自身におっぱいを揉まれる経験をしたのは恐らく貴女が人類で初めてのことでしょうね総理。日本初の女性総理かつ歴代最年少での就任。そして人類で初となる自分の身体におっぱいを揉まれた女。きっと後世において、貴女の偉大な記録を凌駕する者はそうそう現れないことでしょう。おめでとうございます」

「最後のは名誉でも功績でもなんでもないただの汚点じゃない！　というか、そんな冷静に評定している暇があったらさっさと何とかしなさいよ斉藤！」

「は。総理、お戯れはそれくらいに」

「およ？」

「なんか、それはそれで私が咎められているみたいで遺憾だわ……」

　斉藤さんに抑制されて手を放した妖艶な女性（うるは）を横目に、金髪ギャル（鮫島総理）が腑に落ちない様子でジト目で愚痴をこぼした。

　黒縁の眼鏡にショートヘアーの斉藤さんは、一見では仕事が恋人のキャリアウーマンなのだが、さっきの電話内容が真実なら相当な遊び人らしいから人というものは恐ろしい。

　そんな感慨を挟みつつ、席についた俺達はようやく本題――うるはと鮫島総理の間に起きた、この魔法のような入れ替わり問題について話し合うことになった。

　四人掛けのテーブル席には右から俺、鮫島総理（うるは）、テーブルを挟んで斉藤さん、うるは（鮫島総理）の順で座っている。

　ああっもうややこしいから二人のことは中身で呼ぶことにしよう。俺にとっては、うるはの姿形がたとえ嫌いな鮫島総理に変わったところで、うるはを好きだという事実は変わらない。大切なのは中身だ、よし。

「まずはおさらいよ。非常に受け入れ難い現象ではあるけど、どうにもこの私――鮫島冬華がこの子——桃島うるはさんと入れ替わったのは紛れもなく現実みたいね」

「そのようですね。『勝利は確実よ!』と意気込んで出て行った総理がいきなり国民に向けて痴態を晒した時は、流石の私も『忙しすぎて遂に頭がやられたか。もうあれは駄目だ。今から誰に取り入るのが私のこれからの政治生命にとってベストな選択だろうか』と考えたりもしましたが——なにはともあれ、鮫島総理がご無事だとわかり安心しました」

「それ、冗談よね斉藤?」

「もちろんです」

この人、淡々としすぎてて、ジョーク言ってるのか本気なのか区別がつかねぇ。見た目以上にお茶目な人なのは理解したけど。

「一体、原因はなんなんだろうな? 新手の病気……いやそれだと二人の人間が同時に発症しなきゃいけないから無理があるのか? 例えばウイルスを同時に打ち込むだとかならなんかそれっぽい気がするが……」

腕を組んで懊悩する。漫画やアニメだと出会い頭にぶつかって入れ替わり——とか、よくあるパターンだが、今回は全然違う場所にいた赤の他人の唐突な入れ替わり。謎すぎる。

「それ、馬鹿げた話にはなるけどあながち的外れではないかもね。少年の推測のようにもし本当に人体の入れ替わりを意図的に起こせることが可能だとするなら、冷静に考えて国家の転覆を狙った他国による侵略行為。あるいは快晴党を筆頭とした、政権交代をもくろむ野党の謀略――と考えるのが妥当でしょう」

「総理。その手の話をするなら身内……三嶋派の可能性も大いに視野に入れるべきかと」

「……そうね」

「三嶋派？　それって青空党の一大派閥のことですよね？　いくら総理と別派閥とはいえ、そこまでするものなんですか？　一応は同じ理念の下に集った仲間ですよね」

「仲間、ね。言っとくけど私は彼等のことを一度も仲間だなんて思ったことはないわ。無論、それは向こうだって同じでしょうけど」

俺の言葉に鮫島総理は鼻で笑って反応すると、冷たい声音でそう言った。

そういえばさっきから苦手な難しい話が続いてるからか、うるはは入れ替わった自分の身体を眺めたりと手持ち無沙汰そうにしながら黙ったままだ。

「少年。こんな、ともすれば国家の明日を揺るがすような緊急事態を、党内幹部の誰にも声をかけず、何故たったこれだけの人数で話し合っているのかわかるかしら？」

「それは……そもそもこんな漫画みたいなこと話しても、誰も真面目に取り合ってくれるわけがないからじゃ――」

「確かに、それだって一理あるわ。けど、中には真剣に話せばわかってくれる人もいるわよね。斉藤みたいに」

「そ、そうですね」

熱心にしていた話の内容はさておき。

「答えは明白。斉藤以外に話すに値する信頼出来る相手がいないのよ。こんな、裸を見せるのと同然な、私の政治生命がかかってると言っても過言ではない重要な案件をね」

「新しいことをするには、それだけ批判が伴うということですよ。本来なら女房役と言われる官房長官のポストも対立する三嶋派の人間と、相容れぬ情勢。正直に打ち明けますと、今の総理には敵が多すぎて誰が信頼できる人間か見当がつかないといった状態です。情けない話、貴方のような高校生の手を借りたいと思えるくらいに」

歯がゆそうに顔を歪めた鮫島総理の後を引き継ぎ、斉藤さんが淡々と補足した。

「な、なるほど……」

斬新な改革を口実に、傍目からすればやりたい放題してるように見えても、色々と柵はあるらしい。ま、ワンマンスタイルである以上、自業自得な気はしないでもないけどな。

「ま、こんな海に貝殻でも放り投げてまた見つけ出すくらい途方もない原因捜しは一旦おいとくとしましょう。今私達が最優先で考えなきゃいけないことは現実に向き合うこと、どうしてこうなったのか――ではなく、これからどうすべきかについてよ」

「これからどうすべきか――それってどうやったら元に戻れるかを考えるってことだよな」

「いえ、私が言いたいのはその話じゃないの。そりゃ戻れる方法があるなら今すぐ試したいに決まっているけど、原因が不明な以上悩むだけ徒労に終わるのが目に見えているもの。

それよりも今急ぎで対処しなきゃいけないのは、明日からの鮫島政権をどうするかについてよ。ああなった以上、私に対する批判や支持率の下落は免れないでしょうし……」

　鮫島総理が運の悪さを呪うように天を仰ぐ。

「総理、そのことについてですが、まずこちらを見ていただけると」

　斉藤さんがタブレットを取り出してみんなに見えるよう机の真ん中に置いた。

　そこにはある新聞紙の一面が映されていて、

『総理ご乱心！　お疲れか？』『プレッシャーに負けた説』『党内幹部からは、やはり一国を背負うには若すぎたとの声も』

　と、煽った見出しから始まり、記事の内容もタイトルに沿うように鮫島政権の挙げ足をとり批判するような中身ばかりだった。

「これは私が独自のルートから手に入れた今日のとある夕刊の一面です。ご覧の通り、先の議会での総理のハッスルぶりがまぁ何とも面白おかしく好き放題に書かれています」

「なによこれ！　ほんとマスコミのやつらはろくな仕事をしないんだから。斉藤、差し押さえよ」

「無理に決まってるじゃないですか。ちなみにどこの新聞社からも似たような記事が出るとのことです」

「ちっ。だいたい党内幹部ってどこのどいつよ。こんな短時間で、仕事もせずにこんなくだらない質問に答えてるとか何してるわけ？」

「むー冬華さんってばわたしの顔でそんな苛つかないでよ。小じわが増えたらどうするの」

「何で貴女は私に腹を立ててるのよ！　言っとくけど、今ズタボロに叩かれてるのは、総理になっちゃった貴女なのよ。怒るならそっちよね」

「うーん、それはそうなんだけどさぁ。でも、嘆いてたってなにも始まらないでしょ。大事なのはこれからどうするかだよね。バイブスあげてこー！」

「うっ、正論だけど何かモヤモヤする。というか、私の身体でバイブスって発言するの止めてくれる？　何かバカっぽく見えるじゃない」

「えー」

「えーじゃない！　えーじゃ！」

まるでお菓子買ってと駄々をこねる幼児を宥めるように、腕を組んだ見た目ゆるふわな女子高生が、不満げに頬を膨らました一国の総理大臣を相手に窘めている。何だこの光景。

「ちなみに、先の総理の失態を受けての支持率の動向についてですが、〝支持する〟が、〝どちらかといえば支持する〟を含め70％から52％まで下がりました」

斉藤さんがタブレットを操作してとある円グラフを表示させた。

●あなたは今の鮫島内閣を支持しますか？

支持する　30%　どちらかといえば支持する　22%
支持しない　13%　どちらかといえば支持しない　17%
どちらともいえない　18%

　これは鮫島(さめじま)総理が就任してすぐに導入された、マイナンバーに紐(ひも)づいた、世論調査システムだ。そのシステムによりいまや有権者は手元のアプリやネットを通じお手軽に今の国政に対する意見や意思を表明でき、その結果はリアルタイムで即座にアプリやネットに反映される仕組みになっている。

「ええっ、そんなに!?」

　鮫島総理が驚きと連動するかのように、アホ毛をぴんと立てて目を丸くする。

「失態による不信は言わずもがなですが。それよりも転売ヤー取締法に期待していたメーカーや小売店や若者の期待を裏切ったのが一番の影響かと思われます」

「うぅ。別に裏切りたくて裏切ったわけじゃないのに……」

　しょぼんと背を丸め見るからに落ちこんだ様子の鮫島総理。

「そこまでショックを受けることか？　支持率って極端な話、単なる一指標にしかすぎないわけだよな。むしろ蔑(ないがし)ろにされてるイメージしかないっていうか」

　実際、俺が知る鮫島総理なら正義は我にありって世論ガン無視で突き進みそうだし。

「残念ですが、この人にとっては違うんですよ。このシステムが導入された際の会見の場で、『このシステムは皆様の税金で作ったものです。ですから、やるからには、有効活用しないと意味がありません。もし支持率50%を切るようなことがあれば、即座に衆議院を解散します』などとマスコミの前で大見得を切ったこの人にとっては」

「あ、あぁ……」

そう言えばこの前うるはと一緒に見てたニュースでそんなこと言ってたわ。あん時はこんな自分の首を絞めるだけの発言、こいつどんだけ自分に自信があるんだよ――って嫌気通り越して呆れてたっけ。

「ようするに、このままうるはがやらかしを続けて支持率を下げまくった場合、鮫島総理は総理をクビになっちゃう可能性が十分にあると……」

「ええ、そうよ。そしてそれを防ぐためには、現状思いつく限りやっぱりこれしかなさそう。――彼女に、私に代わって鮫島総理を演じてもらうしか!」

そう叫ぶように言い放った鮫島総理は、うるはに顔をぐっと近づけた。

「桃島うるはさん」

「ほへ？」

逃がさないとばかりにうるはの肩をがしっと掴むと、彼女――たった数時間前までは自分だった顔を真剣な表情でじっと見つめる。

「よく聞いて。誠に遺憾な話ではあるけど、入れ替わりが起きている間は貴女に鮫島総理として私の代わりに職務をこなしてもらうしかないの。突然こんな大役を押しつけられて戸惑っているとは思う。その気持ちはこうして逆に貴女になってしまった私自身が一番理解しているつもりよ。心配しないで、この私と斉藤が最大限のバックアップをするから」

鮫島総理が勇気づけるように優しく微笑む。

「だからお願い。私の代わりに総理大臣として――」

自分がいかに馬鹿なことを言ってるかわかる。けど、今はこれしかない――そんな苦悩の末の誠心誠意が込められた一国の総理のお願いにうるはは――

「おっけ♪」

両の指で丸を作り、にっこり笑ってあっさり受けいれた。

それはこれまで政界の猛者達を巧みに相手取って総理の座に最年少でのし上がった彼女にとってもよほど想定外の展開だったらしく、ぽかんと口を開けたまま呆然としていて。

「あの、やってくれるのはもちろん嬉しいわ。けど何故か頼もしさよりも不安を感じるというか……事の重大さをちゃんと理解してくれた上で引き受けてくれてるのよね？」

「わかってる、わかってる。私が冬華さんに変わって総理大臣をやればいいんだよねー？　うん、わたし頑張るから。こうなったからにはわたしがこの国をよくしてみせるよ。たはー漲ってきたー！」

笑顔で元気よく両腕を突き上げるうるは。うん、絶対にわかってないな。

「うるは。一応聞くけど、お前、総理大臣がどんな仕事なのかちゃんとわかってるのか?」

「うーん……前にひーくんと一緒に見てたテレビでの感じ的に、女王様って感じに偉そうにふんぞり返って家来に命令するお仕事かな?」

「わ、私のイメージって一体……」

「ま、だいたい合ってますけどね」

「は?」

「冗談はさておき、桃島(ももしま)さんが総理を演じるにあたって、そのイメージがどうのこうのという話は大事な部分かもしれませんね。私が、桃島さんと総理の心が入れ替わってるという、普通ならお医者さんを紹介して終わるような与太(よた)話を信じるに至ったのは、彼女の口から、私と総理しか知らないプライベートな内容が出たことが一番の理由ですが……その前に入れ替わったアホオーラ丸出しの総理と実際に会話していたことが大きかったと思います。姿は冬華でも、まるで別人になってしまったようにしか思えないと。極端なイメチエンは、国民はいわずもがなですが、野党や他派閥につけいる隙を与えることになります」

「斉藤の言う通りよ。これから私としてやっていくに当たって、そのふわっとしたノリはもう少し何とかして欲しいわね。桃島さんにはこれから鮫島冬華総理としての立ち振る舞い——日本のリーダーとして国民のみんなから尊敬される、知的でクールな大人の女性の立ち振る舞いを心がけてもらわなくちゃ」

「大人の女性……」

「そう、大人の女性よ」

「あ、そっか。今のわたしって非処女なんだ」

「へ？」

ぽんと手を打ったうるはの言葉に、鮫島総理が間抜け顔で固まる。

「鮫島総理ってあれだよね。ひーくんとテレビ見てた時に教えてもらったけど、このえっちな身体を武器に男を食い散らして総理になったんだよね？」

「お、おい、うるは⁉」

「……ふうん」

鮫島総理の突き刺すような冷たい視線。確かにあのすました顔見てたら無性にイライラしてそんなこと口走った気がするけど、できれば今は黙っていて欲しかった！

「そういや初体験を終えた友達のさなっちが、大人の女性になって世界の見え方が変わったとか言ってたっけ。やっぱその辺は実際に経験してないと実感出来ないものなんです？」

「ちょ、えっ、そ、そんな、私に聞かれても……ねぇ……」

思春期少女の純粋な好奇心の眼差しに、顔を真っ赤にしどろもどろになる鮫島総理。

「安心してください。総理は未だに処女どころかファーストキスすら未経験の、ユニコーンが膝枕を求めるレベルでの生娘ですので。その辺りは特に意識なさらず、普段通りで構わないかと」

「なーんだ。よかった」

「おい、アンタ達。処すわよ」

「…………」

なんか、とてつもないことを聞いてしまった。

鮫島総理といえば、そのこの世離れした美貌と夜の技術を武器に業界人を巧みに虜にしながらここまで上り詰めたハニトラの天才ってもっぱらの噂だった。

その鮫島総理が、実は魔性の女とは真逆な、ちょっとした下ネタで恥じらうような乙女だったなんて。こんなの、入れ替わりと同じレベルで誰も信じないだろ。おまけにどっちかっていうと、隣の真面目で堅物そうな秘書の方が魔性の女って話だし。

というかこれ俺達にすんなり口外していい話だったのか？　皆が持つ鮫島総理のイメージの根幹に関わる部分というか——喩えるならお馬鹿キャラで愛されてる芸能人が、実は東大卒でしたぐらいの大問題だよな。なにはともあれ、俺の中での鮫島総理に対する見解を少し変えなきゃいけないのは確かで——ま、プライドの馬鹿高そうなこの人が否定しなかったってことは、その方が周囲に恐れられて都合がいいから利用しようと思ったたってことだろうな。……或いは、まさかとは思うけどその年齢で経験がないのを思った以上に気にしてるとか……。

「な、なによ少年。その何か言いたげな目は？」

「い、いやぁその、人を見かけで判断するのはもう金輪際止めた方がいいなぁなんて……。ほら、ヒール役のレスラーがプライベートではめっちゃ礼儀正しくて子煩悩とかよくあることですもんね」

「はっきり言いなさいよ！　どうせ貴方もこの歳で恋愛経験もろくにないとか、天然記念物かよって思ってるんでしょう！」

「いや、流石にそこまで――」

「ええそうよ！　私は彼氏いない歴＝年齢の生娘よ。だいたい、ここまで上り詰めるまでどれだけ私が苦労してきたと思うの⁉　恋愛なんかにうつつを抜かしてる暇なんてあるわけないじゃない！　なのに、どういうわけかやけに変な噂ばかりが流れて、気がつけば百戦錬磨の魔性の女だの令和の魔女呼ばわりのビッチ総理。おまけに女性の味方を謳ったら、『総理は恋愛で苦労したことないから、恋する女性の気持ちは絶対にわかりあえないし、ある意味女の敵――』だとかネットでインフルエンサーとかから謎のバッシングを受けるし。そうね確かに苦労したことないわよ！　だってゼロだもの！　だいたいなんで恋人がいない＝人生負けてるみたいな風潮があるのか理解できないわ。私は二十三歳で総理になった超勝ち組よ。なのに彼氏がいないだけで、リア充じゃなくなるの？　ねぇ、私以上に充実した人生歩んでる人そうそういないと思うけど！」

長年ため込んだ鬱憤がこの異常現象によるストレスで爆発したのか、鮫島総理は土石流のような勢いで言葉を吐き出した。それは彼女がその風評被害によってどれだけ苦労してきたのかが深く伝わってくるようで——というかこの人、どんだけ負けず嫌いなんだよ。

「——はっ！」

皆の生暖かい視線から気まずそうに顔を赤らめた鮫島総理は、こほんと咳払いして冷静さを取り戻すと、再び口を開いた。

「とにかく、今は貴女が鮫島冬華で、私が桃島うるは。このふざけた現象がいつまで続くのかわからないし、もしかして一生——だなんて、考えるだけでぞっとするからそうは思いたくないけれど……。なにはともあれ、元に戻れるまではお互いに今まで通りの自分達を演じて、この鮫島政権始まって以来——いえ、人生最大の窮地を乗り切るのよ」

「うん、頑張るよう！　この国をよりよく導くヒーローにわたしはなるっ」

「ほんと、大丈夫かしら……。不安しかないわ……」

片やる気満々の総理大臣（ゆるふわＪＫ）に、片や遠い目で肩をすくめるゆるふわＪＫ（総理大臣）。そんな配役も温度差もてんで真逆な二人を前に、

「あの」

俺は——

「それ、俺にも協力させてください。入れ替わりの秘密を知る者として、きっと俺にだって力になれることがあるはずです。うるはが巻き込まれている以上、俺にとっては他人事ではないし……それに総理には敵が多く頼れる人が全くいないって話なんでしょう。だったら一人でも信用出来る人がいた方がいいに決まってますよね」

決意を胸に立ち上がり、気付けばそんなことを口にしていた。

ふと思ったのだ。この状況、政治家を目指す俺自身にとってはまたとない経験を積むチャンスなのでは――と。

「実を言うと俺、将来政治家を目指していて、同世代の中では人一倍政治事情に精通している自信はあります。だから、きっと役に立てると思うんです」

そう、金もコネもないしがない高校生の俺にとって、これは自分を政界に売り込める願ってもない状況なのだ。俺みたいな一般人がこの世界に飛び込んで一旗揚げようとなったら、正攻法や綺麗事だけでは絶対に通用しない。だからこそ俺は天堂院に入学した。名門たる天堂院の高等部で生徒会長を務めれば、政界との繋がりができると知ったから。

だが、現状ではそれは叶わない。あの学園に蔓延るクソみたいなルールによって。

そんな俺にふって湧いた好機。これは掴みとるしかないよな。たとえそれがあの鮫島総理の下だったとしても。今までの人生散々理不尽な目にあってきた俺だ。政治の世界なら嫌いな相手だろうが表面ではにこにこするずぶとさが必要だってのは心得ている。

勉強は自分を裏切らない。

これは俺が今までの人生の中でクソみてぇな理不尽を体験して抱くようになった持論。どんな理不尽な目に遭おうと、それを乗り切る実力や経験が自分にあればいいだけの話だって。ああ、この先夢に向かって進む中でまたどんな理不尽があるかわからないからな。それを乗り越える力を得るまたとない学びの機会。絶対にものにしてやる！

それになによりも——突然の困難に悲観することなく前向きに進もうとしている惚れた女の子の力になりたいって、そう思ったから。

「ひーくん！」

「ほう……将来政治家を……」

うるはが嬉しそうに顔を綻ばせ、斉藤さんが興味深そうな表情で値踏みするように眼鏡の縁をくいっと触る。けれど——

「は？　いらないに決まってるじゃない。貴方の手なんて」

当の本人である鮫島総理だけは、冷ややかな顔で拒否した。

「いいかしら少年。これは遊びじゃないの。確かにゲームみたいな状況ではあるけど、一歩間違えればその先にあるのは私の政治生命のゲームオーバー。いえ、下手すればこの国のゲームオーバーだってあるわ。当然現実にコンティニューなんてものは存在しない。そんな状況でいくら人手不足とはいえ子供の手を借りるとか流石にナンセンスよ」

　お呼びじゃないと冷酷な表情でばっさりと切られる。

「まぁ桃島さんになった私が代わりに行くことになる天堂院学園の方では、色々と貴方のサポートが必要不可欠になってくるでしょうし、その辺はもとよりお願いするつもりだったわ。けど、正直言ってこっちの仕事は足手まといにしかならないと思うの。興味本位で首をつっこんでやっぱ駄目でした――となった時にはもう遅いのよ。その覚悟が貴方にはあるのかしら？」

　厳しい正論に胸がきゅっと締め付けられる。顔が熱を帯び、反発したい感情はあるもののなまじ理性が彼女の発言は尤もだと受け止めている部分もあり、中途半端で未熟な俺には何も反論する言葉が見つからなくて――けど、夢のため、うるはのため、ここで「はいわかりました」と素直に諦めるって選択肢だけはねぇよな。

　そう決意した矢先、

「ひーくんは必要だよ！」

　うるはが否を唱えて唸った。

「ひーくんはうちの学園でずーっとトップでいるくらい頭がいいからいた方が絶対いいに決まってる！　今までも困った時はひーくんにいっぱい助けてもらったもん！」

「うるは……」

　彼女がうるはだと一目でわかるような真っ直ぐな熱い視線を受け、胸がいっぱいになり目頭が熱くなる。なによりも好きな人が自分を必要だと擁護してくれたことが嬉しかった。

「あのねぇ……学園と国会じゃ困った時のレベルが違いすぎるでしょう」

「総理。ここはこの中で彼を一番知る桃島さんもこう言ってることですし、彼自身の厚意を受け入れるべきかと。私個人の意見としては、このファンタジー極まりない状況の中、全ての事情を知っていて協力してくれる存在はかなり重宝できるものだと思います。今は一人でも多くの信頼出来る協力者がいるにこしたことはないかと」

斉藤さんの言葉に、鮫島総理は何やら小難しい表情で首元をとんとんと叩くと、

「はぁ……そうね。斉藤の言うことも一理あるわね」

小さく嘆息して俺に目を向けた。

「少年――いえ、桜庭弘樹君だったわよね。わかったわ。貴方の協力を歓迎します」

言葉ではそう言いつつも、その態度は投げやりで余り乗り気ではないのは一目瞭然。ま、今は許可してもらっただけでもよしとしないと。ここから結果で示して認めさせればいいのだ。俺が使える存在だってことを。

「ありがとうございます。俺、頑張ります」

「うわーい。やったね。ひーくん！　一緒だよ一緒。うんうん、ひーくんがいればあれだねあれ。鬼に豆鉄砲だね」

「それ、色々ごちゃ混ぜになってるぞ……」

かくして、二人の入れ替わり生活をサポートする日常が始まることになったのだった。

○○○

ひとまずどうやったら二人が元に戻れるのかについては追々調べるとして、取り急ぎ崖っぷちの鮫島(さめじま)総理の支持率回復が優先すべき課題となった。だが、今日はもう日も遅いから各々の家に帰ろうという流れになり、それら今後の活動内容等の詳しい話はまた明日改めてとなった。

今日告白を決意して家を出た時は、告白の結果がどうなろうと今日の夕方にはもううるはとの関係がこれまで通りじゃなくなるのだけは確かなんだろうなぁ——なんてぼんやり考えてたけど、まさか関係が変わるどころか別人になるなんて……。

ってか、事態がバグりすぎててどっかいってたけど、俺って結局、うるはには告白できなかったってことなんだよな。今日のはノーカンだとして、こんなことになった今、次告白出来る機会はいつになるんだろう。とほほ。

そんなこんなで官邸を出た俺と鮫島総理は、斉藤(さいとう)さんの車でうるはの家の近くまで送ってもらった。

俺が自分の家まで送ってもらわなかったのは、鮫島総理が「この子になりきるにあたって、自分の家の周辺がろくにわからないというのは流石にまずいでしょう。情報の整理もかねて少し散歩するから少年も付き合いなさい」と言い出したからだ。

なんでこいつと二人きりで――とは思ったがぐっと堪えて頷く。俺の夢、そしてうるはの身体を守るって意味でも、今は極力彼女と友好関係を結んでおくにこしたことないだろうし。にしても、この上から目線はもう少しなんとかならないもんかね。

そうして駆り出された俺は、彼女と一緒にうるはの家がある高級住宅街を散策した後、休憩がてらに近くの公園のベンチに二人並んで座っていた。

彼女に「少し疲れたわ。そこで少し座っていかない？」と提案された時、こんなところじゃなくすぐそこに自分の家があるのだから帰ってゆっくりすれば――と想って一瞬口にしかけたのだが、即座にその言葉を飲み込んだ。今の彼女にとって自宅と呼べる存在は他人の家であり、未知との遭遇が待っている。ともすれば今が一番落ち着ける時なのかもしれないと気付いてしまったから。事態が事態なだけに流石にざまぁとまでは思えねぇよな。ま、ちょっとだけ付き合ってやるか。

「はぁー。本当に今日は疲れたわね。そりゃあ総理になってからというもの、常にドタバタしてる日々ではあったけれど、ここまで頭の痛いトラブルに見舞われたのは恐らく就任以来初めてだわ」

鮫島総理は腹の底からの深いため息を吐くと、疲労の滲む顔で宙をぼんやりと眺めて呟いた。日はもうすっかり暮れて夜になっている。

ちなみにうるはの方は公邸で一人暮らしとのこと。念のため今日は斉藤さんが一緒に泊まってくれるらしいが、順応の早いあいつのことだ。今頃「夢のひとりぐらし生活！」だとか悠々自適にやっている姿が容易に目に浮かぶ。

「ほんと、どうしてこんなことになってしまったの。そりゃあ職業と立場柄、多方面に恨みを買ってるであろうことは重々承知よ。死んだらきっとその恨みで天国にいけないだろうって自信もある。けど、これは流石にあんまりよ」

頬杖を突き、鮫島総理がやさぐれるように言葉を放つ。

「……ほんと、こんな憂鬱な日は飲まなきゃやってられないわね」

「絶対やめろよ。今の総理は桃島うるは、未成年なんだからな！」

俺が強く力んで念を押すと、鮫島総理は家出した聞き分けの悪い不良少女のように不満げな顔でぷいっとそっぽを向いた。おい、やらないよな？

「つーか、なんか日本で一番運の悪い人——みたいな顔で悲劇のヒロインに浸ってるところ悪いけど、不幸度合いなら俺だっていい勝負だからな。なんたって、人生賭けて臨んだ好きな人への告白があんな形で終わったんだぞ。どんな理不尽だよ、ったく」

やっぱりやりきれないといった感情が、つい悪態となって出てしまう。すると、何言ってんだこいつとばかりにぱちくりと目を丸くした鮫島総理は、数秒後不意に吹き出して、

「うふふっ。そういえば、そうだったわね。よりによって、現役総理の私にファーストレディになってくれませんかだものね」

「……そこを弄んのは卑怯だろ」

前言撤回。さっきのお人好しな俺にパンチを喰らわしたい気分だ。さっさと帰りてぇ。

「にしても告白、告白かぁ…………………ねぇ少年？」

首元をとんとん叩き何かを考え込んでいた鮫島総理が、柔和な表情でじっと見つめた。

「あの告白って、こんなことがあった後でも有効だったりするの？」

「はぁあぁ？」

予想外すぎる申し出に思わず目を丸くする。な、なに言い出してんだこの人？

「事情や経緯はどうであれ、事実として私は貴方から交際の申し込みを受けた。その誘いに対する返事を今ここでしようと思うけど、いいわよね」

「へ、返事……？」

告白はうるはにしたものだから当然無効……だ。ならわざわざ蒸し返す必要はないはず。だめだ、思考が全く追いつかない。一体どういう意図でこの人は――

「そう、返事よ。これから私は貴方の告白に応えて、貴方の彼女になろうと思うの」

胸に手を当て得意げな顔で放たれた告白への承認。それが好きな人の容姿と声で紡がれた言葉なのも相まってか、心臓がどくんどくんと早鐘を打ち、顔がぼうっと熱を帯びる。

「な、なんだよいきなり……？」

ただ、俺の心境に嬉しさや喜びなどは一切なく、困惑一色だった。

「さっきざっと計算してみたのだけど、私が貴方の告白を受け入れることで、互いに生まれるメリットが三つ存在するの」

「メリット、だと？」

俺が小首を傾げると、不敵な笑みを浮かべた鮫島総理が指を三本立てた。

「ええ、そう。今までの二人の関係がどれほどのものだったのかは知らないけど。これから私になった桃島さんをサポートするにあたり、私と少年がこれまで以上に二人で一緒に行動する機会が増えるのは明白よね。行く先々で二人の関係性について尋ねられるのも面倒くさいし、ならもういっそ最初から恋人って関係にしてそう振る舞ってた方が手っ取り早くて色々とスムーズに進む気がするでしょ。これが一つ目の理由」

一つ目の説明を終えた鮫島総理が指を一つ折る。

「次は二つ目の理由だけど、これは少年への利点よ。今日一日、少年と桃島さんのやり取りを見ていて感じたことを単刀直入に言うけど——彼女、あれは絶対に少年のことを友達以上には見てないわね。ある意味、告白が未遂に終わったのはラッキーだったかも」

「へ？」

心の中でピシッと何かにヒビが入る音がした。

「い、いや待て――」

何でお前にそんなこと言われなきゃいけないのか。動揺で胸がざわつく中その一心で口を動かそうとするも、先に鮫島総理の芯の通った言葉が先行して、

「ほら、桃島さんが私の――というか自分の身体の胸を掴んで少年に感想求めてきた時があったでしょ？　あれ、完全に同性の友達に対してのやり取りよね。冷静に考えて、異性と意識してる相手にあんな行動とらないでしょ」

い。言われてみれば確かに……。

「あぁ誤解しないで。別に完全に脈がないと言いたいわけではないの。ほら、あの子って初対面の私でもすぐわかっちゃうくらい、ノリが軽いじゃない？　少しでも面白そう、楽しそうだと感じたらオッケーしてくれそうだし、それをふまえると告白自体は成功する確率の方が高かったでしょうね。ただそこにある好きはラブではなくライクであり、やがてその感情のすれ違いが少年を苦しませることに――ってぇ!?　少年どうしたの？」

そんな真顔で冷静に分析されたら、そりゃ苦い顔にもなるだろうよ。なにこれ、公開処刑か。泣きたい。

「こほん。とにかく私が言いたいのは、それだけあの子に恋愛的な意識にさせるのは困難でしょうってこと。彼女と付き合いたいけど、現状のままでは、すれ違いという破滅の未来が待っている。でもそれを回避するために経験を積もうとして本命以外と付き合うなん

てもっとありえない。これは、そんな少年の抱える悩みを一気に解消出来る千載一遇の大チャンスよね」

「千載一遇の大チャンス……？」

「ええ。私との交際を経て経験を積んだ少年が、やがて元に戻った桃島さんを格好よくエスコートするの。いい、女はギャップに弱い生き物よ。今までとはひと味違う少年の一面、頼もしさに流石の桃島さんだって異性を意識せずにはいられないはず。桃島うるはとの交際で桃島うるはを攻略するのよ」

「な、なるほど……」

一理あるような気がして——ってあっぶね。あやうくその気になって鮫島総理のペースに乗せられるところだった。これが、魔性の女と呼ばれる人の巧みな話術ってわけか⁉

「で、最後の話になるのだけれど……これは、どちらかというと私の利点ね」

と、また指を一つ折った鮫島総理は、これまでの勢いをすっかりと消沈させ、何故か気まずそうに視線を泳がせた。

「その……私も経験してみたいと思ったの。一国の総理として今後の見聞を広める意味でも。私が学生時代、私の将来には不必要で時間の無駄とばっさり切り捨てたものを。学生時代の青春に恋愛といった体験を、いい機会だから経験してみたいって……そう思ったの」

頬を少し赤らめてもじもじとつぶやく。

「そ、そうか……」

なんだか見てはいけないものを見た気がしてこっちまで恥ずかしさを覚える。

「もちろん、元に戻ったら私とはそれまでの関係。この入れ替わった状況なら後腐れとかしがらみとか一切考えずに恋人のいる生活というものを経験出来そうってのが、私にとっての利点だもの。安心して。貴方(あなた)に残るのは、桃島うるはと交際していたという事実だけよ。世間体からしても安心だし、法的にも浮気の証明しようがないわ」

「それまでの関係——って、恋人ってそんなインスタント感覚でなるもんじゃないだろ。第一互いに好きでもないのに付き合うとかそんな——」

百歩譲って理屈はまぁわからないでもないが、理性は断固反対と毅然(きぜん)とした態度で意思を露(あら)わにする。が、鮫島総理はまるで俺の方がおかしいとばかりにきょとんと首を傾(かし)げた。

「ん？　ひょっとして、少年は好き同士じゃないと付き合うのはありえないとか言う口？　あのねそんな相手の素性がはっきりとわかって選(え)り好(ごの)み出来る恋愛は、学生やってる時ぐらいよ。社会人になるとまず出会いがないから、殆(ほとん)どが付き合ってから互いを知っていって、相手を好きになれるかどうかってところを探っていくの。だから別に軽薄な思いで行動してるとは思わないでくれる？　……まぁ、今のは全部斉藤(さいとう)の受け売りなんですけど」

そんなこと言われましても、俺まだ高校生なんですけど。それに、名前が出てきたその人は、話通りなら一番信用したらいけなそうなんですけど！

「第一、こんなアホなこと考えちゃったのは貴方達のせいなんだからね。こんな非常識で非現実的な非常事態にも拘わらず、やけに前向きな誰かさん達を見てたせいで。年上の私だけうじうじしてるのもなんかむかつくし。私だってこの状況をとことん有効活用してやるわよって柄にもなく思っちゃったのよ」

照れくさそうに頬を赤らめて唸った鮫島総理は、その照れくささをはぐらかすよう、グーになった手でぽすっと俺の胸を軽く殴った。

「そういうことだから。もちろんいいわよね」

「……すみません。俺にはその提案、受け入れられません！」

俺はゆっくりとだが、断固たる姿勢で決意を口にした。

「確かに悪くない提案だとは思う。けど、目の前にいる人が外見は桃島うるはであっても、うるはとは違う別の存在。やっぱ俺には彼女以外と付き合う選択肢はありません」

俺が好きなのはあくまでも桃島うるはなのだ。姿形が本物であっても心は他の人な以上、付き合うのは不義理になる。

「……そう。わかったわ」

鮫島総理は嘆息したかと思うと、

「なら、奥の手を使うしかないわね」

なにやら独りごちて、

「お願いひーくん。それともひーくんはわたしが彼女じゃいや？」

服の裾をぎゅっと握り、涙目の上目使いでそう懇願してきたのだった。

「そ、そんなわけないだろ」

「だったら、私と付き合ってくれる？」

「もちろん」

「よし」

「はっ……!?」

おい、俺今なんて言った？

俺の好きな顔が悲しげな表情をしてるのが辛(つら)くてつい彼女が喜びそうな言葉を口に――

…………しまったぁああああああ!!

「うふふっ、政治家を志してる貴方が、まさか自分の言葉に責任を持たない――なんて言わないわよね」

退路は断ったと言わんばかりに、にんまりと悪魔のような笑みを浮かべる鮫島総理。

やっぱこの人、魔性の女だよ。男の弱みに付け込むの手慣れた感あったし。絶対にこれが初めてってわけじゃない。嫌いだ。

「で、いいのよね？　桃島うるはになったわたしとお付き合いしてくれるってことで？」

ど、どうする？　つい頷(うなず)いちゃったけど――受け入れていいのか？　浮気ではなく、実際にうるはと付き合うための予行演習ってここは前向きに捉えても……俺の頭が固いだけで、総理も言ってるように世間的にはうるはだし。それに実際問題、この人の提案に乗る方がうるはと本当に付き合える確率が高いわけで——ってあー！　もうわけわかんねぇ！

「…………わかった」

「そ。じゃあこれから——」

「ただし、一つだけ条件がある！」

決然とした態度で俺は言葉を放った。認めるのは不本意だけど、現状この人の方が一、二枚どころじゃなく上手だ。それでも、このままずっと鮫島総理の手の中で躍らされっぱなしは癪だ。せめて自分なりに一矢報いなければ気がすまない。

「へ……？　条件ってなによ？」

「俺にあんたの持ってる選挙ノウハウを叩き込んでくれないか」

「はぁ急になによ？　選挙ノウハウって……いくら政治家を目指してると言っても少年が選挙に出るのはまだずっと先でしょ。それよりもっと先に学ぶことがあるんじゃないの」

「実は近々天堂院では生徒会長を決める選挙があってな。それにうるはが立候補している」

「ふーん、生徒会長選挙ねぇ。——ちょっとまって、『うるはが』ってことは——このままだと私が代わりにその選挙戦にでなきゃいけないってこと!?」

「そこはまぁ、うるはでいる以上はお願いするしかないと思ってる。けど、選挙が終わるまでずっと入れ替わったまま――ってのはわからないだろ。だから俺に現役総理の持つ選挙で勝つためのいろはってのを教えて欲しい。俺はうるはを絶対に勝たせてやりたいんだ」

俺が一番に望むのはうるはが幸せでいることだ。うるはが俺のために生徒会長選挙に立候補したと聞いた時、俺はこの学年一位の頭脳をフル活用してどんなことをしてでも彼女を生徒会長にすると決意した。彼女の期待に応え、絶対に悲しませたりしないと。

しかし正直な話、現状で桃島（ももしま）うるはが当選するのは、どうあがいても非常に厳しいものがあった。天堂院がエスカレーター式なのもあってうるはの劣等生としての評判は多くの生徒に広まっている。なにより俺達（たち）が今の学園の在り方を否定し暗黙のルールの撤回を公約に掲げる以上、白い目で見られ逆風を突き進む苦しい戦いになるのは明らかだった。

だがそんな折に降って湧いた、二十三歳の若さで総裁選を勝ち抜いて総理となった鮫島冬華（とうか）との繋（つな）がり。おまけに彼女からの恋人宣言。これはある意味、俺自身も神に試されてるって考えてもいいよな。

本当に自分が望むもののためなら、どこまで自分を犠牲にできるかっていう――

ああ、もとよりどんなことをしてでもって腹を括（くく）ってたんだ。そう、たとえ魔女と契約することになっても、勝てる可能性が目の前にあるのなら。俺の手で勝利を掴（つか）んでやる。

「それに恋人になる以上、彼氏が困ってるって時に何も手を貸さないってことはねぇよな」

「ふーんなるほどね。少年も少年で恋人という建前を使って私を利用したいと。ま、嫌いじゃないわよそういうの。特に、総理である私に頼りきりにならず、自ら学ぼうって姿勢は好感もてるわ。ま、この私を上手く利用できるなら、の話だけどね」

くすりと不敵に笑った鮫島総理は、手を差しだしてきた。

「それじゃ、これから恋人としてよろしくね弘樹」

「お、おう。こちらこそ総理」

格上とやりあった疲労感からか、俺は畏縮しながら握手に応じる。

と、何故か鮫島総理は不満を訴えるようジト目を向けていて、

「あ、あの、どうかしたか？」

「冬華」

「へ？」

「総理とかそんな他人行儀な名称ではなく、貴方だってちゃんと名前で呼んでくれるかしら？　今から貴方は私の彼氏なんでしょう？」

貴方だって……？　あ、確かに今、俺のことを少年ではなく弘樹って——

「…………と、冬華」

試すような視線に緊張を覚えて声が上擦りつつも、彼女——冬華の希望に応えてみせる。

「よろしい。あ、それとこれからは彼女である私にその取り繕うような敬語は禁止で。それに少年ってば、どうにも私のことあまりよくは思ってないんでしょ」

満足げに頷いた冬華が意地悪な笑みを浮かべた。まぁ、流石にバレるか。

「まぁ尤も、誰かの目がある時はちゃんとうるはと呼んでちょうだいね。もちろんも私もあの子のようにひーくんと——うふふっ、なんだかこっちの方がバカップルっぽいわね」

口に手を当て楽しそうに笑う冬華。それを余所に俺は——

——馬鹿め。全部が自分の思い通りに運んでいると思うなよ。

もう一つの目的を隠し通せたことにほっとし、胸中でほくそ笑んでいた。

俺が冬華から手に入れたいのは、選挙ノウハウだけじゃない、政治家として鮫島冬華が持つノウハウ、その全てだ。これから先、この人と一緒に過ごす時間が増えるってことは、それだけ鮫島総理としての政治手腕を見る機会があるってことだろ。しっかりと勉強させてもらい全部ものにしてやる。——俺がいずれあんたに代わって総理大臣になるために！

うるはに告白する時、誓ったからな。死ぬ気で総理大臣を目指すって。それに俺にだってプライドってものがある。俺をなにも知らないくせして、いらないなんてばっさり切り捨てられたままで、黙って終われるかよ。その自分以外の人は全員下って感じの上から目線の態度が間違いだってのをわからせてやらないと気がすまない。ああ、あんたの下で学び磨き上げた力で、いずれ「ぎゃふん」と言わせて評価を改めさせてやるから覚えてろ。

そうしてうるはを生徒会長にし、一つ偉業を成し遂げて男としての格を上げたその時は——もう一度、今度こそうるはに告白するんだ！

第二話　天才のふりをしなければいけないバカとバカを演じる天才と

　公邸。それは大統領や首相などの首脳級公務員が居住に使用するために設けられた官舎。将来総理となってうるはをファーストレディにするのが夢だった俺は、そりゃまぁ公邸でのラブラブ夫婦生活を妄想したことがあったりするわけだが——

「おはよう！　ひーくんとわたしぃ」

「お、おはよう……」

　まさか被選挙権どころか選挙権も得ぬうちに、夢に見たうるはの公邸お出迎えシチュエーションを現実でお目にかかることができるなんて。まぁ、厳密には「おはよう」ではなく「おかえり。ひーくん」で、それにそもそも身体が別人なわけだけど……これがあれか、事実は小説よりも奇なりってやつなのか。——いや、奇、すぎるだろ！

　一夜明けて土曜日。公邸の玄関前。美人総理と入れ替わっても相も変わらず元気はつらつなうるはを前に複雑な感情をない交ぜにしていると、俺と冬華の送迎をしてくれていた斉藤さんが車を止めて合流し、俺達は公邸に入った。

「どう、少年？　公邸に足を踏み入れた感想は？」

家に上がると本来の家主として先導する冬華がふと話しかけてきた。恋人として、下の名前で呼び会うことにした俺達だが、冬華の方は基本的には少年呼びなのは変わってないんだよな。どういうことだよ？

「どうって……」

ふふんと得意げに鼻を鳴らした冬華からは、褒め称えなさいオーラが漏れ出ている。なんか純粋に凄いと思ったって言うのも癪だし、適当に返そう。

「そりゃ、理由はどうあれ年頃の女性の家に招かれるのなんて初めての経験だし、緊張するに決まって……」

「違うわよ！　私は公邸に初めて足を踏み入れた感想を聞いてるの。なに発情してんのよ変態。まったく、これだから脳と下半身が直結した思春期脳は」

嫌になると肩をすくめた冬華は、リビングの前で立ち止まって振り返った。

「ま、とくと目に焼き付けて帰りなさい。これがこの国のトップにのみ住むことが許された景色よ」

そう、冬華にドヤ顔でばーんと開かれたリビングは――

「お、おう……」

赤、黒、紫と艶やかな下着に、健全なレーティングの限界にでも挑戦しているのかといった露出度の高い派手なドレスやらが散乱していて、男子高校生たる俺には刺激が強く、とても目のやり場が困るものだった。

「あ、やべっ、そうだった」

「ほほう、これはこれは」

忘れてたとばかりに口に手を当てるうるはと、興味深げに目を細める斉藤さん。

そんな俺達の反応が不可解とばかりに「ん？」と首を傾げた冬華がゆっくりと振り返る。

「な、なによ、これぇえええええ!?」

途端に顔を真っ赤にして絶句する冬華。その傍では、うるはがてへへとお茶目な笑みを浮かべていて、

「いやぁ、昨日着る服探してたら綺麗な服とかえっちな下着とかいっぱい出てきてさぁ。こんな機会またとないし大人のレディな自分を色々と体験しようとあれこれやってて気がつけばこんなことに」

好奇心旺盛おしゃれ大好きの現役ＪＫで考えるより先に行動ないかにもうるはらしい理由。何よりも入れ替わり初日で遠慮なくやってのけるのがほんとすごい。

「ねぇねぇひーくん。ほら、これとか一段とヤバくない？　めちゃめちゃえっちだよね」

そうにやにやと笑いながらうるはが手に持って広げてきたのは、布の面積が最小限しかない紐状のパンティで……。

「あ、ああ。確かにヤバイはヤバイわな……」

謎の罪悪感に駆られた俺はいたたまれない気持ちになって目を背ける。

お前は一体男子高校生の俺にどんな反応求めてるんだ？　誰か正解を教えてほしい。これ、「いいねーえっちだよね」とか乗って真顔でドン引きされた日には俺、ショックでしばらく家から出られなくなるよ。つーかこの様子からしても、うるはって昨日冬華に指摘されたように、本当に俺のこと異性としてカウントしてないっぽいよな。とほほ。

にしても、冬華って普段こんなきわどいの付けて国民の前に……。

思春期男子の悲しい性（さが）ってやつか、脳裏によくない想像を繰り広げていると、顔全体を真っ赤に染めた冬華がばあっと俺達の下に駆け寄ってきて、

「ちょっ、桃島（ももしま）さん!?　それタンスの奥底に封印してあったはずなのに、なんで見つけてきてるのよ！」

ばっとうるはから紐パンを奪い去ると、まるで俺が悪いことしたとばかりにきっと双眸（そうぼう）を鋭くして睨（にら）んできた。なんだよこのとばっちり。

「少年、今すぐ忘れなさい。これはね、ちょっと疲れてる時に魔が差して購入してみただけで、外では一度もつけたことないから！」

こ、ここではあんのかよ……。

「はぁ。冬華はさっきとくと目に焼き付けてと言ったばかりではないですか。政治家として、発言の二転三転はいかがなものかと思いますよ」

「もう、馬鹿なこと言ってないで。さっさと片付けるわけよ。斉藤も手伝いなさい」

「な、なぁ冬華。俺も手伝おうか？」

片付けないと話が先に進まなそうだし。

「貴方はいいに決まってるでしょ。出てけ変態！」

ですよね。

「んふふ、ひーくんが怒られてるの見るのってなんか新鮮だねぇ」

リビングの外で待っていると、うるはが楽しそうに笑ってやって来た。

「そう言えばひーくんっていつの間にか冬華さんのこと、冬華って名前呼びするようになったんだね。昨日はあんなに他人行儀だったのに。そういえばすっかり敬語も抜けてる」

「それは、だな……ほら、見た目は同級生なのに明らかな上下関係みたいな空気があるのって変だろ。それに俺、あの人に別に敬意とか抱いてないし、普通でいいかなぁって」

「そっか。けどよかったー。二人が仲良くなったようで」

手を合わせてまるで自分のことのようにうるはが喜ぶ。

「よかった？　俺と冬華が仲良くなって？」

「うん。いやーひーくんって冬華さんのことあまりよく思ってない感じだったでしょ？　冬華さんもツンツンした人だし、二人の相性最悪な気がして心配してたんだよねぇ。ほら、友達同士仲良くした方が絶対にハッピーに決まってるじゃん」

総理を友達なんて軽く言えちゃうのはうるはくらいだろうな。

「それにさ、わたしの身体でギスギスされると、なんかわたしとひーくんまで仲悪くなった感じがして嫌だなぁって」

頬を掻き、うるはが困ったような笑みを浮かべる。な、なにそれ、うるはが俺との仲を心配してくれてるとか、めっちゃ嬉しいんだけど。よし、冬華がうるはの身体にいる間は、フレンドリーに接せられるようにベストを尽くそう。

「ちょっ、居ないと思ったら、なんで貴女まで出てってるのよ！」

「うぉっ、バレた！」

「そりゃバレるでしょ！　はやくこっち戻って片付ける！」

「うわぁあああ、助けてひーくん！」

怒り心頭の金髪ギャルに首根っこを掴まれて駄々をこねながら連れ戻される妖艶なお姉さん。これが今の国のトップだと考えると、悪いけど不安でしかたなくなる。今日はしっかりと、対応策について話合う必要がありそうだ。

そんなこんなで冬華達が部屋を片付けてリビングに入ることを許可されると、俺達はソファに腰掛けてようやく本題——冬華とうるはの入れ替わり生活について話し合うことになった。

「正直、一晩経ったら全部夢でした——という展開を心から望んでいたけど、残念なことにそうはいかなかったわね」

「ほんと、どうやったら戻るんだろうなこれ……」

「んーわたしは別に今すぐ戻りたいとは思ってないんだけどなー。だって巨乳美女でも美少女でもわたしはわたしだし」

この常に前向きな姿勢、好きを通り越して尊みを覚える。

「それともー、ひーくんはおっぱいの大きすぎる女の子は嫌いだったりする？」

「んなわけないだろ。俺はおっぱいの大きい女の子は大好きだ」

正しくは「中身がうるはであればなんだって好みだし、なんだって愛せる」だけど。

「なら問題なしだねっ」

いやまて、俺は何を叫んでるんだ。目の前の冬華のうわぁとドン引きの視線で我を取り戻す。ただ、一つ言い訳させて欲しい。実は今、ある事情から正常な判断がくだせないでいるのだ。――そう、俺達が並んで座った二人掛けのソファーは余裕があるにも拘わらず、隣りのうるはは何故か甘えるようにべたーっと俺の肩に身体を預けていたのだから。

「こほん。私の身体でいちゃつくのは止めてもらえる？　見ていてイライラするのだけど」

冬華の圧がすごい。これは一応彼女としての独占欲――じゃない完全に嫌悪だわ。

「こんなのマスコミが見たら垂涎ものでしょうね。『総理、今度の相手は合法スレスレの若い燕か』」

斉藤さんが淡々とした表情のまま指でフレームを作る。あの、俺未成年だから非合法じ

やありませんか？

「うるは、とりあえず、一旦離れような。その、いつもと同じくらいで頼む」

「えー身体がちょっと大きくなったから違和感あるだけで、わたしとひーくんっていつもこんなものだと思うけどなぁ」

　腑に落ちないといった様子のうるはが、仕方なげに少し離れた。実際、うるはの距離感がここまでとはいかないものの、比較的に近いのはいつものことだった。勉強を教える時横並びで座るのは普通だったし、飲み物や食べ物をシェアする時だって間接キスなんてお構いなく平然と口にする。そんな好意的な態度を目に、うるはだって少なからず俺を好いてる、イケるのではと見事勘違いしてしまった哀れな男が俺で……うわぁあ。——やばい、これ以上考えると確実に負のスパイラルに突入する。早いとこ、本題に入って忘れよう。

「さぁ、さっさと入れ替わりについての議論を始めようぜ」

「お、ひーくんやる気だねぇ。それにしてもなんで、わたしと冬華さんは入れ替わったんだろうねぇ？」

　うるはが頬に指を当て首をひねる。改めて考えるとほんと謎だ。それに謎と言えば、あの二人の手にあるハート形の枠の痣。今日に付く中では一番の謎だよな。赤の他人だった二人が偶然同じタトゥーをしてたとは考えにくいし、入れ替わりに何かしら絡んでいると見ていいんじゃないだろうか。まずはこの辺について、当事者がどう思ってるか聞くか。

そう思って口を開こうとしたところ、冬華が先行した。

「それに関しては残念だけど、事態がぶっ飛んでるだけに今何を考えても憶測の域を超えずどうにもならないというのが私の結論よ。科学的なのか非科学的なのか、天災なのか人為的なものなのかすらわからない状況で、あれこれ悩むのは不毛でしかないわ」

「それって、ようは入れ替わりうんぬんの話は一旦保留にするってことだよな？」

「そういうこと。このまま順当に行くと、月曜には互いに別々の人生を本人として振る舞う生活が待っている。限られた時間を有効活用する意味でも、まずはやっておかないとヤバいタスクから処理すべき。桃島さんもそれで異論はないわよね？」

「うんうん。ま、考えてもどうにもならないことってあるもんねー」

わかるわかると腕を組み首を縦にふるうるは。本当に考えて、そう思ったんだよな？

うーん、当事者である二人がそう言ってるなら、俺がこれ以上とやかく口を挟むのも筋違いだよな。実際、元に戻るためあれこれ試してて気付けば月曜になってました——ってなった時に一番大変なのは本人達だ。保険を掛けときたい気持ちは十分に理解できる。

「理解が早くて助かるわ。というわけで斉藤、その辺の入れ替わりの調査については貴女にお願いできる？　化学兵器に新種の病気の説から、はたまた伝承や都市伝説みたいな眉唾物でもいいから、入れ替わりの記述があるものをひとまず片っ端から集めてちょうだい」

「かしこまりました」

「とにかく昨日も言ったように、優先すべきは今をどう乗り切るかよ。こうなった以上、桃島さんが総理としての職務をこなし、私が代わりに桃島うるはとして天堂院に通うしかない。今日はそれにあたってお互い注意しなきゃいけない点について話し合いましょう」

「注意する点……？　ああ、お肌の質が違ったらケアの仕方とか全然違ってくるもんね。昨日冬華さんが普段使ってるコスメ探したけどあんまり見当たらなくて聞かなきゃって思ってたんだー」

「違う！　私が言いたいのはそういう方面じゃなくて——というか、逆に桃島さんの場合は化粧品の量が多すぎて、どれを使えばいいのか困ったわ。お化粧を覚え始めたばかりで色んな物に目が行くのはわからないでもないけど、使い終わるまえにあれもこれもと手を出すのはあまり感心しないわね」

「へ、あれ全部使ってるよ？　お肌のコンディションによって色々と変えるじゃん。特に今の季節の変わり目の時期とか、一番気を使うわけだし」

「えっ、嘘でしょ⁉」

「驚きたいのはこっちもだよ。寧ろあれだけでこのモチモチスベスベなお肌を保ってるなんて。……女の敵」

自分の頬をさすったうるはが、じとりと非難の視線を冬華に向ける。昨日、同世代からの共感が著しく低いとか嘆いてたけど、こういうことね。美容に関してはよくわからないが、あのポジティブなうるはが賞賛より嫉妬を優先させるってことは、相当なんだろうな。

「と、とにかく、その話は後で二人きりの時にでも詳しく聞くとして、今は仕事や学業――互いの生活の基盤になる部分の話をしましょう。斉藤（さいとう）、私の週明けの予定について、ざっくりでいいから教えてくれる？」

冬華にそう言われた斉藤さんは、手帳を取り出して予定を確認した。

「はっ。週明けの主な業務は引き続き国会での答弁。それから閣僚達（たち）との会議ですね」

「うっ、国会答弁、思い出したくない記憶が……」

頭を押さえ苦い顔になる冬華。

「けど、考えようによってはまだ安心な部類よね。原稿さえまともに読んでもらえればやり過ごせそうだし。斉藤、わかってると思うけど、私の全答弁原稿に読み仮名をつけるよう手配しておいてちょうだい」

「言われるまでもなく、既に着手済みです」

「助かるわ。問題は質疑応答に関してだけど――いいかしら桃島さん。今から貴女（あなた）に魔法の言葉を三つ教えるわ」

「うぉっ、魔法の言葉!?」

魔法という単語に反応したうるはが目を輝かせる。

「『最善を尽くす』『適切に対応する』『警戒感を持って取り組む』この三つよ。とりあえずこれさえ口にしとけば、その場はしのげるから」

「おいそれ全部、なにもしないをそれっぽく言い換えてるだけじゃねぇか」

確か、前の総理が責任から逃れる時によく使っていた言葉だよな。冬華が就任後にめっちゃ批判してた……それで本当にいいのか?

「ふむふむ。でも、たった言葉三つ覚えるだけでいいなんて、意外と総理のお仕事って簡単なんだね。コンビニの店員の方がまだ覚えることありそう」

純粋無垢なうるはの感想に、何故だかとんでもない核心を突かれたように感じた俺達はうっと押し黙った。

「ま、簡単でなければ、あんなちょっとした失言の度にころころと大臣が変わってる我が国はとっくの昔に転覆してますよ」

斉藤さん。一応貴女は国側なんですから、毒づくより擁護すべきなんじゃないですか。

「と、とにかく、何を聞かれても基本的にこの三フレーズだけで乗り切ること。持ち帰ってくれれば後は私が適切な判断を斉藤に伝えるから」

「おっけおっけ。まかしといて」

軽く笑って頷くうるは。まるでちょっとしたおつかいを任された程度のようなこのノリ。

本当に大丈夫だろうか。国会となると俺では何も手出しできなくなるのがもどかしい。

「お、そういえば、その代わりーわたしになった冬華さんには生徒会長選挙の方をお願いしないとだね」

「あぁ生徒会長選挙ね。そういうのがあるって話だけなら、彼から一応聞いてるわ。詳しく教えてもらえる？」

「わたし達が通う天堂院では、来週から生徒会長を決める選挙がスタートするの。で、そこにわたしも立候補していて、火曜日には全校生徒を講堂に集めてこんなことがしたいーって出馬表明と、候補者同士で議論をバトルさせる討論会ってのをするんだぁ」

うるはが身振り手振りを交えて説明した。

「ふぅん。というか素朴な疑問なのだけど、なんで少年ではなく、この子が出馬しているの？　昨日は聞きそびれたけど、もしかして少年ってば裏から牛耳りたい系男子？」

「んなわけねーだろ。俺はな……出たくても出られねぇんだよ」

「えっ？」

やりきれない思いからつい浮かない顔になっていると、事情を知るうるはがその空気を払拭するよう微笑を浮かべて言葉を放った。

「と、いうことで、わたしが総理を頑張るから、冬華さんはわたしの代わりに生徒会長選挙をファイトだよ」

「はぁ。まぁ最善を尽くしてあげるわ」

「おい、お前が魔法の言葉を使うのかよ！」

——夜。帰宅した俺は趣味である筋トレをしていた。俺が筋トレを趣味にしているのは、勉強と同じように積み重ねは絶対に自分を裏切らないというか、やった分だけ自分に返ってくるのが好きだからである。そうして腕立て伏せを始めて数分が経った時のこと——

【少年、好きよ愛してる♥】

冬華から謎の怪文書がラインで送られてきた。

【一体なんの冗談だよ】とラインを返して腕立て伏せに戻るも、またすぐ返信が来て、

【恋人ってこういった生産性のないやり取りを定期的に行うものなのよね。せっかく付き合い始めたのだから試してみようかと。ちょっと付き合いなさい少年】

試すって……こいつ、恋愛を馬鹿にしてないか？

【なぁ昼間も気になってたんだけど。なんで未だに少年呼びなんだ？　昨日の恋人だから下の名前でうんぬんは一体どうなったんだよ？】

【……その方がしっくりくるから？　まさか少年からそんなこと言ってくるなんてね。なに昨日は嫌々って感じだったのに意外と乗り気なわけ笑　気が向いたら呼んであげるわ】

こいつ、まじむかつく。——と、返信する気になれずにイライラを募らせていると、

『やっほーひーくん。一人で暇だしお喋り募集！』

と、今度はうるはからライン通話がかかってきた。

「ああ、もちろんいいぜ」

よしこのまま電話に集中してたことにして、冬華の方はめんどくさいしスルーしよう。

スピーカーモードに変更し、俺は腕立て伏せを再開させつつ、うるはと通話する。

『いやーいつかは一人暮らししてみたいなって思ってはいたけど、こう家が広いのに誰もいないとやっぱ寂しいよね』

「そりゃあれだけ広いとなぁ。まぁわかる。つーかご飯ってどうしてるんだ？」

『昨日も今日も斉藤さんと一緒に外で食べたよ。冬華さん基本的に自炊してないみたいでさ、冷蔵庫あけたら大量のお酒とチーズしかなかった』

「ま、どう見ても家庭的なタイプではなさそうだしな」

『そういや今のわたしって一応成人してるんだよね。お酒って飲んでもいいのかなぁ』

「ど、どうだろうな……やめといた方がいいんじゃないか？」

『そっかぁ。うーん、せっかく大人のレディになったんだから、どうせなら今だから出来ることとかやってみたいよねっ』

「今だから出来ることねぇ。酒タバコとかしかぱっと出てこないけど、どんなことだよ？」

『んー爆買いとか？』

「はは、なんだよそれ。うるはの中の大人のイメージってどうなってんだよ」

ああ、声が違ってもうるははうるは。こうやってたわいもない会話をしてるだけでも心が温かくなってくるというか、幸せだなぁ。ああ、早くもう一度想(おも)いを伝えたい。

そうやって俺が幸福感を堪能しているその傍らでは、

【ちょっと既読スルーはないんじゃない。彼氏の自覚あるの？】【恋人に寂しい思いさせるなんて、最低ね。私泣いちゃいそう。ほら、さっさと返しなさい】【ねぇ。ほんとは見てるのよね？】と、一応は今の恋人である冬華(とうか)から返事の催促がどんどんと送られ続けていた。なんだこれ。この人が体験したかったのって、メンヘラ彼女なのか？

【はぁ。少年が返事してくれないと、暇すぎてうっかりえっちな自撮りを送りそう】

「はぁあぁっ!?」

『ど、どうしたのひーくん？　急に大声上げて……』

「いや、ごめん、なんでもないんだ……」

【おい、何の真似(まね)だよ】

【ふふ、ほらやっぱり見てたんじゃない。さ、恋人同士愛を語らうわよ。じゃないとうっかりしそう】

こ、こいつ。うるはの身体(からだ)をたてにゆする気かよ。

【わかった。で、どうして欲しいんだよ】

【そうね。少年からも愛の言葉を囁(ささや)いてくれる？】

い、いやだぁ。けどやらないとうるはがあられもない姿に……。

『——もしもーし、ひーくんどうしたの？　さっきから返事が適当な感じがするけど、やっぱりなんかあった感じ？　大丈夫？』

「ちょ、ちょっとな。けどもう大丈夫だから」

『そっか。ならよかった。それでね、昨日さなっちと話してた時のことなんだけど——』

かくして俺は、なぜだか本当に好きな人と電話しながらエセの恋人に愛のメッセージを送るという意味不明な状況がスタートしてしまった。

『——でねっ、さなっちの彼氏ってば浮気してたんだって。許せないよねっ』

「あ、ああ。そうだな。許せないよな浮気は」

【俺も冬華のことを愛してるよ】

【ほんと、嬉しい！　あぁ、早く会いたいなぁ♥】

「……でもさ、もしかすると浮気をしたその彼氏も、実はのっぴきならない事情があったりするんじゃないかぁ——なんて」

『ん？　なんでひーくんがさなっちの彼氏を庇うの。浮気は最低な行為だよ』

【ねぇねぇもっと少年からの愛が欲しいなぁ】

【好き好き好き好き好き好き好き好き好き好き——大好きだ!!】

「いや、まぁそれは……おっしゃる通りです」

うるはとはまだ付き合ってるわけじゃないんだし、これは浮気ではないよな!?

こうしてこの地獄のような時間は、冬華が満足するまでしばらくの間続いたのだった。

【ねぇ、少年。ところでこれ、一体何が楽しいわけ?】

俺が一番聞きたいよ。

【世の恋人達はなんでこんなことに楽しさを見出せるのか理解に苦しむわね。一説によると夜恋人とのやり取りをすると、明日も頑張ろうって気になれるという話だけど……別に特筆してなにも湧いてこないし。お酒を呑んでる方がもっと元気になれるわよ】

そりゃ俺が今のうるはとの電話でそうだったように、好きな人との会話だったらどんな些細な内容でも楽しく幸せな気分になれるもので——大切なのは内容ではなく感情。そりゃ逆に好きのすの字もない俺達がやったところでこうなるだろ。ま、別に指摘する義理もないから言わないけど。つーかこれが素ならこの人、恋愛に向いてないんじゃね?

○○○

一日挟んで休み明けの月曜日。俺は入れ替わり事件が発生する以前と同様に学園へ通っていた。

ちなみに日曜は何故か冬華の方が、うるはにお肌のスキンケアについて猛レクチャーを受けていた。うるはが持っていた大量のコスメ全部の用途を説明され「えっ、そこまでする必要あるの」と困惑する冬華が、「冬華さんは恵まれすぎてて何一つわかってない。わたしの顔でニキビ出来たらぶっ殺すからね」と辛辣なうるはに攻められている光景は中々にシュールだった。まさか、あの喜怒哀楽の喜と楽にステータスを全振りしたようなうるはがあそこまで悪態をつくなんて。冬華の美貌って、そんな全女性が羨ましがるレベルなんだな。流石は魔性の女。まぁ、俺はうるはの方がかわいいと思うけど。

　どうでもいいがその夜はまた、冬華の恋人ごっこに付き合わされた。恋人らしく寝落ちもちもちがしたいとか言い出してきて、三時間ほど冬華の自慢話と愚痴に付き合わされる始末。寝たふりしたら起こしてくるし、寝落ちもちもちの意味わかってるのかあの人？

　そうして、コスメも完璧に桃島うるはとなって高校生活を送る冬華といえば——

「くそつまんなかったわね授業。こう、人生を無駄に過ごしてる感がすさまじかったわ」

　教室。隣の席に座る冬華が今日一日を振り返って不満げに呟いた。

　最初こそ、もう二度と体験することなかった青春模様——学園生活や授業風景に目を輝かせていた冬華だったが、段々と目が死んでいき六限目を終えた今ではこれである。

　そんな冬華も学食の時だけは活き活きしていたのだが、「普段のうるははそんな食べないから、一応目立たないよう同じ量にするべきだ」と教えた途端覇気がなくなり、俺の安さと上質なタンパク質の摂取がウリの厚揚げ納豆定食をひもじそうな目で見つめていてとても食いづらかった。どうやら冬華は食べることが人一倍好きらしい。

「そりゃそうだろ。今のあんたがやってることとって、俺が小学校に戻って算数とか聞いてるのと同じようなもんだよな。そりゃ、なにやってんだってなるよ」

「というかこの子今まで一体どんな学校生活送ってきたのよ。普通にノート取ってるだけで先生に『今日の授業そんなに面白かったか』とか涙流されて感激されるなんて」

「そりゃまぁ………な」

いつものうるはなんて、そりゃ居眠りの常習犯で注意されては当てられたと寝ぼけて勘違いして挙手しながら起立するのが日常だ。そういう意味ではうるはになりきれてないし、居眠りを教えるべきなのだろうか？

などと考えていると、

「やあ桜庭君、調子はどうだい？」

前方から気取った声が到来した。

「この俺、島本光彦が、わざわざ君に会いに来てあげたんだ。光栄に思うがいい」

「そりゃーどうも」

後光が差すほどの威張りオーラを適当に流して返す。

「ひーくん誰？」

なんだろう。演技とはいえ、冬華にひーくん呼びされるのは背筋がゾクッとする。

「この生理的な嫌悪感がハンパない人は」

後、俺のうるはは絶対にこんなこと言わない。

「同級生の島本光彦。父親が政治家のお偉いさんってこともあって、一応今回の生徒会長選挙における有力候補の一人とされてる」

ひそひそと耳打ちする。

「へぇ、親が政治家のお偉いさんねぇ。島本……？　ということは私、彼のお父さんとは少なからず面識があるはずということよね。ん、島本……？　――ままま、まさか彼のお父さんって、クソハゲ――あの快晴党代表、島本英二なわけ⁉」

快晴党とは野党第一党――つまり、内閣総理大臣である冬華を支持しない政党の内、一番議席を持っている政党のことである。ちなみにうるはが答弁で誤読を連発した時、手を叩いて一番爆笑していたのが、そこの男の父親、島本英二だったりする。

まさか天敵の息子に会うなんてと声を荒らげて驚く冬華を目に、光彦は満足げに笑って、

「ほう。ようやくお馬鹿な君にも俺のパパの偉大さがわかるようになったか」

まぁうるはは本人は今まで政治に一ミリも興味なかったから、お得意の親父自慢が通用してさぞかし嬉しいことだろうな。こいつ、イケメンなこと以外それしか取り柄ないし。

「で、光彦、俺になんの用だよ？」

「おっとそうだった。討論会を前日に控えた今、改めて君の返事を聞いておこうかと思っ

てね。学年主席たる君の頭脳は、この優秀な俺の下でこそ一番輝く。俺の選挙参謀として、共に格式高いこの天堂院学園生徒会長選挙戦で勝利の華を咲かせようではないか」

「返事も何も一番最初に誘われた時にすぐ断っただろ」

そう、光彦が俺を選挙参謀に誘ってきたのは何も今日が初めてじゃなかった。

「はぁこの俺、島本光彦が直々にお願いにやって来てるというのに、実にもったいない。俺が生徒会長になった暁には、君を庶務として指名すると言ってるんだ。外者の君が、この栄えある天堂院学園生徒会の一員になれるまたとないチャンスだぞ？　なのにそれを無下にするなど、かしこい君にしてはらしくないと思うが」

「そこはお世辞でも副会長の座をくれるとかだったら、まだ心揺らいだかもしれねぇのに」

肩をすくめて苦笑する。ま、俺がうるはを裏切るなんてありえねぇけど。

「おいおい、政治家にとって出来ない約束は御法度だろ。外者の君を副会長に置くなんてそれがどれだけ夢物語かは、外者である君自身がよーくわかってることだろ。それとも、まさかそこの彼女なら本当に変えてくれると馬鹿正直に信じているとでも言うのかい？」

「ああ、俺はそう信じてる。うるはと俺でなら、やれるって」

俺が毅然とした態度で頷くと、光彦はつまらなそうな顔になって、

「ふん。ま、一次選挙が終わった後でもいいさ。気が変わったらいつでも待っているよ。それじゃあまたね、お二人さん」

清々しく笑って手を挙げると光彦は颯爽と教室を後にしていった。

「なんというか、流石あの島本の息子って感じ。主にあの厚顔で自信が服を着て歩いてる感じとかもろに父親譲りよね」

「俺はまだ親父の方には会ったことないから、そんな賛同を求めるように振られても反応に困るんだが」

「それよりも少年、さっきの会話でちょくちょく出てきていた、外者と言う単語は一体なんなのかしら？　話から察するに、この前聞きそびれた少年が生徒会長選挙に立候補していないことと関係があるみたいよね」

「それはだな……ちょっと話は長くなるかもだが。この天堂院に通う生徒は、大まかに二種類の分類にわけられるんだ。うるはや光彦のように政治家や資産家に芸能人など著名人のご子息ご息女がだいたいを占める、幼稚園からエスカレーター式で上がってきた内部進学組——通称、内部組と、俺みたいに一般家庭の出身で中学・高校への進学を機に受験で合格して入った一般入試組とな」

まったく、超難関と呼ばれる天堂院学園の入試をやっとの思いで潜り抜けた後に、まさかこんな理不尽な仕打ちが待っているとは思ってもみなかった。

「で、こっからは人間の黒い部分というか。内部組の生徒は生まれながらの勝ち組が多いこともあって一種の選民思想ってか、俺達一般入試組に外者と蔑称をつけて見下すやつが殆どでな。自慢するわけじゃないが、あのハイレベルな入試を潜り抜けて入学してきた入試組が成績上位の大半を占めちゃうのは妥当といえば妥当だろ。それが根っからのエリート思考である内部組の連中からすれば不快でならなかったというか、ある種の自己防衛として、気がつくとこんな空気が蔓延してたらしい。何をやっても所詮は外者って風潮がさ」

それなら別に一般家庭組も幼稚園から入学すればいいだけの話なのでは——と思うかもだが、そんな単純な話ではなかった。幼稚園に入る時、中高とは比べものにならない莫大な入学金を払う必要があるらしい。極端な話、そこでふるい分けがされるのだ。その代わり、内部組は大学までの天堂院でのエスカレーター生活が——約束された高学歴人生が保障されるのだと。

「さっきの外者の俺を参謀に迎えたがってた光彦とか、かなり珍しい方だからな。ひどいと俺達のことばい菌みたいな扱いしてくる連中だっているし」

「へぇ、そこは腐っても快晴党を束ねる島本の息子。褒めるのは癪だけど、世論や風評だけに囚われない人の上に立つ器量はある程度備わってるってわけね。クソハゲも基本は青空党憎しの挙げ足取りクレーマーだけど、国民のためになると判断すればちゃんと精査して賛同してくれる器は持ち合わせてるもの。褒めるのは癪だけど」

苦虫を噛み潰したような顔。どんだけその島本議員って人が嫌いなんだよ。

「ま、この生徒会長選挙にもその悪しき風潮が絡んでて、伝統を建前に内部組以外は立候補してはいけない暗黙のルールがあるんだよ」

「けどそれって、所詮は生徒間同士の暗黙のルールでしょ。勝てるかどうかはおいといて、立候補自体は自由よね？　正直、このバカ娘より学年首席の少年が出た方がまだ勝算があると思うのだけど」

「それがなぁ、暗黙のルールって言葉自体もいわば建前で、実態はほぼ学園容認の圧政。なんつったって内部組は、多額の寄付金をくれる立派なお得意様だらけだからな。そりゃあお客様の声は反映されがちってわけよ。もし俺が立候補届を担任に提出しても、あらゆる難癖付けられて絶対に受理してもらえないだろうな……」

「あぁ、よくあるやつね」

「そんな感じに歯がゆい思いだけ燻(くすぶ)らせてたら、うるはが突然立候補したとか言い出してさ。『わたしが代わりに生徒会長になって、ひーくんを副会長に推薦するよ。前例が出来ちゃえばなんとでもなりそうだし、副会長として頑張ってるひーくんをみんなが見れば、きっと次の生徒会長はこの人しかいないってなるよ！』って」

「なんか、いかにもあの子らしいわね」

「けど、そんなこと言われたら惚(ほ)れるよな。絶対に勝たせたいって思っちゃうよな」

ま、それ以前からうるはのことは大好きなんだけど。

「はぁ。彼女の前で意気揚々と他の女の子の惚気(のろけ)話とか、ドン引きなんだけど少年」

「いや、一応周りから見れば俺が前にしてるのはその惚れた女の子なんだけど」

　そんなジト目で訴えられましても。

「ともかく――明日の討論会はあいつの沽券を守るためにもうるはとしてなんとか乗り切って欲しい。俺も応援人として一緒に壇上に上がって精一杯サポートするからさ」

「出るのは全然構わないけど、それよりもこの子に今更守るほどの沽券とか存在するの？」

「おい」

うるは Side

　時は冬華が桃島うるはとなって弘樹と一緒に天堂院に通い、授業を受けていた頃。

　鮫島冬華となったうるはもまた、彼女の代わりに総理大臣として国会に出向き、総理としての職務を行っていたのだが――

（やばい、めちゃめちゃ眠い……）

　うるはにとって普段のこの時間は机に突っ伏して英気を養っている時間だ。故に総理大臣と書かれた札の立つ席に座っているだけでも、次第に瞼が重くなってくる。特に周りが授業にも増してわけのわからないことばかり喋っているのだから尚のこと。

『総理、起きてますか総理』

と、耳元で語気の強い声が飛んだ。声の主は斉藤。別室で控えてモニター越しに国会の様子を見守っていた斉藤は、国会の右も左も正面すらもわかってるか怪しい現総理をフォローすべく、小型イヤホンをうるはに装着させていたのだ。

「はい、起きてます」

いつもみたいに先生に注意されたと思ったうるはは、反射的に手を挙げて声を立った。が、うるはがいるのは教室ではなく国会。そこで挙手するということは、すなわち今の主張に意見を申すということで――

「内閣総理大臣、鮫島君」

「へ？」

即座に挙手は受理され、うるはは答弁の場に立つことになった。

『はぁ……こうなった以上、仕方ありません。総理の沽券に関わりますから。私がアシストしますのでこの場を乗り切りましょう。魔法の呪文は覚えてますね？』

こくんと頷いたうるはは、まだ頭が半分寝ている状態のまま演壇へと向かう。何一つ聞いてなかったが、まぁ斉藤さんもいるしなんとかなるだろうと持ち前の前向き精神で。

対面した男は、まるで親の敵と会ったかのような強い視線でうるはを睨んだ。

男の名は、島本英二。野党第一党となる快晴党の党首である。彼は今、前回物価高騰を巡る質問対応でうるはが盛大にやらかしたのを挙げ足に与党の物価対策がその場しのぎで根本的解決策になってないことを主張し、原油すら読めない総理より我々の方がこの問題に対して真剣に取り組んでるとイニシアチブを取ろうと弁舌を振るってるところだった。

「総理わかってますか！　度重なるコストアップで儲けが少なくなったと皆が悲鳴を上げてるんですよ」

「もう毛が少なくなった……」

顎に手を当て、考えるように目を細めたうるはの視線の先にあったのは、年老いた議員の後退しきった髪で——

「それはその、大変ですね……」

コストアップがどうとかいうのは、ようは仕事のストレスで頭がハゲてしまったということだろう。社会人とはやはり世知辛い。そう解釈したうるはは、同情の視線を向けた。

そんなうるはの反応に、議員はどんと強く机を叩いて憤りを露わにした。

「大変ですね——総理！　なんでそのように他人事のようにいられるのですか？」

（そんなの、他人事だよぉ。おじさんのハゲがどうとかなんて）

「総理はこの件に関して、どう対応するおつもりで。何か案があるから、挙手したのですよね？」

「対応、ですか……」

『総理、ここは下手な約束は避ける方向でいきましょう』

斉藤のアシスト。もちろん斉藤はうるはが盛大な誤解をしているなど思ってもいない。下手な約束は避けるとは言ったものの、この男はわざわざ国会の場で訴えるほどハゲについて悩んでいるのだ。困っている人が助けを求めてきている以上、放ってはおけない。

再度砂漠化が進んだ頭を一瞥してうるはは考える。

うるはの子供の頃の夢はヒーローだった。困ってる人を救う存在。重い荷物で横断歩道を渡るのを大変そうにしているお年寄りを見たらつい手を貸したくなっちゃう、それが桃島うるは。何か自分でも力になれることはないか、その一心でうるはは口を開いた。きっと、ひーくんだって見過ごさないだろうと。

「その、起きてしまったことはもうどうしようもないと思うんです」

そう口にしたうるはの視線の先は肌色の頭部にあった。毛根が死んでいる。残念だがあれではかつての栄光を再現するのは無理だろう。

「なっ、どうしようもないですか……!?」

うるはの言葉に、島本議員は大袈裟に仰け反って声を震わせた。

「かつてとの違いに戸惑い、あの頃のように戻したいと思う気持ちはわかります。でも、戻るかわからない部分に力を入れるより、まだ豊かな部分に着目した方が上手くいく希望があるんじゃないでしょうか」

「豊かな部分、ですか……具体的にはどうするべきかお聞かせ願えますか?」

「へ、具体的？　………その、海藻なんかがいいんじゃないですか」

よくわからないがハゲには海藻が聞くとテレビで見た気がする。

「ふむ……海藻ですか。確か聞いたことがあります。海藻を食用にしているのは日本を含め数えるほどしかなく、食べる文化のない国では近年外来種の浸食によって海藻を駆除することに手を焼いているところもあると。なるほど、そういう国からなら安く、或いはタダ同然で手に入るかもしれない。これが総理の指し示す豊かな部分であると」

島本議員の目がなにやら輝きだした。

「つまり総理は補助金等その場しのぎの物価対策ではなく、豊かな部分――海藻を資源としたバイオ燃料などの投資に財政を注ぐべき。そうお考えなのですね？」

「あっ、はい」

熱意に気圧されるままにうるはは頷いた。

「なるほど……総理が物価対策についてそこまでお考えとは、これはどうやら一本とられたようですね」

冬華も認めるように、島本議員は基本的に青空党潰れろのスタンスであるものの、国民のためになると判断したら私情を持ち込まずに受け入れる、政治家としての信念を持ち合わせている。

故にこれ以上、島本議員は反論することなく、この場はこれで終了となった。

この日、政府は原油高騰の物価対策において、その場しのぎの一時的な是正や補助ではなく、未来への展望を掲げ新エネルギーの研究への財政投資にシフトする方針を発表。

　これにより、日本の研究費の少なさに嘆いていた各界の教授達が鮫島総理の方針を絶賛し支持を表明。また、補助と言いつつも結局一部の事業所だけが得をするだけで国民にまで何一つ回ってこなかった今までより全然ましだと、民衆全体からの支持率も増加した。

　かくしてうるは本人がよくわかっていないままに、鮫島政権に一つの実績が誕生したのだった。

弘樹 Side

天堂院学園生徒会長選挙。

　その名の通り、天堂院学園における新たな生徒会長を決める選挙である。

　それはどこの高校にでもあるごくありふれた行事ではあるものの、こと天堂院学園においては他校とは違う並ならぬ熱量があった。

　この天堂院学園で生徒会長を務めることは、この学園に集うエリート達の頂点的存在としてとても優れた人間である証とされ、進学や就職に有利のみならず将来の出世にすら多大な影響をもたらす、大きな箔・実績の側面を持っているからである。この学園で上に立つことは、将来国の上に立つことと言われるほどだ。

故に天堂院学園生徒会長選挙には毎回二桁に及ぶ多くの生徒が立候補し、その数の多さから一次、二次選挙を経て、最終的には残った二人の決選投票による対決と、二ヶ月間に及ぶ激闘が繰り広げられる。

当然、激戦を勝ち抜いて生徒会長に与えられる権力は絶大なもの。

生徒会長の方針によって学園そのものの方針ががらりと変わることもあり、この学園における伝統行事として、文化祭や体育際と並ぶ全校生徒をあげてのお祭りになっていた。

日付が一日進んで、午後の授業。約二千人に及ぶ全校生徒が集められた講堂内では今、候補者達による決意表明が繰り広げられていた。

候補者達はそれぞれランダムで六人ごとのグループに振り分けられ、各グループごとに先ずは各候補者達が自己紹介兼決意表明を行い、その後学園や生徒会に関するお題をテーマに自分の主張をぶつけ合う、討論会を行う流れとなっている。この討論会は、全校生徒の前で平等に自分を売り込むチャンスを設けてあげようと、時の生徒会長が作ったらしい。

討論会の時間はグループ内で約10分。アニメ半分も消化出来ない僅かな時間の内に候補者達はいかに自分を売り込むか、候補者達の力量が試される瞬間であった。

一次選挙の投票日は二週間後の火曜日。今日を境に候補者による選挙運動は活発化していくため、この総会は事実上の開会式的立ち位置を兼ねていた。ちなみに二次選挙に進めるのはこの中からたったの八人のみ。狭き門だ。

そうして桃島うるはの配属されたグループの番が回ってきたのは、ちょうど時間的には六限目にさしかかろうとしていたころだった。

「ふわぁ、やっと出番が来たようね。昨日にも増して退屈だったからほんとどうにかなっちゃいそうだったわ」

眠たげな半目のまま壇上に上がって席についた冬華が気怠げにあくびをした。

「そりゃあ現役総理様からすれば、こんな学生同士の選挙活動なんて、おままごともいいとこだろうしな」

応援人として彼女の隣りに立つ俺は苦笑する。俺のように候補者には応援人一人の同行が許可されていた。応援人の主な役割は討論会におけるフォローと代弁。もっとも、悔しいことに今となっては実力差的に単にいるだけ人間となってしまったが……。

壇上には冬華のように候補者達が等間隔で座っていて、左側から順に名前を呼ばれた候補者達が次々に中央の演台に立ってスピーチをしている。応援人を付けている候補者は半々といったところ。冬華の席は一番右端。ようするにラストバッターである。

ちなみにこのグループの他の候補達の様子はというと、緊張しすぎて声がたどたどしかったり、カンペ棒読みでただ言ってる感がはんぱなかったりと、所詮は高校生の選挙と言ったらそこまでだが、拙いものだった。ある意味、冬華が最後でよかったと思う。

「――あ、そういえば一つうっかりしてたことがあったわ」

冬華の前となる候補者のスピーチを眺めていると、突然彼女がのほほんとした口調でそんなことを切り出した。

「へ？　な、なんだよ急に……？」

「今日昨日と桃島さんになりきることにリソースを使いすぎてて、生徒会長になったら何をしたいかとかどんな学園を目指すとか、スピーチの内容一つも考えてきてなかったわね」

「はぁあああああ⁉」

うっかりどころの話じゃないだろ。そういうの貴女大々得意分野だったはずですよね⁉うるは本人の時は土日に一緒に原稿作ろうとか考えてたけど、冬華が代わりにやるってなってからは蛇足だろうしその点を何よりも一番信用してたのに。くっそ、結局おままごとには本気になれないってわけかよ。やっぱこいつ好きになれねぇ。

「――続きまして、二年D組桃島うるはさん」

苛立ちを募らせている間にアナウンスが飛び、何の策もないままうるはの番が来てしまった。

「ま、なんとかなるでしょ。任せなさい、私が今までどれだけの記者会見をアドリブで潜り抜けてきたと思ってるの。ようするに、桃島さんなら生徒会長になってどうしたいかを考えて喋ればいいのよね。楽勝よ」

俺の不安などどこ吹く風といった様子で不敵に笑うと、揺るぎない自信を身に纏(まと)い、桃島うるは——鮫島(さめじま)冬華は演台へと立った。

演台に置いてあったマイクを手に持った冬華は、客席に目を向けると、そこで一度気を切り替えるように深呼吸して、

「二年D組桃島うるは。私が生徒会長に立候補したのは～み～んなを笑顔にするためでーす♪」

にこっと満面の笑みを浮かべて目元でピース。

…………は？

他候補とは常軌を逸した、アイドルの総選挙と勘違いしてないかと場違いな自己紹介に全校生徒がざわつく。俺も開いた口がふさがらない。

そんな中、冬華は「どう完璧にあの子だったでしょ」とばかりにちらっとドヤ顔を向けてきて——おい、お前の中でうるはは一体どんな風に見えてるんだよ。

頭痛を覚える。どうやら真面目にする気はないらしい。一応期待してたんだけどな。

が、冬華が正面を向いた次の瞬間、俺は空気が変わったような、異質な感覚を覚えた。

そう、まるでスイッチのオンオフが入れ替わったような。そんな。

「みなさんは今、この天堂院(てんどういん)学園での学園生活が楽しいですか？」

　声を張って客席に問いかける。

「私はぶっちゃけ半分楽しく、半分つまらない。だからこのもう半分も楽しくするために、私は生徒会長選挙に立候補しました」

　それはありきたりではあるが、真摯な態度でこれからの学園作りはこうしたいと展望を訴えていた今までの候補者とは明らかに違うスタンス。

「ちなみに私にはさっきまでの人達(たち)のような『生徒会長になったらこんなことを頑張るぞー』的な公約は殆(ほとん)ど持ち合わせておりません」

　主旨を折るような言葉に、どよめきの声が広がる。

「だって私は、ここにいるみなさん全てのことを知ってるわけではないんです。なのに、もうみんなを笑顔にする方法が決まってたらおかしいですよね？　人が笑顔になる理由なんて千差万別なのに、それだと単なる笑顔の押し売りだと思いませんか」

　そして、俺はようやく気付く。今まで退屈そうにしていたり、うとうとと船をこいでいた生徒達も冬華(とうか)に釘付(くぎづ)けになっていることに。

「だからこそ、私はこの選挙期間中みなさんの声を聞いて回って、みんなが笑って過ごせる学園の形がどういうものかを、みなさんと一緒に考えて作っていきたいと思ってます」

　そう言えば聞いたことがある。とある有名な学者は、自分の講義を始める際必ずジョークから入って場を和らげ注目を引きつけるように心がけているのだと。たぶん、あの人はそれを無意識に実践している。――これが政治家鮫島冬華という人間。

背筋に電撃じみた感覚がピリッと駆け巡った。俺の将来の夢は政治の世界に入り、正直者が、真面目な人が損をしない世界を作ることだ。それは今だって変わらない。だが、もし俺がこの選挙に出馬できていたとして、果たして彼女のような人の心を揺さぶる演説ができたのだろうか。……悔しいけど、正直無理だったと思う。

自分が何者にもなれていない無力さを痛感して胸がちくりと鈍い痛みを訴える。いや、悲観的に捉えるのではなく前向きに捉えろ。今の俺がこの化け物な演説を生で聴けるのは、長い目でみるとラッキー以外の何物でもないよな。しっかり分析して吸収するんだ。勉強は自分を裏切らない。彼女の下で学び、いずれ一泡吹かせるってそう決意したんだろ俺。

「あ、それでも一つだけ、これだけは私の中で絶対にやらなきゃいけないと決まってることがあるんですよね」

冬華はそこで一呼吸置くと、これが本題とばかりに再び口を開いた。

「私が生徒会長になった暁には、内部進学組と外者の間にある暗黙のルール。これらを全てぶっ壊します。だって、私が目指す誰もが笑いあうことができる学園にはもちろん外者のみなさんだってふくまれているのだから」

胸を張ってそう宣言すると、講堂内全体から激震が走った。それは有権者である生徒のみならず教師達も同様に。

今まで誰もあえて触れなかった部分に足を突っ込む。それがどういう結果を招くか、総理に就任以来斬新な改革を訴えてきた冬華がわかっていないってことはないだろう。

「あ、もしかして『それだと自分が笑顔でいられなくなる——』なんて考えた心の狭い人は、流石にこの名門たる天堂院学園にはいたりしませんよね」

けれど、冬華は怖じ気付くことなく自分の主張を続けていく。

「先に言っておきますがそんな笑顔はいりません。だって誰かの涙で作られる笑顔は、私が求める笑顔には入っていないのだから」

最後に一礼をして、冬華のスピーチは終わった。これはきっと、色々な意味で天堂院学園生徒会長選挙史に名を残すスピーチになったに違いない。

「お、お疲れさん」

「ふう。即興にしてはそこそこだったのではないかしら」

手応えありと満足げな表情で戻ってきた冬華が腰を下ろしながら呟いた。

「あれでそこそこなのかよ……」

「ん、なんか言ったかしら？」

「あ、いや、何も……それよりも、次の討論会もこの調子で頼む」

その後、アナウンスで「次に討論会に移ります」と流れると、係の人が小走りで候補者にマイクを渡していき、討論会がスタートした。提示されたこのグループのお題は「今、この学園に足りないもの」

「俺はもっと、この学園には明確な格付けが存在してもいいんじゃないかと思うね。俺達の大半は、いずれ人の上に立つことを約束された、いわば選ばれた人間。その身の振り方について、社会に出る前から学ぶのもまた一考の余地ありだと思わないかい」

開始早々、気障ったらしい男が肩を怒らせて立ち上がった。

「上の者は人の使い方、見る目を養え、下の者は身の丈にあった身の振り方というものを学習出来る。どうだい、お互いにとって理のある悪くない話だろ」

自分本位な横暴な主張。しかし、他の候補者は何も口を挟もうとはしなかった。

下手なこと言ってやつに目を付けられることにはなりたくない。視線を泳がせる他候補者からは、そんな空気がひしひしと伝わってくるようだった。

「なに、あの中世の世襲貴族みたいな反吐が出る考えをした偉そうな男は？」

「あいつは二年の工藤晃。父親は一代で外食ビジネスを成功させ、経済界で今最も勢いのある男の一人と注目を受けて政界進出も噂されている工藤フーズの社長だ。大企業なだけに、この学校に通う生徒の中には工藤グループ関連企業に勤める親を持つ生徒がそこそこいて、そこがやつの支持基盤ってとこだ」

「ああ、工藤フーズの。そうね、青空党の推薦候補に名前が挙がってるのは確かよ。本人とは一度何かのパーティでお会いしたことがあるけど、トップである自分が人一倍頑張ってこそ初めて従業員がついてくるってスタンスで、一代でのし上がった人にしては珍しく謙虚で人柄のよさそうな人だったわ。島本の時は親子って感じが強かったけど、こっちはまるで逆ね」

さらっと噂は事実だと肯定されたけど、聞いてよかったのか……？

つーか今になって気付いたが、これ、下馬評で一次選挙を突破する有力な候補八人が全員見事に別れてる。偶然じゃないよな？　一次選挙で食い合って共倒れになった結果二次選挙に華がなく誰かの一人勝ち——みたいなつまらない展開にならないようにだとか何かしらの意図が働いてるような気がしてならない。

「ま、ようするに典型的な親の七光りボタルってわけね。親の名前で寄ってくる連中を自分の実力だと勘違いしている系の。一流の経営者も子育ては三流だったってことか」

「それについてのコメントは控えるけど……ま、このグループで一番厄介な相手なのは間違いないだろうよ」

「裏を返せば、あの男を潰せば私の勝ちってことでしょ。ふうん理解したわ」

悪戯を思いついた子供のように冬華は顔に笑みを含ませて頷くと、マイクを握りしめて、

「その主張はちょっと違うんじゃないかなぁ」

まるで工藤に喧嘩を売るように、桃島うるはを演じて渦中に飛び込んでいった。

「私は今、この学園に足りないものはやはり公平性だと思います。内部組だろうが外者だろうが、私達は同じ学びやで苦楽を共にしている仲間だよね。そこに出身や家柄で優劣がつくのは、間違っている。ましてや格付けなんてのは言語道断だよ」

「ほう。誰かと思ったら桃島か。ま、お前みたいないつも外者と一緒にいる頭がお花畑なやつには俺様の高尚な思想は理解出来ないか。俺のこの提案はお前みたいなお人好しのためでもあるんだぜ」

「ん、どういうことかなぁ？」

「いいか、この学校は暗黙のルール以外に外者と内部組を線引きするラインはなく、なぁなぁになってる分、お前のようにかりそめの友情ごっこに甘んじているやつがそこそこにいたりする。俺がなにを言いたいかってと、お前等はもっと危機感を持てってことだ」

「危機感？」

「ああ。そいつらが、一応は名門天堂院の受験を突破してきたそこそこ頭のある連中だってこと忘れてるだろ。何の打算もなく、単なる友情だけで一緒にいると本気で思ってんのか？　一応忠告しといてやる、気がついた時には出し抜かれてもう何もかも手遅れだったってことないようにな」

俺を一瞥して吐き捨てる。な、工藤のやつ、俺が打算的にうるはと一緒にいると思ってんのかよ。ふざけんな。

「ふーん、ようするに貴方ってば怖いんだぁ。自分から、恵まれた出自以外を取って横並びになったら、彼等に勝てる要素が何一つなくなる自覚があるから」

「なっ⁉　それはどっちかって言うと万年最下位のお前の方がだろ」

「確かにそうかもね。私は自分一人では何も出来ない人。だからこそ、みんなと手と手を取って笑いあえる学園を作りたい」

「は、そのために無能なお前を応援しろと。んな馬鹿な話があるかよ」

「今は笑いたければ笑えばいいよ。自分一人じゃダメダメな私だけど誰かの話を聞いたり、誰かに話を伝えたり、そうやって纏まった思いや意見を受け止め発信する代弁者になることは人一倍前向きだと自負してる私だからこそ出来ると、やるべきだと思っているもの」

あくまで鮫島冬華ではなく、桃島うるはの視点、スタンスでの主張。これを全部アドリブでやってのけているのだというのだから、尊敬する半面、同じ人間なのかとぞっとせずにはいられない。

「ああそれから、無能なのはこれまでの学園での成績が成績だけに別に否定しないけどー、今はって二文字だけは付け足しといて欲しいなぁ」

「はぁ？」

「私はこの生徒会長選挙に勝って生徒会長になる女です。そうしたら私を支持した人は、無能を応援した愚か者——ではなく、有能であることを見抜く見識をもった優秀な人ってことだよね。だからまだ今は無能ってことで」

アホ毛をひゅんと揺らし冬華がおちゃらけるようにはにかむ。

「ちなみに貴方の提案だけどさぁ、一つ大きな欠点があるよ」

「はぁ、欠点だって？」

「今下の者がずっと下の者でしかないという根拠はどこにもないよね。なにより、貴方自身のお父様が一代でのし上がったように。そうなった時、自分が上だーとふんぞり返っていた連中は今までぞんざいに扱ってきた分、より手痛いしっぺ返しをくらうことになるんじゃないかなぁ。ほら、有名な『倍返し！』ってやつ」

「なっ⁉」

「工藤(くどう)社長、聞いた話によると軌道に乗るまでは借金地獄で相当苦労したんだって。大手の銀行はどこも見捨ててお金を貸してくれない中、仕入れ先の業者が工藤社長の成功を信じてツケを待ってくれたからこそ今があり、その繋(つな)がりを今でも大事にしているとか。ん、もしかして実の息子なのに知らない――なんてことないよね？」

挑発するようにほくそ笑む冬華。これはあれか、例のパーティで会った時とやらに聞いた話か。チートじゃん。

「さて、これに関して何か反論があれば聞くよ。ちなみに貴方、お父さんの経営理念については――もちろん知ってるよね？」

「そ、それは………」

ぐぬぬ顔の工藤は、まるで今初めて知ったとばかりに狼狽えたまま何も言えずにいた。

「ふふ、実の父親のことさえろくに知り得ない貴方が、生徒のためとか馬鹿げてるにもほどがあるわね。貴方なんて、私の敵じゃないわ」

ずびしと指を差して失笑し、全校生徒の前で自分が優勢であることをアピールして話を締める。おい、論破して気分がいいからか、冬華が出てるぞ！

顔を真っ赤にした工藤は、恨みがましい視線を冬華に向けつつも、何も言い返す言葉を持ち合わせていないのか、ずっと押し黙ったままだった。

他の候補も冬華のムードに飲まれてしまって誰も何も発言しようとはせず、かくして討論会は冬華の無双で幕を閉じたのだった。この結末を予想したのは、きっと入れ替わりを知る俺以外いなかったことだろう。悔しいけど、この人はやっぱり本物だ。工藤のような親の威光を借りているだけの存在ではなく、上から好き放題言えるだけの実力をちゃんと持っている。やはりここは、うるはのために土下座してでも彼女の全面協力を仰ぐべきなのか……？　いやそれだけは俺のプライドとの戦いが……あーどうしよう！

うるは Side

本日のうるはの総理としての主な仕事は閣僚との会議だった。

ここに集まっているのは、いずれも名だたる名門校や輝かしい職歴を経て政治家へと進んだエリート中のエリート達。そんな中に一人、全国模試最下位の記録を誇る現役ＪＫが紛れ込んでいることを彼等は知るよしもない。

ちなみに斉藤は冬華に頼まれた用事を果たしているためこの場には不在だった。

国家の明日を議論する場で口を開けばボロしか出ないだろうお馬鹿ＪＫを斉藤が一人残しても大丈夫と判断したのにはある理由があった。

それは、閣僚の利権や私欲が絡んだ政策・法案を冬華がプライドを折る勢いでことごとく論破した結果――皆すっかり日和ってなにも言ってこなくなったからである。

故にここ最近の閣僚会議は総理の顔色を窺うように、当たり障りのない内容で既に進んでいる政策の進捗報告や確認がメインであり、冬華ですら眠気を覚える始末。

ようするに閣僚達にとって、鮫島総理がずっと黙っていることはこれほどまでにない幸運だった。

そんなこんなで、うるはは斉藤から「とりあえず起きてて、それっぽく不敵に微笑んどいてください」とだけ伝えられ、眠気ざましにとエナジードリンクを渡されていた。

かくして始まった閣僚会議は、終始無言のうるはを閣僚達は触らぬ神に祟りなしとばかりに特に触れることなく、順調に進んでいった。

基本的に自分では理解不能と一度判断すると右の耳から左の耳へと受け流すのがうるはだ。会議中、無に徹し言付け通り不敵に微笑むうるはの胸中にあったのは「うぉおお、エナジードリンクすげーマジで眠くならねぇ！」と「帰ったらなにしようかなぁ？　暇だしひーくんに電話でもするかぁ」の二つである。

そうして閣僚会議は斉藤の推測通りに流れていったのだが——

「えーところで総理。例のオペレーションIの方、えーそろそろご決断いただきたいのですが、えーいかがでしょうか？」

会議も終盤に差し掛かったところで、地黒で脂ぎった顔の男がうるはの顔色を窺うように手を揉み、怖ず怖ずと口にした。

彼の名は梅原官房長官。

内閣官房長官といえば、本来なら女房役として誰よりも総理を支える存在。だが、当代の官房長官は三嶋派の筆頭。ようするに、冬華の完全な敵だった。

「!?　おぺれーしょんI」

まるで漫画の世界の様ないかにも機密情報みたいなワードの出現に、ちょっとわくわくしたうるははつい反応せずにはいられなかった。

「はい。各所への根回しは既に終わっています。後は総理がGOサインを出せば、すぐにでも動きだせるのです。総理、この間大幅に下落した鮫島政権の支持を回復させるためにも何卒(なにとぞ)懸命なご判断を」

「回復？　これをやると支持率が上がるの？」

「はい、なんと言っても、そのためのオペレーションIですから」

「そか。じゃ、やろう！」

こくりと頷(うなず)き即答する。

「「!?」」

その対応に、この場にいた閣僚全員が仰天して目を見開いた。

それもそのはず。何故(なぜ)ならこのオペレーションIは今まで冬華が無理と判断し、のらりくらりと躱(かわ)してきた非常に厄介な案件だったのだから。

「そ、総理、いまなんと……」

「ん？　だからそのオペレーションIってのをやろうって。支持率が上がるんだよね？」

桃島(ももしま)うるははこう見えても箱入りのお嬢様育ちなこともあって、人を疑うことを知らない純粋な性格の持ち主。会議中も話が難しくてよくわからなかったが、きっと閣僚はみな総理のため国のために頑張っていると信じて疑っていなかった。それもあってお馬鹿な自分が口を挟むべきでないと、じっとしていたのもある。

「も、もちろんです」

「なら、やらないとだよ。だってわたしが下げちゃったんだし。ごめんね、わたしがやらかしちゃったから、色々と進めてくれたってことだよね。ありがと」

「い、いえ。どういたしまして……」

本懐を成し遂げたはずの梅原官房長官の心境にあったのは動揺と困惑だった。今自分は主導権を握っているのか、踊らされているのかがわからない。

何故あれだけ渋っていたはずなのに、ここにきてすんなり受け入れる気になったのか。党内の混乱を突きいけしゃあしゃあと総理の座についたこの女が、たとえ自分に非があったとしても素直に粛々と受け入れるタマではないはず。あの感謝の言葉が皮肉を言われてるようにしか伝わってこない。

すっかり疑心暗鬼に陥った梅原官房長官は険しい顔のまま押し黙る。

ただ、言い出した側が今更撤回なんて出来るわけはなく――オペレーションIは明日にも実行される手筈となった。

そうして会議終了後、ほくほく顔のうるはからオペレーションIを承認したと報告された斉藤は、いつもの鉄面皮が剥がれ落ち、かつてない程に狼狽え絶句したのだった。

弘樹side

「――一体どういうことよこれは!?」

放課後。誰もいなくった教室にて。

スマホでとあるアプリを開いていた冬華（とうか）が、信じられないと絶叫した。

そのアプリ――アマッターは天堂院（てんどういん）学園の関係者のみが観覧・使用可能なＳＮＳを中心とした学園総合コミュニケーションアプリだ。そのアプリ内の選挙特設ページに記載された、各候補者達（たち）の現在支持率一覧を目に冬華はそりゃもうご乱心していた。

「支持率０・１％ってなんなのよこの数字！　これ間違いなく、支持してるのは少年だけってことでしょ」

「まぁ、そうなるんじゃないか」

　無論、全候補者の中でぶっちぎりの最下位である。

「討論会であんな圧勝した後なのにどうしてこうなるわけ？　少なくともあの工藤（くどう）とか、私と討論会が一緒だった連中よりかは上じゃないとおかしいわよね。明らかな集計ミスよこれは！　メディアが腐ってるのはどこも変わらないってこと!?」

　冗談も大概にして欲しいと冬華が口を尖（とが）らせる。

　ただ、俺にとってその結果は、ある意味予測できたものであって――

「くっそ。やっぱこうなるのかよ。まぁそうだよな。この天堂院ではタブーみたいな外者（そともの）の立場向上なんて表だって掲げても誰が支持するんだって話だよなぁ」

　それでもやりきれないといった胸中がついやさぐれた態度に出てしまう。

「もう、あれだけどんと派手に啖呵切ったのだから、少しくらいは外者の期待や支持の声があってもよさげよね。少年のようにはがゆい思いをしている生徒は少なくないんでしょう。なのに結果がこれだとか理解不能よ。別に実名で表明するわけじゃないのに」

「ああ、冬華の言う通りだと思う。だが、今まで積み上げてきた天堂院の歴史が、外者がいくら頑張っても無駄って風潮を作ってるのもまた事実なんだ。悔しいことにな」

拳をぎゅっとにぎり、歯がゆさを覚えながら吐き捨てる。

「なるほど。思ったよりも闇は根深いということね……上等じゃない」

けれど冬華は惨敗ムードには似つかない、わくわくと楽しそうな笑みを浮かべていて、

「決めたわ。喜びなさい少年。私、この子を本当に生徒会長にしてあげる」

えっ……今なんて言った？

「真面目にやってこんな惨敗なんて不本意だもの。流石にここまでコケにされちゃあ、私のプライドが黙っていられないわ。素直に私を評価しなかったことを後悔させてあげる」

「それ、本気で言ってるって受け取ってもいいんだよな」

「当たり前じゃない。やると言ったら政治家、鮫島冬華に二言はないわ。下克上よ下克上。この選挙の相手は素人の学生。そこに現役総理が挑むというのだから、これくらいのハンデがあった方が寧ろ丁度いいでしょ。ちなみに私、今まで選挙というものに負けたことがないから。やるからには当然勝つわよ」

拳をぐっと握り、決意の炎に満ちた真っ直ぐな眼差し。

「その代わりー、少年には私の青春体験相手として、より一層期待させてもらうからね」

「うっ、それはその……最善を尽くします」

冬華の笑顔に思わず苦い顔になる。正直拒否れるなら拒否りたい。ただ、向こうが本気になっているのに、こっちが本気で取り組まないってのは筋が通ってないよな。

冬華が恋人になにを求めてるのかいまいちわからないけど、恋人のいる生活を体験したいってなら、もうちょい真剣に向き合って見るか。人生初めての恋人が好きではなく嫌いな人って時点で、スタートラインとか何もかもが違う気がするけど。そこは鮫島総理のノウハウを学ぶための対価ってことで、ぐっと我慢するしかないよな。

まぁ長い目で見て政界に臨むってなれば、時には嫌いなやつでも表面では友好的な立ち振る舞いをしないといけない時が来るはずだ。そのための練習として、ここはわりきろう。

「よし。そうと決まったからには、明日からの戦いに向けて、これから英気を養いに行きましょう。少年も付いてらっしゃい」

「はぁ？　英気を養うって一体——」

「いいから。さっさと来る」

「お、おい」

有無を言わせないまま冬華は俺の手を引っ張り歩き出した。

学園を出て電車に乗り――そうして冬華に連れてこられたのはラーメン屋。それも、女性なら躊躇いそうな豚の餌場とも揶揄されるドカ盛り系のお店で。

「麺特盛りのヤサイマシマシニンニクアブラオオメで」

食券片手に席に着いた冬華が慣れた様子でコールする。

「なぁ、こういった場所にはよく来るのか？」

同じように注文を済ませた俺は困惑気味に冬華に尋ねる。ちなみに俺は全部普通。この手のお店は普通と頼んでも一般的な概念とはかけ離れた普通がやって来る場合があるから用心するにこしたことはない。それは特盛りも例に違わず――いや、もっとハッスルしたのがやって来るに違いなくて……。

「ええ、わりと。やっぱり一番のストレス発散は食べることに限るもの。なに？　意外とでも言いたげな顔してるわね」

「そりゃ思うだろ。一国の総理が、庶民的通り越してこんな男性でも限られた人しか挑めないドカ食いチャレンジやってるとか。あっ、というか、今自分がうるはの身体ってこと完全に忘れて注文してるよな⁉　どれだけ食べるのか知らないけど、この姿でいつもと同じ量は無理だろ」

実際、おしゃれのためか普段からスタイルに気を使っていて小食気味のうるはが、俺よりも食べてるところとか見たことないし。

「あら、そういえばついいつもの調子で注文していたわ」

「や、やっぱりかよ。なぁ今からでも謝って注文変更した方がよくないか？」

そう慌てふためく俺を余所に、

「心配無用よ」

冬華は何ら動じることなく不敵な笑みを浮かべていて、

「ふふっ。さっきも言った通り、姿形が変わろうが、私が私である以上、今まで出来たことが出来なくなるなんてありえないの。そうね、これを食べきってみせれば、この生徒会長選挙に私が本気で勝てると思っていること。少しは少年も信じるようになるんじゃない」

それは理論派の彼女らしからぬ根性論。

ただ、そんな彼女が格好いいと、感じてしまっている俺がいて——

ほどなくして冬華の前に置かれたどんぶりは、この世の全てをここに置いてきたのではとばかりの、見るだけでお腹いっぱいになりそうな代物。まずこんもりと積まれた野菜の量がバグっていて麵が見えない。

「きたきたきた。くぅー最近ご無沙汰だったから腕がなるわ」

冬華が待ってましたとばかりに割り箸を勢いよくパチンと割って、水を得た魚のごとく幸せそうにする。純粋に住む世界の違いを感じてならない。

「いただきます！」

替え玉
ぎょーざ

まずは大量のもやしを別皿に移し、麺をずずっとすする。

「んーこれよこれ。入れ替わっても変わらない、この絶対身体に悪いとわかるジャンクな味わいがたまらないわー」

アホ毛をひょんひょんと跳ねてふにゃりと至福の笑みを浮かべると、冬華は次々にはふはふと麺に野菜にかぶりついていく。

なんだろう。好きな女の子が幸せそうに飯をほうばってる姿ってそれだけでこっちまで幸せな気分にされるというか――いや、まて。ここにいるのは桃島うるはでも中身はあのいけ好かない魔女の冬華だぞ。なに忘れてドキドキしてんだよ俺。しっかりしろ！

そう俺が胸中で葛藤している間に、冬華は宣言通り見事完食してみせたのだった。

「――そういえばこれ、二人きりでお出かけしたわけだから、いわゆる初デートってことよね。ふふっ、これで私はもうデート未経験の女ではない。斉藤に馬鹿にされずにすむわ」

帰り道、冬華がふと何気なしに呟いたかと思うと、アホ毛をぴょんぴょんと跳ねさせて食い気味に迫ってきた。

「あんなぁ、そうかもしれないけど、お前はこれが初デートってことでいいのかよ。俺が言うのもなんだが、普通はもっとこうキラキラした内容を望むものなんじゃないのか？」

真面目に向き合うと決めた手前、浮かび上がった素朴な疑問を口にしてみる。

「はて、キラキラした内容？　それって例えばどんなの？」

「どんなのって……そりゃ遊園地とか景色が綺麗な観光スポットに出かけたりとか、こう聞いた人が思わず羨ましがる内容じゃないか」

「んー私はそんなこと聞いても別に羨ましくもなんとも思わないわね。それに遊園地とか観光スポットに出かけると人多くて待ち時間とか色々と疲れそうだし、それよりもラーメンデートの方がコスパよくて、ちょっと並ぶだけで胃まで幸せになるし最強じゃやない」

人差し指をピンと立てドヤ顔で豪語する冬華。

なぁそれって恋人別にいらなくねぇ？　冬華一人が楽しんでるだけだよな。この人にとって理想のデートとは一体……。まぁ本人が満足そうにしてるなら、別にいいのか？　ただ、この人と実際付き合うことになったらつまらなさそう……。ま、どうでもいい話だけど。

そう呆然としていると、不意に冬華のスマホが鳴った。

「もしもし斉藤、急にどうしたの……？」

冬華はすぐさまスマホを取り出し対応する。

「——はぁあああ、桃島さんがオペレーションIを引き受けたですってぇええええ⁉」

まるで顔芸の限界に挑んでいるのかというように驚愕する冬華。そのあまりの絶叫ぶりに、びくっとなった通行人が何事かと振り返っていた。

「ええ、わかったわ。とりあえず今すぐ迎えに来てくれるのね。…………はぁ」

電話を切った冬華は、頭を押さえこの世の終わりみたいに深くため息を吐いた。

「お、おい。一体どうしたんだよその慌てぶりは。今の電話斉藤さんなんだよな。も、もしかしてうるはがまた何かやっちまったとか……」

「やらかし──どころの騒ぎじゃないわよまったく。あーもう！」

地団駄を踏んで行き場のない苛立ちを地面にぶつける。一体なんなんだ天才鮫島冬華をこんなにも震撼させる、そのオペレーションIってのは。ま、まさか戦争──!?

「なぁ冬華、そのオペレーションIってのは一体？」

ハラハラしながら尋ねると、冬華は言いたくなさそうにしぶしぶ口を開いた。

「……オペレーションIのIはアイドルのI。ようするに、私がアイドルになる計画よ」

「…………は？」

○○○

「オペレーションI（アイドル）。それはアイドルとなった鮫島総理が、数日間様々なアイドルの活動にチャレンジする案件です。官僚が作成していた資料によると、ワイドショーに出演しての呼びかけや、握手会による若者を中心とした国民との意見交換。最後はアイドルフェスで特別ゲストとしてミニライブを予定してるとのことです」

公邸のリビングにて。斉藤さんが俺達三人――特に俺とうるはに聞かせるようにざっくりと説明してくれた。

「な、なるほど……けどなんでまた総理がアイドルなんてお門違いなことを」

「ほら、一日警察署長とか一日消防署長だとかアイドルが公務員ごっこして署のＰＲ活動をすることがあるじゃないですか。その逆パターンというやつです。アイドルが署長になれるなら、署長だってアイドルになれる。ましてそれが国のトップである総理ならもっと凄いぞ——とまぁ、完全に宴会の場の悪ノリで考えただろという発想ですね」

なにその無茶ぶり。

「一応お題目としては、私がアイドルという存在でメディアに露出することで若い世代に政治を身近に感じてもらい選挙にもっと興味を持ってもらおうという魂胆よ。せっかく若い女性が総理になったのだからその持ち味を活かしてこれまでにない新しいことに挑戦すべきだと、どっかのバカ官僚が言い出したのが発端みたい。うぅ、断固としてやらないつもりだったのに……」

「いいじゃん、いいじゃん。アイドルっておしゃれな服着れて、なんか楽しそうだし。あんな毎日よくわかんないおっさん達に囲まれてるよりよっぽどアリだよ。うぉおお総理の次はアイドルかぁ。たはー、漲ってきたぁー！　わたしの人生マジスゴだぜぇ」

にっこにこに笑ったうるはが両手をつきあげて高揚感をあらわにする。

そうか、うるはがアイドルかぁ。ま、真面目に考えてあんなに愛嬌があって素直でかわいいうるはが、アイドルになれないはずがない。本気でその道に進めば覇権なんて夢でもないだろう。けど、いやだぁあああ。うるはが他の男にチヤホヤされてるの見るなんて。

あーでもうるはがアイドル衣装になってる姿はめっちゃ見たい。出来れば俺だけのワンマンライブを希望。姿形が変わろうが俺にとってうるははうるは。このセクシーなうるはも全然ありだし、妖艶な見た目に無邪気なあどけなさが混在してるのだから無敵すぎる。

そう俺が胸中で様々な思いと葛藤していると、ふと冬華がうるはに厳しい視線を向けた。

「貴女、絶対にわかってないわよね。これがいかに諸刃の剣なのかを」

「ほえ、もろはのつるぎ？　なんで急に武器の話？」

ごめん冬華。うるはきっと、今の言葉の意味すらわかっていない。

「いいかしら。アイドルに求められるのは愛嬌とかわいらしさとつい守ってあげたくなるようなあざといバカっぽさ。つまり、クールでインテリジェンスな私とは正反対な存在ってことよ」

「まぁ面白いことに奇しくも今の冬華と入れ替わった桃島さんは、アイドルに適したステータスを全て備えているわけですがね」

「おお、もしかしてわたしすごい？　救世主ってやつ？」

えへへと髪を撫でながら照れくさそうにはにかむ。うるはは、それ半分バカにされてる。

「けどそういうことなら、今のうるはと入れ替わった鮫島総理だったら正に適材適所、十二分な成果を発揮出来るんじゃないか。これってある意味偶然による副産物っていうか、入れ替わりによる恩恵なんじゃ」

「あのね、応えすぎてもいけないの。想像してみなさい、公共の電波に乗って桃島さんになった私を国民のみんなが目にする。そりゃアイドルとしては上手くいくかもしれないわ。けど、私の出来る女のイメージに期待して今まで支持してくれた人達——特にご年配の方々はどう思うかしら。ゆるふわな私を見て、やっぱり若い人に任せて大丈夫かと不安や不信感を抱かれてもおかしくないでしょ。祖父の支持層に機嫌を取って何とか手に入れた地盤なのに、ここまでの苦労が全て水の泡になっちゃうじゃない」

「な、なるほどな。言われて見れば確かに。この少子高齢化社会、高い支持率を維持するためには高齢層からの評価は無視出来ないってわけか」

「これからの日本を担っていく若い声に耳を傾けず、老い先短い老人の意見を優先してたらこの国の未来は危うい。けど民主主義として大の存在である以上、ご機嫌をとらなければ世論は政権を悪とみなし批判され、政策は何も進められない。ほんと矛盾してるわよね」

肩をすくめて失笑した冬華は、どこか遠い目をしていた。

「正直に話すとね、このオペレーションIを推し進めているやつらの真の狙いは恐らくそこなの。私のイメージがどっちつかずになってどの層からも支持が得られず見放されて失脚すること。ぶっちゃけ成功なんて最初から望んでないでしょうね」

「それって、この前言ってた内部にも敵だらけって言うあれか」

「ま、国会が開いてるこのタイミングでごり押ししてくるってことは、私にこれ以上斬新な改革という名の利権畑狩りをされたくないってのもあるんでしょうけど。本来の役割に徹してろっていう」

「本来の役割？」

冬華が吐き捨てるように口にした言葉を、うるはがきょとんとした顔でひろう。

「それについては冬華がどんな経緯で総理になったのかをご説明した方がよさそうですね」

「総理になった経緯？　それって確か前の総理が不祥事による説明責任を問われた時に急に入院するから辞めると言い出して、その代わりを決める青空党（あおぞらとう）内の総裁選で選ばれたのが冬華だったよな。元総理の孫であり――国民の世論調査でも期待する声が高かったのが決め手になったって」

まぁ、どうせ俺達の知り得ないところで、国民のことなど二の次に権力者達による私利私欲まみれの熾烈（しれつ）な争いが繰り広げられていたんだろうけど。

「流石（さすが）は桜庭（さくらば）さん。政界を目指してるだけあって勉強熱心ですね。ただ、その話はあくまでも大衆に向けて表向きに発表された内容にすぎません」

「誰もやりたがらなかったのよ。あの狸（たぬき）ジジイの尻ぬぐいなんて。あんな疚（やま）しいことありますって言ってるような逃亡同然の幕引きじゃ青空党の支持はがた落ち。誰が何を言おうが批判されるのは目に見えてたもの。そこで、鮫島元総理の孫であり最年少議員で若手のホープだとかマスコミに持てはやされてた私に、白羽の矢が立ったというわけ。国民の支持を繋ぐ使い捨ての消耗品としてね」

ふて腐れた顔で冬華が語った。

「ですが、保身しか考えてないゴミクズ共のシナリオ通りにならなかったのが我が総理です。国民から理解される政治・世代一新をかかげ、独自のルートで仕入れた情報をもとに汚職事件の真相を明るみに出し、世間からの支持を得て盤石なものにしました。また、身内しか知らなかった証拠が何故か流出したことから、派閥内に裏切り者がいると勝手に疑心暗鬼になり、おいそれと冬華には手出し出来ない構図が出来上がったわけです」

「冬華さんすげー。正に正義のヒーローって感じじゃん！」

「ありがと。ま、お陰で政界の重鎮達相手に色香を使って誑かす魔性の女に令和の魔女だとか、マスコミを中心に散々なレッテルがついちゃったけどね」

「そんな経緯があったのか……」

ふと、自分の境遇に重なるものを感じて複雑な思いが混ざる。冬華が汚職事件を明るみに出したことで、きっと当時の俺のようにどうしようもない不条理から救われた誰かがいるはずだ。そこは純粋に感謝すべきだよな。総理を続けるための利害の一致ってのはあったのかもしれないが、冬華の所業は正に俺が政治家になって成し遂げたかったことの一つであるのだから。ま、レッテルに関しては、告白の件を渋った俺に手慣れた感じでうるはになりきって誘惑してきた様子からして、完全に白ってわけじゃなさそうだけど。

「あーもうどうしてこうなったのよ。今まで上手いことのらりくらり躱してきたのに。そりゃ支持率が下がったこのタイミングで、支持率アップを建前にふっかけてくるかもとは思っていたけど……」

「ほんと、策に乗らないよう頑張ってましたものね冬華。『恋愛禁止や処女性が求められるアイドル界隈に、私のような恋愛経験豊富な人間が行って本当に需要があるのか』なんて自分を偽り賛成派を押し黙らせていた時は、内心爆笑の嵐でした」

「ハッ倒すわよ」

「――ともかくこうなった以上、桃島さんには私になりきってもらい知的なイメージを守ってもらうしかないわ。ということで出番よ少年」

「は？　どういうこと？」

「貴方にはプロジェクトIが実行される残りの平日三日間、この子に付いていってもらうわ。もしもの時のストッパーとしてね」

「え、でもそれなら斉藤さんがいるんじゃ……」

「私には入れ替わりの調査も含め、各所への根回しなど身動きのとれなくなった冬華に代わって色々とやるべきことがあるので、ずっと桃島さんに付きっきりというわけにもいかないのですよ。極力付きそうよう努力はしますが、度々席を外すことになるかと」

「って言ってもなぁ。平日って。あの俺、学校……。ほら、外者ってただでさえ周囲の目が厳しいだろ。一日だけならまだ何とかなるかもだけど、三日は流石に……」

「その点はぬかりないわ。斉藤」

「はっ。既に冬華に言われて手配済です。『今プロジェクトをやるにあたって、総理は若い世代の率直な意見をリアルタイムで熱望なさっている、そこで政界と繋がりの深い名門天堂院の生徒に白羽の矢が立った』という建前の下、桜庭さんにはこれからインターンという名目でこちらに同行出来るよう既に了承を得ています」

「マジ、かよ……。根回し早過ぎじゃね」

「桜庭さんが学年成績トップで助かりました。一般的に高校生でインターンを経験する歳である二年生の中で一番成績が優秀な生徒というオーダーで自然な流れで貴方を選抜することが出来たので。もちろん二つ返事で承諾されましたよ。あの理事長としても話題の美人総理とコネを作っておきたいでしょうね。これが権力パワーというやつです」

斉藤さんのVサイン。なにその力こそパワーみたいな言い回し。

「うぉー権力パワーはんぱねぇ。あれ、今のわたしも総理だから権力パワー使えるんだよね。例えば、斉藤さんにこの家にあるえっちな服で仕事してもらったりとか」

「いいですよ。ご命令とあらば」

しょうもないことに権力パワーを使うな。

「名目上インターンってことは、学校が終わる頃には俺、天堂院に戻ってもいいんだよな。その選挙に向けて色々やらないといけないわけだし」

うるはのサポートも大事だけど、こっちもうるはのために疎かには出来ないからな。

「はい。別に構いませんよ」

「えっ？　こっちに戻ってくるの？」

「なんで冬華が驚くんだよ」

「いや別に私一人で充分だったから、いつもと違う環境で疲れるだろうから全然家に帰って休んでもらって構わないのに物好きね。まぁそこは少年の人生だから好きにすればいいんじゃない」

くっ、これが現状の冬華の俺の評価。わかっちゃいたけど、腹立つな。もっと言い方があるだろ。決めた。今日中に俺なりに選挙対策を纏めて冬華にあっと言わせてやる。

と、それとは別に明日は久々にうるはと二人きりになれそうだし、少しは格好いいところみせてぇな。にしてもアイドルか……。中学からうるはは一筋で、俺その手のことはめっちゃ疎いんだよなぁ。ある程度知識があった方がいいよな、ちょっと勉強してみっか。

第三話　恋と選挙とアイドルと

翌日。俺はうるはと一緒に斉藤さんの車でTV局へとやって来ていた。うるはは今日のお昼のワイドショーでサプライズ出演し、そこで国民に向けて一週間アイドルを大体的に発表する流れらしい。

総理の楽屋に案内された俺は、衣装に着替えに行ったうるはを待っていた。ちなみに斉藤さんは諸用で外に出ていて、うるはが出演するまでには戻ってくるとのこと。

「じゃーんお待たせひーくん。どうどう、似合ってる?」

露出度高めなアイドル衣装に身を包んだうるはが、にっこにこな顔で帰ってくると、見せびらかすようくるっとターンした。衣装に合わせてか髪もおしゃれに編み込んである。

その健全の限界まで責めましたと言わんばかりの大胆な衣装は、いつもにも増して主張の激しい胸部を筆頭にヘソ出しミニスカと、世の男性の夢を詰め込んだようなもので、

「似合ってる！　どう見てもアイドルにしか見えないって言うか、すっげーかわいい」

見た目が冬華でも中身はうるはは、興奮せずにはいられなかった。にしても服の着こなし一つであのクールな雰囲気がキュート一点に変身するのだからおしゃれってスゲー。

「だよね、だよねー。わたしも鏡を前に思わず見とれちゃった。ほんと冬華さんスタイル

ビッグバンだから、何着ても似合うし羨ましいよねー」

どこか他人事に笑う。いや俺はおしゃれに着こなすうるはを褒めたつもりだったんだけど……。そう心の中で落胆していると、うるはが珍しくしおらしい様子で切り出してきた。

「……ねぇ、ひーくん」

「ん、どうした？」

「ひーくんはさぁ、本物のわたしがこの服着ても似合うと思う？」

「へ？　そんなの当たり前だろ」

「そっかそっか。うひひ、ならよかった」

ぱあっと見てるこっちまで幸福感で満たされる弾けるような笑顔。

「けど、どうしたんだよ急に、あ、もしかしてアイドルやってみたくなったとか？」

「んーそういうのとは違うんだけど。無性に聞きたくなったというか、なんでだろ？」

自分でもよくわからないといった様子で、黒髪をふぁさっとさせて小首を傾げた。

「あ、そだ。ねぇねぇひーくん。総理大臣とか大統領って英語でなんて言うの？」

「それはプライムミニスターとかプレジデントだけど。何でまた突然？」

「ほうほう……。じゃあわたし、プレドルだね」

「プレドル？　なんだそれ？」

「ほら、ちょっと昔にロコドルって流行ったでしょ。他にも、バラエティアイドルのことバラドルとか。だからわたしは、総理大臣アイドルってことでプレドルだぁ！」

　両手を突き上げて高らかに宣言する。名乗る必要性があるのかはわからないけど、楽しんでるならなによりだ。冬華（とうか）もそうだけど、二人のこの前向きな姿勢は学ぶことが多いというか、本当は不安で仕方なくてもしょうがない状況だというのにな……。

　あれ？　うるはの手にあった例のハートマークの痣（あざ）、なんか枠の中が下の方から少し黒くなっているんだけど——これは一体どういうことなんだ？　すっごい気になるけど、うるはが特に気にしてない以上、俺の方から触れるのは変に不安を煽（あお）るようでなんか悪い気がする。よし、こういう時は冬華の方に相談しよう。まだあっちの方が気楽に聞けるし。

　——と、いかんいかん。いつまでも悠長にお喋（しゃべ）りしてるわけにもいかないんだった。

「時間のある内に、軽く打ち合わせしとくぞ」

「おっけー」

　俺とうるははテーブルを挟んで腰を下ろす。

「とりあえず、このノートにざっと目を通してくれるか」

　俺は用意してきた一冊のノートを取り出すと、うるはに渡した。

「およ、このノートは一体？」

「普段の試験対策の時みたいに、アイドル対策ノートって感じで、俺なりに大衆がアイドルに求めるものについて、色々と勉強して纏（まと）めてみておいた。まぁ昨日の今日だから、かなりざっくりとした内容になっているが、そこに冬華のオーダーである国の指導者としての頼れる知的なオーラを保つってのを踏まえて、注意しなきゃいけないポイントや今日テレビで話す台詞の候補とかも纏めてあるから、取り急ぎそこだけでも押さえてくれればまぁなんとかなるんじゃないかって思う」

「これをひーくんが、わたしのために……」

うるはがノートをパラパラと捲りながら感嘆の声を漏らす。

「えへへ、いつもありがとうねひーくん。うん、ひーくんの対策ノートがあれば鬼にバスターブレードだもんね。私頑張って覚えるよ」

ノートを胸元にギュッと抱きしめたうるはが、照れくさいのか顔を半分ノートで隠した状態で微笑んだ。なんかその顔で感謝されると変にドキッとしてなんだかむず痒いというか——けどやっぱ幸せだな、好きな人から向けられる笑顔って。

「おいおい、その鬼どんだけ強いんだよ。けど、その意気だ。ま、俺もまさかアイドルをテーマに対策ノート作る日が来るなんて思わなかったから、書いててちょっと笑ったよ」

苦笑を浮かべる。対策ノート自体はうるはの教育係として試験がある度に作ってるし、赤点を回避するためにどう要点を押さえて伝えればうるはに伝わり易いかってのも心得ている。まさかその経験が国のために役立つ時がくるなんて人生ってほんとわかんねぇな。

ま、これも俺の持論、「勉強は俺を裏切らない」があってたってことなんだろうけど。

「にしても、これ作るための参考資料としてアイドルの舞台裏動画とか見漁ったんだけどさ。みんなステージの上で輝くために、すっげー努力してるつーか、かわいいだけじゃやってけない世界なんだなぁって。つい応援したくなるてか、俺アイドルに今までまったく興味なかったけど、周りが入れ込む気持ちもわかる気がしてさ。特にこの女の子とか――」

「……………ねぇひーくん」

「ん?」

「そのすっごくつまらなそうな話ってまだまだ続く感じなのかなぁ。私早くこのノート読んで練習したいなぁ」

まるで鮫島冬華本人のような、凍てついた表情。

「わ、悪い……」

そうだよな。時間が限られてる時に何どうでもいい話で勝手に盛り上がってんだって話だよな。うるはが呆れるのもわかる。きっとこういうところが俺が恋愛対象としては見られない駄目なところなんだろう。反省だ。

そうしてうるはが対策ノートを参考にプレドル鮫島総理の立ち振る舞いを少し練習した後、斉藤さんがやって来て俺達はスタジオへと移動し、お昼のワイドショーが始まった。

「――今日は番組内容を急遽変更して、なんと鮫島総理大臣にお越しいただいています」

司会の紹介でうるはが手を振ってスタジオに登場する。

「今回、こちらに起こしの鮫島総理は一日署長ならぬ一週間アイドルとして——」

司会の人が一週間アイドルがどういう目的でどんな日程で行われるのかを、要点を押さえてテンポよく説明した。

「——と、こんな感じでいいですよね総理？」

「…………」

「そ、総理？」

「ノンノン、今のわたしは総理ではなくプレドルの鮫島冬華です」

指を振り不敵に笑ううるは。

「プレドルですか？　そ、そのプレドルというのは……？」

「総理アイドルを英語で読んでプレジデントアイドル。略してプレドルです」

「なるほど。バラエティアイドルをバラドルと略すようなものですか。けどそれ、結局総理要素は残ったままじゃありませんか？」

「あはは、確かに言われてみればそうですね」

上品に手を当ててうるはが笑うと、会場がどっと笑いの渦に包まれた。上手くユーモアに昇華している。クールだろうがキュートだろうがうるはの笑顔は人を幸せにする説。立証だな。その後、うるはは俺の渡した対策ノートで覚えた内容を武器に、司会やコメンテーターとのやり取りを鮫島総理としての気品さを保ちながら上手にこなしていった。

「──それにしても、総理。アイドルの服を着ているからか、なんだか、いつもと雰囲気が違いますよね？　恐縮ですがこう、普段より物腰が柔らかいと言いますか……」

「そりゃもう、今のわたしはプレドルですからね。笑顔はアイドルの基本ですよ」

無敵すぎないかそのワード。いやそれで誤魔化せるなら願ったり叶ったりだけど。

「あ、あはは……。そ、それでは総理、最後に総理からも一言あるということで、どうぞ」

「明日から私はプレドルとして握手会を開催します。そこでみなさんの声を私に聞かせてください。応援、叱咤、お悩み、はたまた恋愛相談まで、なんでも聞いちゃいます」

こうして、プレドル鮫島冬華のデビュー宣言は問題なく幕を閉じた。

世間の反応が気になった俺は、ＳＮＳでそれとなく調べたのだが──好意的に迎えられている声が多くてほっとした。ひとまず、一日目は無事終了ということでよさそうだ。

○○○

午後四時。ダンスレッスン中のうるはと別れて斉藤さんに送ってもらった俺は、天堂院にやって来ていた。なんか、放課後に校門を潜るってのは不思議な気分だ。謎の背徳感がある。ちなみにうるははレッスン後、ライブ用の宣材写真を撮るらしい。うるはのままだったら欲しかったな。

などと考えつつ、俺は冬華に指定された空き教室に入った。

「よし来たわね。始めるわよ戦を」

室内には気合い十分といった様子で冬華が一番前の席に陣取っていて、俺はどうぞと手で促されるがままに教卓の上に立った。選挙の話に入る前に、一度痣のこと聞いてみるか。

「なぁ冬華？　冬華ってあのハートマークのこと、どう思ってんだ？」

「ん？　あのハートマーク……!?　ああ、あ貴方急になんてこと聞いてくるのよ！」

冬華は何故だか顔を真っ赤に急に慌てだしたと思ったら、非難するよな目で俺を見て、

「いやだって、冬華にあってうるはにもあるってどう考えても普通じゃないだろ。俺としては知ったからには気になってしょうがないつーか」

「そうね確かに普通じゃないかもしれないわ。けど、今ここでその話をすることはもっと普通じゃないわよね。少年にはデリカシーってものがないの。幻滅よ！　このセクハラ男」

「そ、そこまで非難されることなのか？　俺はただ何かこのことで協力できることがあるなら力になれればって思っただけで……」

そう恐る恐る口にすると、何故か冬華はより一層怒りの色を濃くして、

「あるわけないじゃない変態！　——もうあの馬鹿娘ってばこんなことまで少年に話してるの？　嘘でしょありえない」

嫌悪感ＭＡＸで俺を睨むと、頭を押さえ何やら念仏のように独りごち始めた。

よ、よくわからないがこの話題はしない方がいいらしい。

「はぁ……。——で、本題に戻るけど、もらったラインによると、少年がこれからの選挙方針を考えてきてくれたとのことだけど、期待していいのよね？」

「あ、あぁ。そっちはまかせてくれ」

負の空気を霧散させようと、俺は胸を張って応える。俺だって入れ替わりが起きる前は、うるはを本気で勝たせたいとあれこれ勉強していたんだ。この澄ました女に俺も伊達に政治家を目指してないってとこ見せてやる。天堂院トップの頭脳ってやつを！

「まず前提としてこの天堂院を取り巻く情勢についてざっくり説明するが、この学園における内部組と外者の比率はおおよそ8：2くらいになっている」

話ながら黒板にチョークで円グラフを書き上げる。

「ふむふむ、それで？」

「一次選挙の結果を経て二次選挙に進めるのは上位八名だ。つまり、単純に計算して全体で12・5％以上の票を集めた人は確定で次に進める。極端な話、学園に在籍する外者全員の支持を得ることが出来れば、一次選挙突破は確実だ。最低でも外者全体のおよそ六割以上の支持——いや、本戦を想定して出来るだけより多くの支持を獲得したい。つーか、俺達が外者の権利向上を掲げている以上、勝つならもうこの方針で進むしかないと思う」

チョークで二割の部分をぐるぐると何度も丸で囲む。

「情勢は厳しいが、幸い他候補と主張が全然違う分、票の食い合いが起きなそうなのがラッキーだ。まさかどこも普段軽視してる外者に向けての票集めに力なんていれないだろうし、俺達は他候補の動きにそこまで注視することなく動けるだろう」

「けど、問題はその外者達からこの短期間で支持を集める突破口をどうやって見つけるか。そこが相当鬼門なのはわかってるわよね。現状、目が合えばすぐ逸らされるレベルで腫れ物扱いされてるし。闇雲に街頭演説やビラ配りしたところで徒労に終わるでしょう」

「そりゃ下手に関わって内部進学組から目を付けられたらたまったもんじゃないからな。ま、安心してくれ、ちゃんとその突破口ってやつには目処をつけてある」

「へぇー、どんなの？」

「説明する前に、まずこれを見てくれ」

そう言って俺がスマホを開いて見せたのは、支持率のページ。

「0・1％。昨日と何も変わっていないじゃない」

「いや、変わってるんだよなこれが」

「はぁ？　どういうこと？」

「俺が支持率から抜けている」

「はぁあああ裏切ったってこと!?　信じられない、最低！」

「ちょ、最後まで話を聞けって。ほら、この前支持率見た時、支持率0・1％ってことは俺以外支持してる人いないのか——的なこと冬華が言ってたろ」

「そんなこと言ったかもしれないわね」

「で、それに妙な引っかかりを覚えたつーか、本当に俺が変えたらゼロになるのか気になってものは試しにと一旦俺の支持を光彦に変えてみたわけよ。そしたらこの通り。数字が変動しなかったってわけ。なぁこれって、俺という身内抜きにしても桃島うるはのことを支持してくれてる人がいるってことだよな。あの冬華の演説を聴いて応援したいって思ってくれた人がさ」

これぞ光明の光。俺が得意げな顔でそう言うと、冬華は感心したように頷いた。

「そうね。いいところに目を付けたじゃない少年！　0と1、いるといないとでは大きな差があるもの。それが一人だとしても支持者の生の声が聞ければ、外者有権者達がこの学園に何を求めていて、どうしたら支持したくなるかが見えてくるかもしれない。それで、少年はどうやってこの支持者とコンタクトを取るつもり？」

「それはだなぁ——アマッター。あれを上手く利用すればいけるんじゃないかな」

「へ、アマッター？　それってこの前支持率を確認したアプリよね？」

「ああ。冬華にはまだ馴染みがないと思うけど、あのアマッターってアプリ、支持率を見る以外にも選挙に活用できそうなツールが色々あるんだよな」

天堂院学園の関係者なら誰でも使用可能な天堂院学園専用のＳＮＳアプリ・アマッター。

その主な機能はツイッターと同様のコミュニケーションネットワークであり、更にそのアカウントを通じ部活やクラスの掲示板に入ったり、生徒間で主催されるイベントへの参加や、また一部機能は匿名でも使用でき、そこで趣味の交流やお悩み相談をしたりなど、学園内の交流ツールとして幅広く活用されていた。開発者はここのOBらしく、色んなテストも兼ねてることもあってタダで運用させてもらってるのだとか。流石は名門天堂院。

「アマッターの機能の一つ、匿名質問箱を利用するんだ。外者達へ学園に何を求めるかを匿名で募集して意見を集い、実現に向けての具体的な返答をすることで支持を集める。な、人がいるかもしれないってだけでやってみる価値はあるだろ。支持者だって匿名なら何か話してくれるかもしれないしさ」

「ふぅん。なるほどねぇ………」

俺の話を聞き終えた冬華は、首下をとんとんと叩いて思案顔になった。この時間、マジで心臓に悪いな。

「そうね、悪くないんじゃない。ひとまず、少年の案を採用する形で問題ないと思うわ」

数秒の沈黙の後、冬華は微笑を浮かべて肯定した。

「お、おう、そうか……」

「あら、どうしたの？　少年の案を採用したのに、そんな歯切れの悪そうな顔をして。何か懸念があるなら、今ここで話してくれる？」

「いや、そうじゃなくって……。正直に話すと、そんな簡単に受け入れられると思ってなかったつーか。もちろん俺の中ではこれがベストな選択だと思って説明してる。けど――ちょっとでも穴があればボロクソ言われるんじゃ――って不安もちょっとあって……」

　俺の知る限り、この人が他人の意見を真（ま）っ直（す）ぐに褒めてるところなんか知らないし。

「なにその、どこぞの野党みたいな認識。すごく不服なんだけど。はぁ貴方（あなた）は私を何だと思ってるの。別に私は悪くないって思ったものにケチはつけないわよ」

「そ、そっか」

「で、どうやってその0・1%の支持者からの質問をもらうの？　ただ待ってるだけ、じゃ絶対に来ないわよね。まずはみんなにこんなのやってますって認知してもらわないと」

「まーその辺はアナログになるが、地道に校内を叫んで回るしかないんじゃないか。SNSで私についての質問や暗黙のルール撤回に向けてみなさん（外者）の意見募集してます――と。簡易的だけど昨日の夜のうちにポスター作ってUSBに保存してきたし、これ印刷してさっそくやってみようぜ」

　善は急げとポスターを印刷して簡易的な立て札を作り、俺達は呼び回りを始めた。

「生徒会長選挙に立候補中の私、桃島（ももしま）うるははアマッターにてみなさんの意見や質問を募集しています。学園でこんなことが困ってる。もっとこの辺よくなったりしないのか。桃島うるはってどんな人？　どんなささいなことでも構いません。何でもお答えします」

やってるのは正に選挙カー運動の徒歩版といった感じ。校内にはまだそこそこの生徒が残っていて、殆どの生徒は俺達の行動を奇異、失笑、不快の混じった顔で見ていた。まー歓迎ムードだったら、そもそも支持率0・1%じゃないって話だしな。これが現状の民意。千里の道も一歩からってことで、今は少しでもいいから質問が集まることを祈るしかない。

と、やる気だけなら誰にも負けないという気概で俺達が校内を上から順に歩き回って玄関付近に差し掛かったその時、

「おやおや、無駄な努力ご苦労なこった」

神経を逆なでするような嫌みったらしい声がかかった。

討論会の時、冬華に赤っ恥を掻かされていたあの工藤だ。その背後には取り巻き連中がぞろぞろといて、鼻につく半笑いで見下すような下卑た視線を俺達に向けている。大方どこかで俺達の噂を耳にし、この前のお礼参りもかねてからかいに来たってところだろう。

「なぁ、0・1%さん」

ふぁさっと前髪をかき分け、挑発的な笑みを浮かべる工藤。

「えっと確か、工藤晃君だったよね？」

「ああそうだ昨日お前にとんだ赤っ恥をかかされた工藤だよ。ま、実を言うとあの日は体調が優れなくて頭が回らず、本調子じゃなかっただけだからな。そこんとこ、忘れるなよ」

いやそれ絶対嘘だろ。

「ふぅんそうなんだ。じゃ次また一緒に演説する時が楽しみだねっ。その時に決着をつけよう。今度は体調悪い時は先に言ってね。病人さんと本気で戦うのは悪いから」

　優越感の滲(にじ)む笑みを零(こぼ)す冬華。なんだろう、うるはを演じてるのもあって、人一倍小馬鹿にしてる感が強いが、そんな冬華のあからさまな挑発に工藤は乗ることなく鼻で笑って、

「ふっ、次ねぇ。もし次があるとしたら、一次選挙を通過した後だろうが――まぁ現実的に見て、次が来るなんてことはなさそうだな。だってお前０・１％しか支持率ねぇんだろ。くくっ、０・１％って――俺がそんな数字出したら、心折れて今すぐ出馬取り消すわ。だってこんなの天堂院(てんどういん)のみんなからお前なんていらないって言われてるようなもんだろ。なぁ」

　工藤が小憎たらしい笑みを浮かべて背後の取り巻き共に賛同の視線を送ると、取り巻き共も嘲笑を浮かべてこくりと頷(うなず)いた。ちっ、このまま言われっぱなしでは気が済まねぇ。

「はん、そうは言うけど正直な話、お前だってそこまで余裕あるわけじゃないんだろ」

　実は工藤のやつ、討論会での醜態が相当響いたらしく、一次選挙突破は堅いと言われていた下馬評とは違い、現在支持率８％とギリギリラインになっていたりする。

「ちっ、外者(そともの)ふぜいが、俺をコケにするとか調子にのんじゃねぇよ。見くびるなよ。俺様が一声かければ――」

　舌打ちして睨(にら)んだ工藤はそこで一旦言葉を止めると、よからぬことで思いついたとばかりに口許(くちもと)を歪(ゆが)めて、

「そうだ、桃島(ももしま)。アマッターで質問を集めるだとかそんな面倒なやり方をせずとも、演説でも出来るように、明日俺様がばばーっと人数を集めてやろうか？　工藤(くどう)グループの次期代表である俺には造作もないことだからな」

「へぇー。それは魅力的な申し出だね。でもータダというわけじゃないんでしょ？」

「察しのいい女は好きだぜ。その代わり桃島には選挙に負けた場合——俺の女になってもらう。俺のお膳立てを棒にふって顔に泥を塗った代償としてな。お前、バカだけど顔だけはかわいいからさ。愛人枠として迎えてやるよ」

「はぁあああああ⁉」

なに言ってんだこいつ⁉

絶句する俺を余所(よそ)に、指名を受けた冬華(とうか)といえば真顔で首元を指でとんとんと、何やら考える素振りを見せていたかと思いきや、

「……面白そう。それ、のったー」

次の瞬間、にぱあっと笑ってそう言った。

「へ……？」

おいおいおいおいぃいいい、お前もなに言ってんだよ⁉

「その条件で勝負といこうよ。私と貴方(あなた)、どっちが選挙戦を勝ち上がれるか。負けたら俺の女でもペットでも何にでもなってあげる」

「いいねいいねぇ。その言葉、忘れるなよ」

工藤はにまぁっと勝ちを確信したような顔でうるはの身体をなめ回すように見ると、取り巻き連中を連れて去っていった。

「おいお前、うるはの身体で何勝手な約束してるんだよ！」

俺は苛立ちに駆られるまま詰め寄った。さっきの勝ちに貪欲になれって言葉にはささるものがあったけど、これは流石に度がすぎている。

「虎穴に入らずんば虎児を得ずよ少年」

しかし冬華は悪びれる様子もなく、ぴっと指を立ててそう言った。

「あの工藤は一次選挙突破有力候補の中で一番支持率が低い人物。その票を吸い上げてのし上がるのなんて正に一石二鳥じゃない。いやぁいい感じに鴨が葱を背負ってきて助かったわぁ。もう工藤様大好き。前祝いにラーメン行きましょう」

うるはの顔で大好きはやめろ。なんかモヤッとするだろ。

「それに、元よりずっと少年の方針で行くつもりじゃなかったもの。どの道、いずれかの票持ち候補に狙いを定めてバトルを仕掛ける手筈だったから手間が省けただけよ」

「え、なんだそれ？　嘘だろおい」

「当然じゃない。私は悪くはないとは言ったけど、いいなんて一度も口にしてないわ。少年の方針だと、具体的な支持率の展望が見えなすぎて短期決戦には不向きでしょ。あくまでも私が情報を集めて動き出すまでの当面の方針としては悪くないって思ったまでよ。というか、あれで本当に何とかなると思ってたのなら、私としては正気を疑うわ。あれじゃ半分神頼みみたいなものじゃない」

「そ、そうかよ……」

そりゃ不思議だとは思ってたけど、やっぱ認めてくれたわけじゃなかったのな。しかも、一言多いし。ほんと嫌味なやつだ。よくこれで人の上に立ってられるよなほんと。

「ってもなぁ。その狙いとなる有権者ってのは工藤が集めた、言うなれば工藤側の人間だろ。１００％アウェーな状況で演説とか、それこそ勝算あるのかよ……」

「私を誰だと思ってるの。そんなの百も承知よ。大方、大勢の前で自分と同じような赤恥を搔かせたいってところでしょ。そうして惨めな敗北を味わい、心身共に疲弊させたところで手込めにする。あの手の俺様系がいかにも考えそうなことね」

「そこまでわかってんのに、なんでそんな落とし穴に自ら突っ込むような真似するんだ」

「政界にはね、己の権力に酔いしれ、自分は選ばれた人間だから何でも出来ると思い込んでいる工藤みたいな王様きどりのクズが数え切れないほどいるの。そういう男にとって、私のようなプライドが高く自信家でおまけに美人な女がひれ伏す様を見るのは、これほどまでにない愉悦らしいわよ」

呆れちゃうわと冬華は失笑する。

「私はそういうやつらの傲慢さや慢心を逆手に取ってチャンスを作り、この若さで総理という座までのし上がってみせたの。自分は永久に勝ち組だと信じてるやつの悪事を暴き、プライドごとへし折るのは何度見ても爽快だったわ」

冬華がくすくすと悪戯を成功させた子供みたいに笑う。

「この前貴方が公邸で見たちょっと大胆なドレスも、そういうやつらと接触する一種の撒き餌というわけ。男って生き物は狙った女を落とそうとする時、自分を強く見せようと余計なことまでベラベラと喋ってくれるんだもの。ほんと、哀れったらありゃしない」

火のない所に煙は立たない。ある意味魔性の女・鮫島総理に関する噂は本当だったと。

ただ、冬華はあくまで恵まれた容姿を武器にきっかけをたぐり寄せたにすぎず、世間で批判されているようなインモラルな関係はなく、実力で全てを成し遂げてきたわけで——

これが鮫島冬華の戦い方。そりゃこの若さで総理の座につこうとしたら、正攻法だけを選んでられないのはわかる。わかるけど——

「ま、今まで私が相手取ってきた連中から考えれば、工藤なんて小物中の小物。安心なさい。私が負けるなんてありえないから」

どうやら腑に落ちない気持ちが顔に出ていたようで、冬華は諭すように優しい笑みを浮かべた。

「……わかった。けど、出来れば今後はこういうのはなしで頼む」

理性で理解できても本能が納得いっていない。せっかく凄い才能持ってるのに、実力でのし上がってきたのに、世間の評価は妖艶な容姿も相まってよからぬ部分が先行してしまっている。彼女と出会うまでそれを鵜呑みにしてた俺が何言ってんだってところはあるかもしれないが、真実を知ったからには冬華には正当な評価を受けてほしいという気持ちが大きい。いけ好かないやつではあるけども、いつか挑んで勝ちたいと目標にしているからこそ、冬華の価値を自分から下げるような行動は面白くなかった。それに……。

「ふふっ、少年ってばそんなに桃島さんが大事なのね。私は誰かにそこまで愛された経験がないから、ちょびっとだけ羨ましいかも」

「それもあるけどさ……なんつーか、ほら、一応俺達は恋人同士の関係なわけだろ。自分の付き合ってる彼女が、負けたら他の男の物になるかもしれない――とか言い出してきたら、その彼氏は普通に考えてどんな反応すると思う？」

うるはを生徒会長にするため冬華を利用する分、冬華が求める恋愛経験の相手として真面目に向き合うと決めた俺だ。もし本当に好きあってる相手なら、いくら事情があるからと言ってもの申さずにはいられないはず。そう考えて俺は問うてみたのだが、

「へ………それは『大変だなぁ』と労ってくれた上で、『でもお前なら何も問題ないし大丈夫だろ。頑張ってこい、応援してる』と、笑顔で送り出してくれるんじゃない」

したり顔で返って来たのは、想像の斜め上を行く解答だった。

「あの、そう言われて冬華はどう思うわけだよ？」

俺は絶句して頬を引きつらせながらも、怖ず怖ずと尋ねる。

「ん？　普通に信頼されてるなぁと。ま、桃島さんならともかくこの私がなんの勝算もなしに勝負にでることはないもの。私の恋人ならその辺ちゃんとわかってくれてるはずよ」

胸を張り、冬華はそうよねと賛同を求めるように得意げな笑みを送ってくる。

う、嘘だろおい……。

いやいやどう考えてもそうはならないだろ。そりゃ表面上はそんな反応する人もいるかもだけど、今は彼氏の気持ちになって考えてくれと言ったわけでそれで返って来たのがこれとか——どんだけ自分本位な考えなんだ。本当に好きなら心配で心配で仕方ないし、そんな勝負できることなら止めさせたくなるもんだよな。少なくとも俺は絶対うるはにはそんな自分の身体を賭けた勝負なんてして欲しくないし、聞いたらたとえ本人に嫌われようが止めに入ると思う。

薄々感じてはいたけど、この人、人の感情を読むのとか心理戦を得意としてるくせして、こと恋愛に関しては、ものをまるで理解していないんじゃ……。つーか、嫌いな俺が当人より何倍も向き合ってるってなんのバグだよ。あーもう馬鹿らしくなってきた。……けど、ここで今更断念するのも中途半端というか、筋違いな気がするんだよな……。

ま、冷静に考えて工藤の件はアリが像に喧嘩売ってるようなものだからそこまで心配す

る必要ない、とは思う。勝負に出るのが大事ってのもわかるし。——なら、ここは、

「……わかったよ。俺もそこまで子供じゃないからな。時には清濁併せのむことも必要ってことは理解できる。——ただ、冬華がこういった勝負にでるのはこれで最後だけどな」

「は？　どういう意味よ」

「ようは俺が先に冬華がいいって思える案を出せば、冬華はこんな危険な賭にはでないってことだろ。上等じゃねぇか。絶対次こそ、あんたが度肝抜くようなプランを考えてやる」

俺の得意分野は反復と努力。そうやって勉強に勉強を重ね、俺は天堂院に合格し、今までトップの座を維持してきたんだ。その執念を舐めんなよ。

そう得意げな笑みで宣戦布告した俺に、冬華は呆気に取られていたかと思うと——

「ぷぷっ、少年が私の度肝を抜くとか——無理に決まってるでしょ。あーお腹が痛い。これで特盛り食べられなくなったらどうしてくれるのよ」

口に手を当て盛大に吹き出したのだった。いやこいつマジでむかつく。

○○○

翌日の朝九時。俺はうるはと斉藤さんと握手会の会場に来ていた。

握手会は午前十時から始まり、午後一時で一旦お昼休憩。午後二時に再開して混み具合

を考慮しながら六時には切り上げる予定らしい。がっつり八時間労働。お嬢様育ちでこれまでバイト経験のないうるはが体力的に持つかちょっと心配だ。いや、体力は冬華の身体に依存するのか？

一人辺りの握手会の持ち時間は二分。一昔前に流行った会いに行けるアイドルの握手会は約五秒間で、トークがメインのブイチューバーでも約一分。破格だ。

なによりも公共事業の一環ということで値段がタダなのが最強すぎる。チケットはオンラインによる事前抽選制で、斉藤さんによると相当な倍率だったらしい。

握手会での俺の仕事は、うるはと握手するお客さんをブース内に誘導してうるはと会わせ、その様子を見守ること。ようはボディーガードだ。うるはは俺が守る！

俺とうるははは裏からパーテーションで区切られたブースに入った。既に正面には待機列が出来ている。

「そだひーくん。ただ待ってるだけじゃ落ち着かないし、ちょっとリハ相手になってよ。昨日ひーくんからもらったノートを参考に、練習してきたんだ」

準備を終え、後は開始時刻を待つだけとなったアイドル衣装のうるはが、ふとそんなことを言い出した。

「お、いいぜ。やってみるか」

俺は机を挟み正面に向かい合った。こう改まると変に緊張が走るな……。

「やっほー。今日は来てくれてどうもありがとー。プレドルの鮫島冬華です」

とびきりのにっこりスマイルでうるはが右手を差しだした。

うるはの手を見ると、やはりどうしても例の痣が気になってしかたがない。なんだか昨日よりも黒ずみが進んでいるし。これ枠の中が全部染まったらやっぱ何か起きるのか？　けどこれ昨日の冬華の態度からして気軽に聞いたら不味いんだよな……？　なんか互いの身体に関わるデリケードな問題で二人だけの秘密にしてるとかそういうことなのかな。そういうことなら二人の口から話してくれるまで待つべきだよな。ちょっと寂しいけど。

俺は胸中でそう結論づけると、俺はうるはの手を握った。

うるはは両の手で俺の手を包み込むと笑顔のままぶんぶんと振る。

と、その瞬間、どたぷんと鮫島総理の胸が揺れた。

「いっ!?」

男の本能と言うべきか、俺は無意識に視線が全集中になった。な、なんだ今の心躍る躍動感……控えめに言ってめちゃくちゃエロい。

「おりょ？　なんか難しい顔してるけど、わたしどっかおかしなとこあった？」

「いや、大丈夫だ。問題ない……たぶん」

「そか、なら続けるねー。わたしとどんな話がしたい？　なんでも聞いちゃうよー」

相談か、どうしよう……。

ちなみに増税だとか○○の法案はどうなるかという、具体的な政策への追及をされたら「今は個人の悩みを聞く場だよー」的なノリで躱せという手筈になっている。

よし、決めた。せっかくだから――

「あの、実は俺には好きな人がいて」

「え？」

「そのどうすればその人ともっといい関係になれるか悩んでると言うか……」

おまけにその人は今目の前にいて、本当は一度決意して告白までしたんだけどな……。

「ひーくんはさぁ、そういうことで悩んでる暇はないと思うよ」

「へ？」

そう冷たい口調で言い放ったうるはからは、いつの間にか笑顔がさっぱりと消えていた。

「あのね、冬華さんだって学生時代はそういったことに一切うつつを抜かさず総理になるために頑張ったんでしょ。だったらひーくんも今はそっちに力を入れるべきなんじゃないの。国のトップ目指すのに女の子と遊んでる暇なんて、ないと思うけどなぁ」

せ、正論。思い返せばうるはは俺の夢が本気だって感じてくれたからこそ、生徒会長選挙に立候補してくれたわけだし、そりゃ怒るのも無理ない、のか……。心なしか手を握っている力が強くなっている。やはりそれだけ呆れてるということで……とほほ。

「ということで、その気持ちはきれいさっぱり忘れましょう」

「あ、ああ……」

にっこりとした笑顔に圧倒されるままつい頷いてしまった。

いやいやいや諦めるとか無理に決まってるだろ!!

非常に残念だが、うるはの前ではなるべくこの気持ちを隠し通すことにしよう。

実は俺、色々あってうるはの身体に入った冬華と付き合ってます——なんてバレた日には、怒りを通り越して絶縁されるんじゃ……。つーか冷静に考えて、あの日告白がちゃんと出来てたら振られてたってことだよな。ヨカッタイレカワリガオキテ。

「も、もう二分経ったよな。こんなもんだろ」

「え、そうなの？　いやーひーくんがおかしなこと言うからあっというまだったね」

冗談はほどほどにねとばかりに、うるははにかむ。

おかしなこと、かぁ……。おふぅ。やばい気が沈みすぎて戻れなそう。

「あと、握手はずっとしてる必要ないからな」

「うおっ、確かに」

そんなこんなで、いよいよ握手会が始まった。俺は一人目を案内する。

「——いやぁアイドル冬華ちゃんかわいいねぇ。いっそこのままアイドルになっちゃわない。おじさん応援するよぉ」

栄えある一番目は、小太り中年のいかにもなドルオタっぽいおっさんだった。明らかにイベント慣れしてる。これあれだろ、噂に聞くＤＤ（誰でも大好き）なタイプの人。

「いぇーいありがとー。確かにーそれもありかなーなんて」

流石はうるはだ。嫌な顔一つぜず、ノリノリで対応してる。完全に冬華のキャラではなくなってるが、個人対応だし大丈夫だろ。

にしてもさっきからこのおっさん、ずっとうるはの胸ばっか見てるよな。向こうには鮫島総理以外に映ってないとしてもモヤモヤしてならない。あぁくっそささっと終われ。

そうして次にやって来たのは、垢抜けしきらない感じの女子大生だった。

「あの、私には今好きな人がいて、そのどうすればもっといい関係になれるか悩んでると言いますか。そのこんなこと総理に相談する話じゃないかもしれませんが、でもそのくらい悩んでて……」

一国の総理を前に畏縮してかたどたどしくも紡がれた言葉は、偶然にもさっき俺がしたのと似た内容。

「そうだね。貴女がどうするにしろ後悔だけはしないように——かなっ。想いは待ってるだけじゃ絶対に伝わらない。時には思い切った行動に出るのも大事だよ。もし不安で一歩が踏み出せない時はわたしを思い出して。プレドル鮫島冬華は貴女の恋を応援してるから」

相談者に目線を合わせ、勇気を与えるように微笑んでうるはは言った。

「あ、ありがとうございます！　私、頑張ってみます」

何度も丁寧なお辞儀をして彼女は会場を後にして行った。

これが本来の恋愛相談時のうるはなのか……。やばい、ガチでへこむ。

その後も昼休憩を挟み、順調に握手会は進んで行った。

基本的にどんな言葉も真っ直ぐ好意的に受け取り、困った人がいたら放っておけず自分のことのように真剣に悩んでくれる。それが彼女、桃島うるはの素敵なところ。そんなうるはの長所が、思う存分に発揮されていたのではないだろうか。

握手会を終えて退場していく人達が、みな満足げにしていたのを振り返って俺は思う。

というか、もしこれがあの人のままなら性格的に「出来るよう努力しろ」「直せない方が悪い」みたいなスタンスで結構きついことズバッと言っちゃいそうだし、今日に関しては適材適所ってやつだったよな。

俺個人としては、学園ではずっと劣等生のレッテルが貼られて肩身の狭い思いをしていたうるはが、得意分野で活き活きとしているのが嬉しかったり。

けれど何故か俺は、それにプラスして幾ばくかの寂しさを感じていた。

鮫島総理として着実に実績を積み上げているうるはに、まだ何者にもなれていない俺はどこか置いていかれたような感覚を覚えたから。

いやいやそれは流石に生き急ぎ過ぎ、だよな?

とりあえず俺は俺なりに千里の道も一歩からつーか、まずは冬華の演説をしっかり分析して自分のモノにするところからだ。焦る必要はないよな？

そう自問自答しながら、俺は天堂院を目指したのだった。

○○○

俺が天堂院の多目的ホールに辿りつくと、ちょうど冬華による桃島うるは講演会がスタートしようとしているところだった。

現在、多目的ホールには工藤を含む、彼の声によって集められた二百人ほどの生徒がいる。全校生徒の約10％、全学年入り交じってるのもあって外者と内部組の詳しい比率までは予測出来ないが、大半は親が工藤グループ関連企業の重役——もしくは工藤をよいしょすることで何かしらの恩恵を得る連中であるに違いない。あのどら息子のお手本みたいな工藤に個人的な救心力があるとは思えないし、きっと彼等は親から「工藤にだけは逆らうな」的なことを言われているのだろう。このように、内部組の中でも出自による序列関係が少なからず存在し、現在一次選挙突破有力と囁かれている殆どは、工藤のように何かしらの後ろ盾、組織票を持っていたりする。ほんと、地方選の縮図のような学校だな。まぁこんな環境を若い時から経験しているからこそ、天堂院出身者に政界進出者が多いってのもあるんだろうけど。

いずれにしろ彼等の支持をこちらに取り込むことが出来れば一次選挙突破はたやすいことなのは確かだった。以前アマッターで見た工藤の支持率は約８％——この場にいる人数と一致しない。ようするに匿名の状態——しがらみや世間体を抜きにした本心では工藤を支持したくないと思ってる生徒が少なからずは存在し、これが何を指し示すかと言うと、やりようによっては工藤の票をざっくりいただくのは不可能じゃないってことだ。

しかし、彼等は一様に工藤の権力によってここに招集され、言ってしまえば冬華の演説になど何の興味もない連中。皆の気怠げな顔には、まるで校長先生の話を聞くような早く終わらないかといった内心が滲み出てるようだった。た、頼むぞ冬華。

ちなみに天堂院では生徒会長選挙期間中アプリから申請すれば、このように多目的ホールや講堂、体育館等を選挙活動に使用していいことになっている。ただし、申請者は内部組の生徒に限る——ではあるが。

「いい？　演説に大切な要素は見栄とはったりよ。有権者の心を揺さぶらせ『この人なら何かやってくれるかも』と思わせたもの勝ち。まれに公約を何一つ果たしてない政治家を捕まってないだけの詐欺師だなんて揶揄する人がいたりするけど、その気にさせることが大事って点ではあながち間違ってないのかも。政界に入りたいなら覚えておきなさい」

漂うアウェー感に臆する素振りもなく、冬華は得意げにそう言うとマイクを片手に自信満々に演台の前へと躍り出た。

「みなさん、こんにちは。生徒会長選挙に立候補中の桃島うるはです。本日は私のために集まっていただきありがとうございます」

まずは挨拶と軽い会釈。校長先生の話とは違い注意する教員がいないのもあって、冬華の話が始まったというのにスマホを弄っている生徒が半分くらいいるのが気になる。

「突然ですがみなさん、人は平等ではないんです」

冬華の芯の通った強い言葉が室内に響き渡った。

——なっ⁉

思わず息を呑む。俺達が目標にしているのは学園における外者の立場改善——ようは生徒間の平等性だ。討論会の時の冬華もその理念を強く主張していた。なのにそれを最初から否定するような発言をするとか、支離滅裂もいいところというか、なに考えてるんだ？

「だってそうですよね。もし今みんなが平等だと言うなら、貴方達は今早く終わらないかと思いながらスマホを弄って時間つぶしすることなく、今頃学業から解放された自由な時間を過ごしてることでしょうから」

冬華が不敵に笑ってそう言うと、スマホを弄っていた生徒の殆どがスマホを片付けて金髪の少女に見入った。う、上手い。これってたぶん、後ろ指を指されたような罪悪感を利用して話に集中させたってことだよな。

「私がこの学園の生徒会長になって目指したいのは誰もが笑顔になれる学園作り。それは個人個人の意見が等しく反映されてこそ成り立つものだと私は考えています。例えば学園に蔓延るいくつかの暗黙のルール。これは私の目指す学園には不必要なものです。なので、私が当選した暁にはこれらを全てぶっ潰します」

にっこりと笑って冬華は物騒な言葉を口にした。ただ、この主張は俺のような外者にこそうまみはあっても、ここにいる大半の内部組には関係のないことだが。

「この学園で暗黙のルールと聞くと、殆どの人は一般入試組——いわゆる外者の待遇の悪さを想像すると思います。やれ外者だけでは部活・同好会の申請が出来ない。やれ外者だけでは食堂を利用できない。やれ外者は生徒会長選挙に立候補出来ない。——ですが、この暗黙のルール、実は内部組の生徒内にもしっかりと存在するのは気付いていますでしょうか？　例えば、自分の親より上の権力者のお子様方には忖度しなければならないとか」

工藤を一瞥して冬華が不敵な笑みを作る。

「この学園の生徒会長は二ヶ月に及ぶ激闘を制した勝者に相応しく、絶対的な権力を持つことはみなさんもご存じかと思います。もし時の生徒会長が、今日より成績主義の学園にするとルールを変えてしまったら、どうなるでしょうか？　まー万年最下位のわたしにはきっとろくでもない学校生活が待ってることだけは確かでしょう。ようするに私が言いたいのは、この学園にいる限りいつルールで不遇な立場になってもおかしくはなく、選挙に直接関わってないからといって他人事でいたら、とんでもない未来が待ってるかもしれないということです」

危機感を煽るように冬華は冷たい声音で言った。

「いいですかみなさん。この学校のルールを作る人を選ぶのはみなさん自身です。それぞれ一人一人の手に掛かっています。今一度、胸に手を当てて考えてくれませんか？　貴方達が投票しようとしている人は、自分が望む学園生活を作ってくれるのか、その人に投票して大丈夫なのか。私が目指すのは誰もが笑って過ごせる学園──つまり平等性です。もし、私を選んでくれた場合、私はみなさんを絶対に後悔させません。少なくとも誰かの立場を守るために誰かの立場を蔑ろにするルールは作らないことを約束します。そして私は応援してくださる方々を裏切ることがないように、この選挙に何が何でも勝利してみせます。この選挙が終わる時、みなさんはかつてない逆転劇を目にすることでしょう。その時一緒に、勝利の光景を眺めては見ませんか？」

拳を握って冬華は人の心を直接揺さぶるように唸った。これが鮫島節。最初は工藤の徴集で嫌々集まったはずの生徒達が、今はもう冬華をくいいるように見ている。

今、完全に会場の空気は冬華のものだった。俺はそんな冬華の演説を耳に、凄い、でも悔しい、いつかは俺も──という気持ちを八割に、一方でうるはの時と似たようなどことない寂しさを残りの二割で覚えていた。

冬華とうるは。二人は入れ替わり生活で互いを演じ、本人が不得意にしていただろう舞台で着実な一歩を踏み出している。

なのに俺は、サポートとして二人に携わってはいるものの、まだこれと言った成果らしい成果を作るまでには至っていない。そのちょっとだが確実に生まれた差が、俺をどことなくナイーブな気分にさせていた。

おまけにこの二人には、華がある。人を引きつけて放さない、そんな華が。それはきっと、勉強や努力ではどうにもならない生まれながらの天性のもので、きっと俺にはない。

努力や勉強の果てに、俺の成るべき道は一体どこにあるのだろうか……。

そうどことない無力感を覚えていると、演説を終えた冬華（とうか）にぱちぱちぱちとまばらながらに拍手がなった。ひとまず、うじうじ悩むのは止（や）めて今はこっちに集中だな。

「ここまでのご静聴ありがとうございました。それでは、なにか質問や意見があればお答えします」

そう言った冬華は口調こそ淡々としていたものの、熱っぽそうに額にはうっすらと汗を浮かばせていた。なんだかんだ冬華も緊張していたとかそういうことなのだろうか？

「――はい」

少し間を空け、参謀という言葉が似合いそうなインテリ系の男子生徒が挙手した。

「貴女（あなた）は平等を主張していますが、実際に天堂院（てんどういん）で問題を起こしたり退学する生徒の大半が外者（そともの）であるのは紛れもない事実です。ようするに、非難される側にもちゃんとした理由があってのことなんじゃないでしょうか。これに関してはどうお考えで？」

　あいつ、昨日の工藤と一緒にいた取り巻きの一人。ちっ、痛いところをつきやがって。大方工藤の差し金だろ。心の中で歯がみする。彼の主張は残念なことに、外者の立場改善を求める中では無視できない要件だった。

　名門天堂院学園において、不祥事を起こしたり退学する生徒の殆どは外者である。これは名門に通うプレッシャーやストレスから道を誤ってしまう人が多いのではないかという推測がなされているが、真相は定かになってはいない。

　ま、普段野党からもっと嫌味な挙げ足とりを受けてる冬華にとっては、この程度を当たり障りなくいなすくらい造作もないことだろう。さぁ、がつんと返してやれ冬華！

「……あ、あの、それは、たまたまそういう不幸なことが重なっただけで……」

　冬華は先の気迫がまるで嘘のように、おろおろと視線をさまよわせたどたどしく的外れな答えを口にした。予想だにしなかった光景に、思わず口がぽかんとなって「へ？」と声なき声が漏れる。ど、どうしたんだ冬華？　らしくないというか、これは別に意表を突かれたとかでもなく予測可能な範疇の質問だよな。

　いや、あの地に足の付いていないふわっとした感じ……まさか今ここにいるのは本物の桃島うるはなんじゃ――!?

はっとなって目を見開く。

そうこうしている内に、逆転のチャンスとばかりに質問者から追撃の言葉が飛んだ。

「おやおや、どうしたんですか？　まさか答えられないとでも？」

不信の目が少女に集中し、場内がざわつき始める。

「え、えっと……」

それに気圧されるように、困惑した表情の彼女は顔を俯けて一歩下がった。

――間違いない、あれはうるはだ！

その結論に辿りつくやいなや、俺は即座に行動に出た。

「あーどうもすみません。うるはの体調が悪いみたいなんで、大事を取って今日はこの辺で終わらせていただこうと思います。ご静聴ありがとうございました」

うるはを庇うように前に立って深くお辞儀すると、俺は彼女をこの場から連れ出そうと右腕を掴んだ。その瞬間、ふと気付く。手にあった例のハートの痣が完全に黒くなっていったことに。ま、まさかこれが影響してるとか――いや、あれこれ考えるのは後回しだ。

今はうるはを非難の目から救わないと。

内心で頷くと、俺はちょっと強引にうるはを引っ張り、早足気味に多目的ホールから出て行った。

「おいおいおいさっきまでの威勢はどこにいったんだよ」「体調不良とか嘘くせぇ。不祥事おこした政治家かよ」「ほんとは痛いところを突かれて何も言えなくなっただけだろ。おい、何か言い返したらどうなんだ」と、退出間際、工藤の取り巻きから野次が飛ぶ。しかし、構っている余裕は今の俺達にはなくて。

「ひーくん……」

しょぼんとうな垂れたアホ毛とうるうると困り切った目。最早尋ねるまでもなくうるは本人だったが、意思疎通は大事だと念のために確認する。

「うるは、なんだよな?」

「うん……ごめんね」

そこにいつもの明るい笑顔はなく、こくりと小さく頷いた。

「謝らなくてもいいさ。こんなの事故以外の何ものでもないだろ」

気負って欲しくないと、優しく笑って励ます。

にしてもなんでこんな急に戻ったんだ？　いや、入れ替わりも唐突に始まったから、これは別におかしくない、のか？　――ああっ、わからん！　頭がこんがらがってきた。どうにも謎を解く手掛かりはこの色が変わったハートの痣にありそうだが……。

と、とにかく一度向こうと連絡取った方がいいよな。というか、あっちのうるはがやってた握手会は今、本物の鮫島総理が対応してるというわけか。

まぁ弁の立つ冬華のことだし、心配ないとは思うけど……

冬華 Side

もらったわねこの勝負！

演説を終え、室内に集まった全ての生徒から注目の視線を浴びる私は、確かな手応えを感じ心の中でぐっと拳を握って勝利の笑みを浮かべた。

その最後列には工藤のこんなはずじゃとでも言いたげなぐぬぬ顔もある。

さぁてどんな質問でもかかってきなさい。ま、こんなのマスゴミとのぶら下がり会見で鍛えられた私にとっちゃ、朝飯前もいいところ。あ、飯と言えばお腹が減ったわね。これが終わったら少年を連れて勝利の晩餐に行くとしましょう。なににしようかしら。ラーメンやカツ丼もいいけど、心なしか冷たいものが食べたい気分だからかジャンボパフェにでも挑戦するのもありね。

なんだか高揚感のせいか、さっきから妙に身体がじんじんと熱いし。

そういえば、あの時も似たような感じだったわね。

ん、待って。似たようなって、この既視感まさか——!?

とても嫌な予感が脳裏をよぎる。けどその時にはもう意識が暗転してきていて——

「あの、私には今同じ大学で出会って好きになった人がいるのですが、その人は高校の時からずっと一緒でとても仲のいい女友達がいて、傍から見ていてもお似合いで相思相愛な感じしかしないというか——勝ち目がなさそうなんです。こういう時、どうすればいいのでしょうか？」

　はいぃいいいいいいいいい⁉

　ばっと頭をさげればそこには胸元がぱっかーんと開かれた破廉恥な服。これあれよね、話に聞いていたアイドルになった鮫島冬華が着る予定の衣装……。

ああ、理解したわ。理解したくないけど理解した！　これ、元に戻ったたってことよね。本来なら万々歳で喜ぶべき事象のに、それがしにくい状況ってことよね！

　ひとまず冷静になれ私。あれこれ考える前に目の前のタスクを処理しなきゃ。ええっと彼女の話は恋愛相談だったわよね。内容は確か——

「そうね。貴女の中でも結論が出てるみたいだし、きっぱり諦めるでいいんじゃない」

目の前の少し自信なげな少女に目線を合わせると、優しく微笑んで私はそう言った。こういうのは、相談者に寄り添うことが大事だもの。

「負け戦に必要以上にリソースをさくより、新しい恋を見つけるほうがきっと有意義よ。なぁに、すぐにその人に負けないくらいいい男が見つかるわよ。私に振り向いてくれなかったことを後悔させてやるの気合いでいきましょう」

ぐっと拳を握って勇気づける。

どう？　自分で言うのも何だけど、いい回答が出来たんじゃないかしら。

ふふん、なんだ。やれば出来るじゃない私にだって。

手応えを感じて胸中で勝ち気な笑みを浮かべる。

けれど、目の前の彼女の反応は私の予想とは全然かけ離れた、とんでもなくお門違いな内容が返ってきたとばかりの唖然とした表情をしていて、

「きっぱり諦める——ですか……。あの、それが出来ないからこんなにも悩んでるわけで。そもそも諦めると決めてすんなりと踏ん切りの付けられる恋なんて、本当にその人のことを好きだったと言えるのでしょうか？」

「え？　いや、その……」

まさか質問で返されるとは思わず、つい狼狽えてしまう私。

「それにリソースだとか、有意義だとか、まるで恋愛をビジネスかなんかみたいに——」

そうこう逡巡している内に、おどおどしながらも彼女は言った。

「あの、失礼ですが総理って、誰かに本気で恋したことってありますか？」

私の自尊心をえぐり取るような言葉を。

「えっ……？」

「あ、いやすみません。鮫島総理はどんな勝ち目の薄い恋でも諦めることなくものにして

きたんだろうなぁとか思ってましたけど、冷静に考えて総理みたいな美人で素敵な人が追う側になるなんてあるわけないですもんね」

そう口にした少女はばつが悪そうにははと空笑いする。な、なによそれ……。

「あ、すみません。勝手に期待した私が悪いんですから。もうお時間ですよね、今日はありがとうございました」

丁寧なお辞儀をした彼女はまるで来るんじゃなかったと言わんばかりの浮かない顔のまま退出していった。

「………」

私、なにも間違ったこと言ってない、わよね……？

そりゃまぁ、おっしゃる通りこちとら二十三年間本気で恋した経験は一つもないわけで――けど、それで損したと思ったことは一つもないし、現に私は総理大臣で人生の勝者だもの。そう、だからそんな私が下した判断が間違っているはずがない。ええ、一番リスクも低く効率性が高そうでベストな選択肢だったと思うわ。無謀だとわかってて足をつっこむとか私の主義に反するし、絶対にかしこい選択じゃないでしょう。なにより彼女自身も勝ち目が薄いのは理解してる様子だったじゃない。

なのにどうして、あんな顔をされなきゃいけないのよ。

もう、好きって一体なんだって言うのよ……。

第四話　天堂院レジスタンス

「一体どういうことなの。突然元に戻るとか……」

夜、公邸のリビングにて。参ったとばかりに頰杖をついた冬華が顔を強張らせた。

冬華にとって元に戻るのは悲願だったはずなのに心なしか元気がない。うるはも講演会でのことを引きずっているのかテンションが低く、この場にある空気はどんよりとまるでお通夜のようなものだった。

そんな中、この場で唯一いつもと同じ調子の斉藤さんが冷静に分析した。

「まぁ最初の入れ替わり自体が唐突に起こったのですから、元に戻るのがいきなりでも別におかしくはないんじゃないですか」

「それはそうだけど……」

歯切れの悪そうな冬華。やっぱりあっちでも何かあったのだろうか？　俺が受けた報告では、握手会の方は特に目立ったトラブルはなく無事終了したという話だけど……。

「はぁ……。とにかく、この奇々怪々な入れ替わりはこれで終わったと考えていいのよね」

「いや、そう考えるのは早計すぎるんじゃないか？　……その触れていいかわからないけど、入れ替わった時に出来た手の痣がまだ消えてないだろ？」

冬華の軽蔑した顔を思い出して畏縮しつつも、ちらりと俺は冬華とうるはの手の痣を一瞥する。入れ替わりが起きた初日は枠だけしかなかったハートの痣の中が、今ではハートの器に墨を満たしたように黒塗りになっている。これが原因って考えるのが妥当だよな。

「状況から考えてさ、二人が元に戻ったのはこの右手の痣の変化が絡んでるとみるべきだろ。……二人の間でどんなやり取りがあったかは知らないけど、流石にここまで来ると向き合うべきなんじゃないか……」

俺は二人の顔色を窺いながら恐る恐る口にする。――と、何故か冬華それにうるはも呆気に取られたような、おかしな人を見るような視線を飛ばしていて、

「ど、どうしたんだよ二人とも。元に戻ったタイミングで、手の痣が真っ黒になってんだぞ。何か関連性があるって疑うのが普通だよな？　俺何か間違ってること言ってるか？」

「少年……」

冬華が恐る恐るといった様子で口を開いて、

「その、手の痣って一体なんの話？」

「…………は？」

「いくら見ても少年の言う痣らしきものなんてないわよ……？」

自分の手を何度も確認しながら冬華が焦った顔で言った。

「え……？」

「ごめんわたしも。今のひーくんが言ってることまったくもってわかんない」

アホ毛をしゅんとさせたうるはが申し訳なげに顔を俯かせた。

「冗談、じゃないんだよな……」

もしかすると当事者にはわからないだけなのではと一縷の望みにかけて斉藤さんに視線を送るも、期待はむなしく静かに頭を振った。

「申し訳ありません。私にも桜庭さんが指摘する痣とやらは見えておりません」

「マジ、なのか……」

想定外の状況に開いた口がふさがらず、頭が真っ白になる。俺には今この時も普通にくっきりと二人の右手に痣が見えてるってのに。あれ、じゃあ冬華は以前、何に対してセクハラだとかあんなひどい剣幕で俺を非難してきたんだ？

困惑の視線が俺に集中する中、冬華は一度切り替えるように深呼吸すると、改めて俺を真っ直ぐに見た。

「とにかく、少年には今、私達の手に痣とやらが見えている——ということでいいのよね」

「あ、ああ。信じてくれるのか？」

「信じる、しかないでしょう。元々心の入れ替わりなんて現象自体がリアリティから逸脱した馬鹿げたことなのだから、今更特定の第三者にしか見えない痣が——とか追加で言われても、ありえないと断言はできないもの……はぁ」

嫌になると難しい顔をした冬華が辛辣なため息を吐いた。

「うん、わたしも。ひーくんがあるって言うならきっとある！」

「それで、その痣について、今一度詳しく教えてもらえる？」

冬華の透明感のある声が催促を促す。今更だけど生で本物の鮫島冬華と顔を合わせるのはこれが初めてのこと。調子を正したこともあってか、うるはの時と違って気品溢れる凛とした佇まいの彼女は、相対するだけで威圧感のようなものを覚え少し畏縮してしまう。

「三人にとってはにわかに信じがたい話なのかも知れないが……俺には、うるはと冬華が入れ替わった直後から、二人の手に模様のような痣が出来ているのが見えていたんだ」

「それで、その私達の手にある痣というのは一体どんな形をしているのかしら？」

「あぁ、それはだな……」

冬華に問われた俺は自分の学生鞄から適当なノートを取り出し、そこに書いてみた。

「およ、これは、ハートマークだよね？」

「ああ。最初はこんな感じだった」

「なによその最初はとかいう不気味なワード。今は違うとでも言うの？　星マークにでもなった？」

「いや、マークそのものはハートのまんまなんだが……。なんというか、今俺の目に見えてる二人の痣は、入れ替わりが始まった日からこんな風にだな——」

話しながら、マークを下からどんどんと塗り潰していき状況を再現する。

「最初は単なる枠だけの存在だったものが、日に日にこうやってまるでハート形の容器に液体でも注いでるように下から黒塗りに満たされていって——」

「マークの中が全部黒くなった瞬間、再度の入れ替わりが発生して私達は元に戻ったと」

「溜まった瞬間を見たわけじゃないけど、恐らく、その通りだよ」

「ついでに補足するとその痣が見えるのは、現時点では何故か桜庭さんのみだと」

「なんか、そうみたいですね……」

「わたしはひーくんを信じるよ」

そこは本当に謎だ。きっと何かしら理由があるんだとは思うが……。

「はぁ、まったく。なんでこんな重要なこと、今まで一言も話題に出さなかったわけ?」

不満を訴える冬華のジト目。

「いやいや、言っただろ。一昨日、このハートマークのことをどう思ってるのか聞いたよな。そしたら突然怒ったと思ったら、デリカシーがないだのボロクソに叩かれて……」

俺が怖ず怖ずと口にすると、冬華は何を言ってんだとばかりに目を丸くした。

「へ？　一昨日……!?　ま、まさか少年が急にハートマークがどうとか言いだしたのって、この私達の手にある痣とやらの話についてだったの!?」

「は？　他に二人のことでハートマークなんか話題に出すものなんてないだろ。逆に俺としてはなんであんな非難されたのか非常に気になるんだが」

「うっ、それはその……てっきり、私と桃島さんの身体にあるえっちなほくろの話をされてるとばかり……」

「へ？　え、えっちなほくろ⁉」

「あーあれだ。実はわたしの股下にはハートっぽいほくろがあったりするんだけどー。同じような感じのほくろが冬華さんのおっぱいにもあって、おそろだって思ってたんだよね」

顔を赤らめモジモジと失速していった冬華を余所にけろっとした顔で答えるうるは。

「な、なんだよそのアンジャッシュ……俺完全に怒られ損だよな」

確かに、俺がいきなりそんな話始めたらそりゃ焦るのはわかるけど。どうにもあの様子からして、そのえっちなほくろのこと気にしてるみたいだったし。ああ、だから「普通じゃない」にあんな強く反応したのな。大方、紐パンの時みたく、うるはに自分の秘密を面白おかしく話されたと思ったと。ってか今さらっと聞いちゃったけど、うるはの股下にもあるんだよな例のほくろ。……やばい、想像せずにはいられない……。

「こほん。と、とにかく、今の少年の話を纏めると、私と桃島さんにはこの入れ替わり現象が始まったと同時に、お互いの手にこの紙に書いてくれたようなハートマークの痣ができていた。そのマークの中は日に日に黒塗りで満たされていき——全部染まった瞬間、お互いは元の身体に戻ったと。そしてそれは何故か少年だけに見えている」

「ああ。だいたいそんな感じだ」

「マークの中身がチャージされたら変身だとか、へへ、なんかヒーローみたいだねぇ」

「我が身に関わる話だって言うのに、どうして桃島さんはそうのほほんとしていられるのよ。それに自分に戻ることを変身とは——ん、チャージしたら変身……ま、まさか！」

何かに気付いた冬華がはっとなる。

「次に起こりえるのはエンプティによる変身解除。ようするに、そのハートマークの中が再び空っぽになったら私達また、入れ替わるということなんじゃ……」

「少年、貴方今、マークの中は日に日に溜まっていったと言ってたわよね。それは毎日一定の量だった？　それとも溜まらない日もあれば一気に増えた日もあったとか？」

た、確かに、それはありえるかもしれない。

「わ、悪い。そこまで注視していたわけでもないから、進み具合が一定だったかとか細かい部分までは正直覚えてない」

「そう……」

「んーよくわかんないけど、また近いうちに冬華さんとは入れ替わるってことだよね。そっかそっか」

「よくもまぁそんな脳天気に笑っていられるわよね。また急に入れ替わったりするかもしれないのよ。怖くないの？」

冬華が理解出来ないとばかりに口を尖らせていると、うるははけろっとした顔で応えて、

「怖いより困る、かな今は？」

「困る？」

「うん。生徒会長選挙の方、大勢の人が納得する言葉選び――とか、おバカのわたしじゃ無理そうだったから。またああいうことする前には、冬華さんの入ったかしこいわたしになってもらわないと。せっかく冬華さんとひーくんが色々と頑張ってくれてるのに無駄になっちゃうでしょ。そっちの方がずーっと怖いよ」

どこか儚げにうるはが微笑を浮かべる。

「その代わり、プレドルの方は任せておいて！　適材適所ってやつだね」

「そうですね。今日の私は偶然にも二人のプレドルぶりを目にすることになったわけですが――確かに桃島さんの方が様になっていました」

「それは……認めるわ。正直、変われるなら今すぐにでも変わりたいもの。このタイミングで元に戻って喜べることと言ったらやっと酒が飲めることとくらいよ」

あの負けず嫌いな冬華が折れるとか、そこまで嫌なんだなアイドル業。

「ですが現実的にそれが望み薄な以上、明日は正真正銘鮫島冬華総理にプレドルとして一日中握手会に出ていただくしかありませんね。後久しぶりとはいえ晩酌もほどほどに。誰も酒焼けしたアイドルなんて求めていませんので」

「……わかってるわよ」

そっぽを向き不満そうな冬華。未成年だからよくわからないけど、どうにも酒が飲めないってのはこの人にとって理論より感情を優先させたくなるくらいに相当な負担らしい。

「それとですが、お二人の入れ替わりが唐突に再発するとわかった以上、週末のライブ出演は中止にせざるを得ませんね。もし、ダンス中に入れ替わりなんて発生したら最悪事故に繋がるかもしれませんから」

「そうね。それが妥当な判断でしょう。ああ、中止の理由は私宛に殺害予告が来たとかにでもしといてくれる？　あくまで私個人の事情ではなく、外部的要因によるやむを得ない判断――ってことにしとかないと、与野党含め後々面倒くさそうだし」

「かしこまりました。ではその手筈で手配しておきます」

「そっかぁ中止かぁ……。ダンスレッスン頑張ってたんだけどなぁ。残念」

うるはがアホ毛を俯かせてしゅんとなる。事情が事情なだけにこればっかりは仕方ない。

「あの、ちなみになんだけど、明日の俺は今日と同様に握手会の現場に同席すればいいんだよな？　別に行く理由がなくなったわけだけど」

「はい、よろしくお願いします。桜庭さんはあくまでもインターンに来ているわけですから。建前ではありますが、世間体としてその辺の筋はちゃんと通していただかないと」

「わかった」

明日は本当にただの実習活動になりそうだな。

「ってことはわたしは久々に学校かぁ。そだ、選挙活動ってなにすればいいの？」

うるはがきょとんした顔で尋ねると、冬華は黒髪をくるくる巻きながら思案に入った。

「そうね……工藤の支持者乗っ取りプランが白紙に戻った以上、ひとまずは少年の地道なプランに戻るしかなさそうね。そういえばアマッターへの質問、来てたりしないの？　桃島さん、私の──じゃなかった。桃島さんのスマホ貸してもらえる？」

「ほいほい」

うるはからスマホを受け取った冬華が、慣れた手つきで操作し始める。今更だけど、第三者にスマホの個人情報が筒抜けな状態ってあんまいい気分じゃないよな。どうにも二人はそんな気にしてないみたいだけど。俺の場合エロ──おっとなんでもない。

「質問から何か突破口への糸口があったりすると助かるのだけど──どれどれ……おお、来てるじゃない。全部で三件、昨日の今日にしては上々ね。えっと──へ？」

上機嫌でスマホをスクロールしていた冬華が急に息を呑んだ。

「ねぇ、これどう思う……？」

怪訝そうな表情で、俺達に見せるようスマホを前に向ける。

そこには──

Q：先の演説感動しました。本気で外者のために戦ってくれるというなら、明日の二十時に校門前で待ってます。

質問と呼ぶにはお門違いな内容が書いてあった。

「どう思うと言われてもなぁ……」

精査するにも情報が少なすぎる。それに匿名である以上、こちらからどうしようもないのが困りどころだ。

「悪ふざけだと捉えるべきか、ポジティブに外者の誰かがコンタクトを取りに来てくれてると捉えるべきか。順当に考えるなら前者なのでしょうけど……」

頬杖をついた冬華がつぶやく。

「ただ万が一後者だった場合、逃した魚はバカデカすぎるってわけか。リスクを鑑みても、会う価値は十分にあると。よしわかった。明日、俺が行ってみるよ」

何が待ってるかわからない以上、うるはを危険な真似にはさらせない。自慢じゃないが俺は日課の筋トレを毎日欠かさずやっているし、昔おイタしていた時期もあって腕っ節にはちょっとした自信がある。まぁ、なんとかなるだろう。

「いえ、そういうわけにもいかないわ。投稿者が接触したがっているのは貴方ではない。この選挙に立候補し、内部組ながら外者への不遇を訴えている桃島うるはよ。桃島さんの姿が見えないと知ったら、接触してこない可能性だって十分ありえるわ」

「だとしてもだなぁ……」

「ま、指定先が校門ということは、向こうに荒事を起こす気はないと思うわ。冷静に考えて何かやらかすつもりなら、もっと人気のない場所を指定するわよね。校内には警備員さんに残業している教職員だっているかもしれないのだから」

「確かにそうかもしれないけど……でも、うるはを――うーん」

それでも危険がゼロというわけではないと歯切れを悪くしていると、

「わかった。わたし、やるよ。会いに行ってみる」

やる気の丈を乗せるようにうるはが強く頷いた。

が、すぐさま険しい顔をした冬華が待ったをかける。

「待ちなさい。ここまで言っといてなんだけど、それもあまりよい選択肢とは呼べないわ」

「どういうことだよ？」

「いい話だろうが悪い話だろうが相手は十中八九桃島さんを利用しようとしている。そんな腹に一物抱えた相手と桃島さんが、上手く交渉出来るビジョンが貴方には見える？」

「それは……」

悲しいが俺は即座に言い返せなかった。俺の好きな人桃島うるはは、人の言葉を真っ直ぐに受け取る純真な心の持ち主で、困っている人を放ってはおけない人だ。そこが彼女の魅力の一つ。だが、世の中にはそういった人の善意に付け込んで平然と利用するゴミクズがいるのもまた事実で、うるはが交渉事に不向きなのは明白だったから。

「うーん、わたしじゃ難しすぎるのかなぁ……」

俺の煮え切らない表情から察したのか、アホ毛をしゅんとさせたうるはが残念そうに顔を俯かせた。

「ええ、そうね」

おい冬華そんなきっぱり言わなくても、もうちょい言葉の選び方ってのがあるだろ。

「惜しいけれどここは一旦、保留にしておきましょう。私が再び桃島さんになった時に、こちらからコンタクトを取れないか、何かしら考えて働きかけてみるとするわ」

反対の意見はなく、この質問はスルーする方針となった。

――が、結論から先に言うと、結局そうはならなかった。

何故ならうるはと冬華は翌日のお昼には再び入れ替わってしまったのだから。

元に戻っていられるのは入れ替わりに比べて期間が短いということなのだろうか？

それとも何かしらの条件があり、それを偶然満たしたとでも……。再び枠だけになったハートマークの痣を見ながら俺なりにあれこれ考えてみたが――結局答えは出ずじまい。

なんと言っても一番の謎はその痣が何故俺にだけ見えるのかだよなぁ。ほんと、なんでなんだ？

なにはともあれ、入れ替わったのならやるしかないと会いに行くことを決めた俺達は一度帰宅して準備をすると、再度集まって夜の天堂院を目指したのだった。

○○○

夜二十時ちょうど。

完全下校時間をすぎ人気のなくなった天堂院の校門前にて、俺と冬華は人を待っていた。

程なくして――

「夜分遅くにご足労ありがとうございます」

投稿者と思しき糸目の男子生徒が現れ、うやうやしく頭を下げた。

「貴方があの質問をくれた人って考えていいのかなぁ？」

「はい。わたくしは二年の入間といいます」

入間がにっこりと微笑む。

「本日わたくしは、天堂院内での内部組との格差や不遇に反感や不満を訴える外者達の集い――通称天堂院レジスタンスの代表として桃島さんに会いに来ました。生徒会長選挙が始まって以来、我々は桃島さんの選挙活動について大変興味深く拝見していました。どうやらあの場で注目を惹くためだけのパフォーマンスではなく、本気で内部組の貴女が我々のために戦ってくださるつもりでいるのだと」

「おい待て。話の腰を折るようで悪いが、その天堂院レジスタンスってのは一体なんだよ。

俺も外者だけど、そんな集まりがあるなんて初耳だぞ」

訝しむと、入間はなんだそんなことかと肩をすくめて、

「そりゃそうでしょう。常に内部組の桃島さんと一緒にいる桜庭さん相手に誰も話したりはしませんよ。万が一密告でもされたらたまったもんじゃありませんからね。ちなみに、外者の八割はレジスタンスへの参加をしています」

マジかよ。俺も外者なのに一ミリも知らなかった。めっちゃ疎外感が……。

「へぇーそれだけ警戒していたのにも拘わらずわざわざこのようなお誘いをくれたってことは、私は見事貴方達のお眼鏡にかなったと考えていいのかなぁ？」

「正直、ここ数日で我々の桃島さんに対する評価はがらりと変わりました。私自身も噂ではありますが、普段の貴女は想像を絶するバカと聞き及んでいたのですが……どうやら典型的な学力や学校の授業では評価しきれない分野に長けた天才のようですね」

実際、別人だしな。

「特に昨日の演説は見事なものでしたね。本当に貴女なら何とかしてくれるのではと心が揺さぶられました。こうして一度直接会ってみたいと思うほどに」

「えへへ、ありがとう」

「ただ、演説が終わった後の貴女は、まるでエネルギー切れでもしたかのようポンコツ化してしまったわけですが……。確か体調が悪いところを無理して上がったのが原因と聞き

ましたが、お体の方はもうよろしいのですか？」

「うん、もう元気に回復したよ。それでー、回りくどい腹の探り合いはなしにーさっさと本題に入りたいんだけど。すばり、天堂院レジスタンスは私が選挙で勝つために協力してくれるってことでいいのかな？」

以前説明したように、天堂院学院における外者の割合は全体の20％。そして、一次選挙を確定で突破するのに必要な票は12・5％だ。入間が言うようにレジスタンスに外者の八割が加入しているとすると単純計算で16％、余裕で突破できてしまう。もし力を貸してくれるというのなら、願ったり叶ったりのチャンスなのだが……。

「それがですね……こちらとしてもそうしたいのは山々なのですが。レジスタンスが有志による団体である以上、そうそう一存でポンと決定できないのが悩みでして」

入間が大袈裟に肩をすくめる。

「素直に打ち明けますと、このまま桃島さんに協力すべきか、組織内でも意見が半々に割れているんですよ。うちには内部組に不当に虐げられて辛い思いをした人もいますから」

内部組の中には工藤みたくゴミ同然の扱いをするやつも平気でいる。猜疑心があるのはわからない話でもない。

「なのでここは一つ、桃島さんに一仕事お願いしたいなと」

そう言うと入間は、メモ用紙を取り出して差しだした。冬華が受け取って確認する。

俺も気になって覗き込むと、そこに書いてあったのは一人の名前だった。

「えっとこれは……この学園にいる誰かの名前かなぁ？」

「ええ、ご名答です。そこに書いてあるのはとある外者の生徒。桃島さんへの協力を反対している人達の中でも一番声が大きい人です。彼女が静かになれば、自然と賛同ムードになるかもしれません」

「ふうん、なるほど。ようするに組織内における意思統制。レジスタンスにとって統率の邪魔になりかねない不穏な存在を、私にどうにかして欲しいってところかなぁ。説得でも……あるいは粛清でも。こう内部組の圧力でバーンって感じに」

冬華は手で銃を撃つ真似をしておちゃらけてみせる。

「なっ――」

俺が唖然となってる横では、入間が感心とばかりに薄目を開いた。

「察しがよくて助かります」

「ふふっ、礼なんていらないよ。それより……レジスタンスのリーダーに言っといてね。長い付き合いになると思うから今度は是非直接会って話がしたいなぁって」

のほほんとした様子の冬華が放った言葉に、入間が眉をぴくつかせた。

「はぁ、なに言ってんだ？　さっきこの人、自分が代表で投稿者本人だって言ってただろ」

「彼が投稿者本人であるのは本当のことで、代表で来たというのも本当。けど、代表でここに来たとは言ってても、自分がレジスタンスのリーダーであるとは一言も口にしてないんだよね。なんかおかしいなぁって」

「あっ」

「こういう人ってね、駆け引きする時にまず自分の優位性を示そうと己の強さをプッシュしてくるのが普通なの。でもー、そういった駆け引きが全くなかったんだよね。それにーごめんだけど、君ってレジスタンスのリーダーやってるにしてはオーラがしょぼしょぼすぎるの。この学園に外者の革命を起こそうっていうのに、トップがこんな内部組の私にへりくだった態度だったら、誰もついてこようって気にならないと思うんだぁ」

「ちょ、流石（さすが）に失礼すぎるだろ！」

為政者としての経験から来る憶測ってところだろうが。

そうばつの悪さを感じ冬華に白い目を向けていると、入間は不意に吹き出して、

「わかりました。わたくしからも言っておきますよ。もし桃島さんが見事一次選挙を突破したその時は、直接会ってお祝いの言葉を言ってあげて欲しいと」

最後にそう言うと、入間はピエロのようににんまりと笑ってお辞儀し、この場を後にしたのだった。

「おい、いいのかよ？　あんなこと受けちゃって」

「いいも悪いも、ここから挽回（ばんかい）する以上多少は危険な道を渡るのは仕方ないことでしょう。

それに第三者を使って党内の洗浄を図るなんて私の住む世界じゃよくある話よ」

それは政界における裏取引。きっと俺達国民が知らないところで様々な陰謀や策略が渦巻いているのだろう。これが冬華と俺の経験の差からくる視野の違い、か……。

「これ、判断を誤れば逆にやばいことになる、よな」

「そうね。外者を守るために外者を犠牲にしたなんて話、本末転倒だもの。もしくはあちらさんにとってそっちが真の目的なのかもしれないわ。私に鎖をつけて裏切れないよう

——あるいは傀儡の生徒会長としてコントロールされるか」

「……それも、そっちの世界にはよくある駆け引きってか」

「ええ。桃島さんを行かせなくてほんとよかったわ。そもそも外者って、内部組のボンボン達と違い少年みたいに自分の力で天堂院に入った実力者ばかりでしょ。そりゃずる賢く頭が回るやつがいてもおかしくないわね。ふふっ、いいじゃない、面白くなってきたわ」

まるでちょっとした余興を楽しんでるとばかりに、冬華が不敵な笑みを浮かべた。

「ま、ひとまずは週明けにでもこの人物に実際に会ってみることにしましょう。どういう理由があって反対しているのか、そこを知らないことには何も始まらないわ」

「お、おう……」

「あらどうしたの？　チャンス到来って時なのになんだか浮かなそうな顔して」

「いや……なんつーんだろうな。今回も冬華が裏の裏まで読んでくれたおかげでレジスタ

ンスと対等な交渉ができたんだろうな——って思ったら、俺だけだったらどうだっただろとか考えちゃってさ。けど、今の俺にはそこまで深読みできた自信がなくて、それがちょっと悔しいっていうか……今回もなんも役に立てなかったし……」

ほんと、選挙戦が始まって以来、いつだって俺はいてもいなくても変わらない無力でしかなかったから。

「ふーん。総理であるこの私と比べるのがまずズレてる気はするけど——ま、でもその悔しいって気持ちは大事よ。大切にしなさい」

「へ？　ど、どういうことだよ……？」

「悔しいって感じるということは、自分の中にこの人に勝ちたい、負けたくないって想いがある心の表れみたいなものだもの。例えば少年は、現役高校生で芥川賞受賞だとか世界有数のサッカークラブからスカウト——なんて話を見たり聞いたりしたらどう思う？」

「はぁ……そりゃ純粋に凄いし尊敬する的な……」

「そう、普通はそうなるわよね。でも、少年は今、現役総理である私に劣っていることに悔しいと、負けたくないと感じているのでしょう。それって、その事柄に本気で向き合ってるからこそ、湧く感情よ。その気持ちが続く限り、少年は上を目指せると思うわ」

冬華がふふっと優雅に笑う。その彼女の反応に、俺は呆気に取られて言葉が出なかった。

まさかこの人に励まされると思ってもみなかったってのもある。けど、なによりも身内抜きに俺の夢を本気だと真っ直ぐに受け止めてくれたのは、うるは以外では初めてだったから。なんだか今、感情が交通渋滞を起こしているというか、複雑な気分だ……。

「いい？　本気で私と同等になりたいと思っているなら、あらゆる場面や状況、人の感情の機微さえも、自分にとってどうすれば有利に働くか見極める視野の広さを持ちなさい。それが勝ちに繋がると思ったらとことん利用する。勝ちに貪欲になることは何も恥ずべきことじゃないから」

「勝ちに貪欲、か……」

「そうよ。だって負けや失敗には何の価値もなく、残るのは惨めな姿の自分と腐った負の感情だけだもの。ええ、負けや失敗なんて私の人生には絶対にいらない」

そう強い口調で吐き捨てた冬華は、どこか悲哀の滲んだ遠い目をしていたのだった。

うるは side

それは夜の天堂院から帰宅した弘樹が、冬華の交渉術を自分なりに活かせないかと分析し、心理戦対策ノートを作っていた時のこと。うるはいつものように、公邸から弘樹に電話をかけていた。

『――ってな感じで、ちょっと悔しいけど冬華のおかげでこっちはなんとかなりそうだよ』

「ほぇー、流石は冬華さんだ。けど、これでそっちは上手くいきそうだねっ。よかったよかった」

弘樹から一部始終を聞いたうるはは、朗らかに喜んだ。

（わたしのままじゃきっと、そんなに上手くはいかなかったんだろうなぁ……）

内心で少々複雑な思いをない交ぜにしながら。

桃島うるはは人一倍ポジティブな人間だ。基本的にどんな失敗にもめげることなく、その場で落ちこむことがあっても、寝ればすっきりと気を切り替えることができ、また前向きに走り出せる。

が、そんな彼女にも一つだけ例外があった。それは桜庭弘樹が絡んだ場合である。

うるはが弘樹と出会ったのは、中学に進学した時だった。同じクラスになって席が隣になり、色々あって学年一位の弘樹は中二の時に学年最下位のうるはの教育係になった。

当時のうるはにあったのは期待よりも不安だった。うるははお世辞にも頭がいいとはいえない。うるははなりに熱心に言われていることをやっているつもりではあるが、中々結果がついてこない。天堂院の教員なり家庭教師なり、幼少期の頃からこれまで多くの人がうるはに勉強を教えようと奮闘するも、結局最後には愛想をつかして離れていった。

またきっとダメダメなわたしを見限って去っていく。その時が来たらせめて、今までありがとうと笑顔でお別れしよう。

物心ついた時からうるはが覚えた一種の防衛本能。失敗して落ちこんでる姿を見せるより、前向きな姿勢を見せている方が、少しは周りの空気もよくなるから。

が、そうならなかったのが弘樹だった。どれだけうるはの成績が努力に伴わない期待外れの成績で終わろうが、弘樹は口でこそ呆れたりはするものの、必ず次どうすればよくなるかを真剣に考えて対策ノートを各教科ごとに用意し、諦めず熱心に教えてくれる。

「俺はこの学校に入るために死ぬほど努力した人間だ。だから努力の大切さをこれでもかと知ってるし、逆に結果が伴わないまま努力を続けるのがどれだけしんどいかも知っている。けど、勉強は絶対に自分を裏切らない。そこに個人差はあると思うけど、お前がもう無理だって投げ出すまでは、俺も教育係としてとことん付き合ってやるよ」

昔、弘樹に言われた言葉。その言葉をもらった時、うるはは泣きそうなくらいに嬉しかったのを今でも覚えている。ここまで自分とちゃんと向き合ってくれたのは、弘樹が初めてだったから。

いつからかうるはにとって、弘樹は天堂院を卒業後もずっと傍にいたい大切な人へと代わっていた。彼に嫌われたり見放されることは、鋼の心臓を持つと揶揄されがちなうるはにとって、唯一恐れていることである。

そして今。弘樹が自分と入れ替わった冬華を評価しているのが、うるはとしてはなんだか面白くなかった。

どことなく、今の桃島うるはの方がいいと言われてるような気がして――

「凄いよねぇ冬華さんは……」

『ん、どうした、うるは？』

「へ？」

『いや気のせいならいいんだけど、なんか元気なさそうだなぁって』

「およ？　にはは、ひーくんってばおかしなこと言うねぇ。ほら、わたしはいつも通り元気百倍だよっ」

『ほら、やっぱ元気ないじゃんか』

「えっ？」

『うるはってさ、無理して元気に見せようとする時、ちょっと変な笑い方するくせがあるんだよ。そういうくせって、やっぱ身体が入れ替わっても直ったりしないもんなんだな』

電話越しに苦笑する弘樹を余所に、うるはは呆気に取られる。

（かなわないなぁひーくんには）

自然と笑顔が零れたうるはは、勇気を持って聞いてみることにした。

「ねぇ、ひーくん。どうしたらわたしでも、冬華さんみたいになれるのかなぁ？」

『え？』

「ほらだって、わたしが冬華さんみたいにならないと、選挙戦うまくいかないわけでしょ。

わかんないだしさ」

だったら冬華さんみたいになれるように、頑張らないとだよねっ。いつ元に戻っちゃうかわかんないだしさ」

(それに、冬華さんみたいになれたら、ひーくんもきっと褒めてくれるよね)

『はぁ? ――あはは、なんだよ、そんなことで悩んでたのかよ』

弘樹が呆れたとばかりに大笑いした。

「むーそんな笑わなくてもいいじゃん」

真剣に悩んでいた手前、なんだか裏切られた気分になってついむっとなる。

『それさ、うるはの好きなバトル漫画に喩えるなら剣士が魔法使い見てどうやったらあいつみたいに強くなれるのかって言ってるようなものだろ。ぶっちゃけ無理じゃん。だってそもそもの属性が違うんだし。頑張る方向性だって全然別だろ。比べる相手を間違ってる』

「およ、属性が違う?」

『あぁ、そうだ。冬華には冬華、うるはにはうるはの優れた部分があって、それはなんつーか俺から見たら全然真逆なんだよな。だから今うるはがしたいって思ってる努力は悪いけど無駄つーか、下手したらうるはのもつ個性やよさを潰すことになると思う。逆に冬華だってどんだけ逆立ちしても絶対うるはにはなれねぇからな』

「冬華さんじゃわたしになれない……」

『ま、ようするに冬華を見習うつーより、うるははうるはのまま、冬華に勝ってる要素を伸ばす方が絶対いいつーか。たぶんこの前冬華にうるはじゃ無理ってきっぱり言われたのを気にしてんだと思うけど、逆にプレドル鮫島総理としてなら冬華より全然立派にやれてるから。そこは胸張っていいと思うぜ。斉藤さんもそう言ってただろ』

「……そっかぁ。わたしはわたしでいいんだ……」

弘樹の力強い言葉に心が温かくなる。

「うん、やっぱひーくんはひーくんだなぁ」

（いつもわたしが困ったり悩んでる時に一番最初に気付いて、欲しかった言葉をくれる）

『はぁなんだよそれ？』

弘樹が電話越しに苦笑する。

「ねぇねぇひーくん。わたしが冬華さんに負けないことってどんなことかな？」

『ん、冬華に負けないこと？　そりゃかわいさ——げふんげふん。そうだな、この前の握手会の時みたいに、どんな相談も親身になって一緒に真剣に悩んでくれるとこ——とか。ありゃいつも客観的で正論マシンな冬華には無理だよ。場合によっちゃきつい言葉で、悩んでる人をより追い込んだりしそうだし』

「ふむふむ、なるほどなるほど」

そうしてうるはは決心した。

〇〇〇

土曜日。日曜のライブ出演が中止となったために、予定されていた鮫島総理のリハーサルがなくなり暇になった今日の俺達は、公邸に集まってこれからもうるはが総理を演じる上で最低限必要な政治の基礎知識を教えることになった。が、三行以上の説明文を目にするだけで思考放棄したがるのがうるはだ。ほとんど身につかず、しまいには「気分転換も必要だよ。せっかくのお休みなんだしショッピングにいこう！」と言い出す始末。結局、総理が迂闊に出歩くとそれだけでＳＮＳを中心に騒ぎになるからと止められていたが。考えると、アイドルと総理って意外と共通点多いよな。人気が命で選挙が重要なところも。

その帰りに、俺は冬華にデートに誘われ――もといドカ食いチャレンジに付き合わされることになった。本当は身体の持ち主に「太るからダメ！」って止められてるけど、「お酒も飲めなくてこれまで止められたら私死ぬわよお願い！」とうるはの顔のまま涙目で迫られたら、俺には断ることができなかった。英気を養うのは大事だし、ちょっとくらいは大目に見てやってもいいよな？

そうして帰宅した俺は、自室で日課の筋トレを始めようとしていた。

メニューは腕立て、腹筋、スクワットをそれぞれ二十回ずつ五セット。ちなみに筋トレ中はいつもＢＧＭがてらにYouTubeで適当な動画や配信を流している。とりわけ最近の流行はラーメンのスープの仕込み動画を見ることだ。ああいうのって、これぞ長年の努力と研鑽がなせる技って感じで、見てるとわくわくするんだよな。

というわけで俺はいつものように、スマホでYouTubeを開いたのだが——

「な、なんじゃこりゃ……」

オススメに出てきた予想外な配信を前に、俺は絶句のあまりスマホを落としかける。

俺が見た配信それは——

『——ってことで、鮫島冬華のプレジデントラジオ通称プレラジ。初回となる今日はみんなのコメントに答えながら、後半は配信中に送られてきたお便りいくつか読めたらいいなと思いまーす。あ、概要欄にお便りフォームのURL貼ってあるのでよろしく～』

アイドル衣装に身を包んだ鮫島総理がYouTuberデビューしているもので——

なにやってんだうるはぁあああ⁉

いや、ちょっと待て。冷静に考えろ。うるはにサムネの編集にお便りフォームの作成や、そもそも配信機材の設定とか出来るのか？　無理だよな。明らかにこれ、協力者がいる。

とにかく、冬華はこれ知ってんのか？

俺は一旦配信を閉じると、YouTubeはこっちで視聴しようとパソコンを立ち上げつつ、冬華にライン通話をかけた。

『なに、こんな時間にどうしたの少年？　あ、もしかしてよくある恋人の声が聞きたくな

ったってやつ？　へー感心ね。少年の方から実戦してくれるなんて』

少し弾んだ声音。この平和ぶり、もう確信したよ。この人、自分の身体が今何やってるのか絶対知らない。

「なぁ手元にパソコンとかってか、このまま話しながらYouTube見れる方法があるか？」

『へ？　タブレットなら近くにあるけど……』

「なら、今すぐそれでYouTubeを開いてくれ。とりあえず開けばわかるから」

焦りが先行して舌足らずな内容になってしまったが、あれだけバズってるんだきっとオススメに出てくるはず。

『な、なによいきなり。わかったわよ。ええっと、とりあえずyouTubeを開けば——な、なによこれぇえええ!?』

あまりの絶叫ぶりに思わずスマホをから距離を離す。

『一体あの子ってば私の身体で何馬鹿なことやってんのよ！　ま、まさかこの身体でドカ食いしたのがバレてその当てつけってこと!?　ちくったわね少年！』

「んなわけねーだろ」

非難の声を飛ばして荒ぶる冬華を余所に、俺は改めて配信を見やる。

うるはコメントを読みながら、雑談しているところだった。

『「ライブ出演楽しみだったのに急遽中止が決まって残念です」それねぇ、わたしも楽しみだったんだけどねぇ。せっかく練習したんだし、なにか別の形で披露できないか考えてみるよ』

『「初見です。ニュースで見る印象と全然違ってビックリです」ふっふっふ、それは今のわたしは総理ではなくプレラジのMCだからだよワトソン君。ま、お仕事のわたしとはひと味違うくだけた感じで、まったりやってけたらと思ってますので、お付き合いしてくれると嬉しいな』

気付けば同接数は五万を超えていて、滝のように流れるコメントによるとどうやらツイッターでトレンド入りしたらしく、尚も同接数は増え続けている。最早明日の朝のニュースの一面トップは間違いないだろう。コメントを見た感じだと視聴者からの反応はよく、今のところ鮫島総理の YouTuber デビューは概ね世間に受け入れられているみたいだ。

『はぁはぁはぁ冬華お姉様のアイドル衣装キマリすぎて尊みがやばぃいいい☆彡　ああ、このまま成仏しちゃいそう♥♥♥』

一部受け入れ過ぎな超過激派も交じってるけど……。

「やっぱ、冬華の管轄外だったか……」

『当たり前よ。とにかく、こんな世迷い言すぐにでも止めさせないと。斉藤に電話よ』

冬華が通話をグループ通話へと変え、斉藤さんを招待した。

『おや、もう気付きましたか。意外と早かったですね』

応答した斉藤さんはまるで事態を把握しているとばかりに淡々とそう述べた。まぁ、冬華が知らないとなると、協力者は斉藤さんしかいないもんな。

『なにその反応。まるで桃島さんが配信するのを知っていたみたいな――』

『知ってるもなにも、配信の準備をしたのは全部私ですからね。今も公邸にいますし』

『なっ⁉　なんで貴女がいてこんな狂った真似を……』

『頼まれたんですよ桃島さんに。昨日の夜急に電話が掛かってきたと思ったら、YouTubeでラジオみたいなことが出来ないかって。ライブがなくなった代わりに、プレドルとして最後に何か一仕事したいと』

『桃島さんが？』

『はい。会場に足を運べない、日本全国の若者の声を聞いてみたいと。「わたしが冬華さんの支持率を上げるんだ」と。そう熱い顔で仰いまして。どうやら桃島さん、木曜に自分じゃ力不足と言われた件を引きずっていたようで、桃島さんなりに総理に恩を返したかったみたいですよ』

うるはが悩んでいたのは知っていたけど――それって多分、俺と話した後に斉藤さんに電話したってことだよな。この速決で前向きな行動力。いかにもうるはらしいや。

『だとしても、私に相談くらいはあってもよかったんじゃ……貴女、私の秘書でしょ』

『言ったら貴女、絶対ノーって言いますよね。ちなみに、総理には黙っているように桃島さんに言ったのは私です』

『なっ⁉』

『お言葉ですが総理、私はおっしゃる通り鮫島総理の第一秘書です。総理が国のために頑張っているのをサポートするのが私の役目かと』

毅然とした口調で斉藤さんが言い切った。

『今回の配信の件も、総理の利益になると総合的に見て判断したからこそ動いたまでです。握手会での桃島さんの人受けのよさと、実際に来られた方からのＳＮＳでの好評ぶりを見て、これは総理本人では呼び込めなかった層に興味を持ってもらうチャンスだと』

『ふうん。ま、そうね。私にはこんな真似無理なのは認めるわ。……ありがと』

『はい。決して貴女の反応がくっそ面白そうだから黙っていようとか思ってもいませんから。決して』

『おい、本音が漏れてるわよ』

突っ込んだ冬華が、やれやれと苦笑する。

そんな二人のやり取りを耳に俺は、あることをひしひしと感じた。

あの時、斉藤さんだったからこそ、うるはの声で総理と入れ替わったと語る荒唐無稽な電話を、すぐに冬華本人だと受け入れたのだろうと。

この二人の間にはきっと、姿形が変わっても揺らぐことない強固な信頼関係が存在する。

立場的には上下の関係でありながらも互いを尊重し対等に意見を交わす事が出来、時には冗談すら平気で言い合える、そんな理想の関係。俺も将来、そういう心から仲間と呼べる人に出会いたいものだ。

などと胸中で考えつつ、俺は再びうるはの配信を見やった。

『――ってことで雑談はこれくらいにして、そろそろいただいたお便りを読んでいくね』

お、どうやらコーナーが切り替わるみたいだ。

『お便りを読むって大丈夫なのこれ？　あの子誤って過激なの読んだりしないでしょうね』

『ああ、お便りの方は彼女が雑談してる内に私の方でざっと選別しておきました。桃島さんが答え易(やす)いものかつ、若者の親近感を得られそうなものを選んであります』

なるほど。斉藤さんが目を通してるなら、大丈夫そうだな。なんかやってることが、総理秘書じゃなくて、ガチのアイドルマネージャーみたいでちょっと笑える。

『【季節の変わり目でお肌にとって天敵のような次期が今年もやって来ましたね。いつもお美しい総理ですが、その美しさを保つため特にこの次期気をつけていることがあったら教えて欲しいです】』

『ないわね』

うるはがお便りを読み終えると冬華が力強く即答した。

『わかるわかるよー。この時期ってほんと地獄だよねー。わたしは、日によって化粧水変えたりとかパックしたりとか色々やってるけどー、一番気を使ってるのはやっぱ睡眠かなぁ。どんな忙しい時でも、しっかりした睡眠が取れるよういつも心がけているよ』

『いやいや、何言ってんのよ。私の職業わかってる？　総理よ総理。忙しい時はソファの上で二時間仮眠なんてざらだから』

『ちょっと黙っててもらえますか女の敵』

『………』

斉藤さんが強い口調で非難するようにそう言うと冬華は静かになった。通話で顔は見えないが、なんだかどことなくしょぼんとした空気が伝わってくるようだ。

その後もうるはは、美容や最近の流行を中心としたお便りを読み上げ、熱心にうるはなりの答えを紡いでいった。

『──今、総理の支持率を見ていますが、いい感じに回復していますよ。よくも悪くも今の民衆はこういうお祭りごとが大好きですからね』

斉藤さんの言葉を受け、俺も支持率を確認する。

●あなたは今の鮫島内閣を支持しますか？
支持する　33％　どちらからといえば支持する　24％
支持しない　10％　どちらからといえば支持しない　15％

どちらともいえない　18%

確かに以前より微量ではあるが上がっている。

内部に敵ばかりの冬華にとって、総理の座を死守する一番の方法は国民を味方につけ、政敵が世論を無視できなくすること。

でもまさか、冬華ではなくうるはがそれをやってのけるなんて……。凄い、よくやったと賞賛したくなる反面、どうしても俺は、寂しい、悔しいという感情を抱かずにはいられなかった。まさか、うるはに政治家としての先を越される日が来るなんて……。

『何が恩を返すよ。これじゃ返さなければいけないのは私の方になっちゃったじゃない』

さっきのことを反省しつつも、持ち前の負けず嫌いが素直に喜ぶことを妨げているのか、半笑いのやれやれと言った態度で冬華が独りごちた。

『少年、私達も負けてられないわ。天堂院レジスタンスからの依頼、何が何でも成功させるわよ』

「ああ、もちろん——えっ⁉」

自分の得意を前面に押し出して頑張るうるはに元気と勇気をもらいながら頷いた俺だったが、その途中で思いがけないものを目にしてしまい、不意に声が固まった。

『ど、どうしたの少年。何かあった？』

不安そうな冬華（とうか）の声。

「い、今、配信見てたらうるはの――鮫島（さめじま）総理の手にあるハートマークの中身が急に溜（た）まったんだ」

見間違いじゃないよなと何度も入念に確認するも、やはりマークの中は満杯までほぼギリギリ。というかこの痣（あざ）、本人を直接じゃなく、映像越しでも見えるのかよ！

『本当なのそれ……？』

「ああ。ひょっとするとこれ、明日――いや、早ければもうすぐにでもまた元に戻るんじゃないか……」

『斉藤（さいとう）、いますぐ中継を中止してもらえる？　桃島（ももしま）さんには申し訳ないけど、万が一のことは考えるべきよ』

『かしこまりました。桃島さんにはそうお伝えします』

斉藤さんはすぐさま行動に出たらしく、少し声が遠くなってうるはに語りかけてる音が聞こえた。配信を見るに、どうやらイヤホンで連絡をとりあってるようだ。

『ごめんねーみんな。ちょっと用事が入ったから今日はこの辺で終わるねー。また定期的にやるから見てね』

うるはがにこやかに手を振って、配信を終了した。

そうして二人が元に戻ったのは、次の日、日曜日の朝だった。

互いに起きた時には戻っていたとのことなので、明確な時間はわからない。本来ならこの日の予定は、プレドル鮫島総理のライブ出演だったと考えると、あの時即座に中止の判断をしたのは本当に英断だった。

また前の時みたいにすぐ元に戻るかもしれないと、俺は一日張り付いて二人が入れ替わる瞬間を確認してみてはと提案したのだが、「せっかく休みのタイミングで元に戻ったのだから、たまには一人で休日を謳歌させろ。好きなだけお酒飲んで一日中ゴロゴロしたい」と却下されてしまった。どうにも冬華としては、不確定な事象より、今ある幸せを優先したかったらしい。結局この日は、うるはの買い物に付き合って一日を終えることになった。

そんなこんなで次に入れ替わりが起きたのは月曜の朝。うるはは登校中で、冬華はまだ寝ていた時のことらしい。二日酔い気味の身体へ移されたうるはは、冬華に電話で説教をしていた。どうでもいいけどこの総理、わりと私生活はだらしないよな。

はぁ、にしてもマジで、どういう基準で入れ替わりが起こってるんだろうなこれ？

○○○

インターンという名目の出向も終わり土日を挟んで六日ぶりに天堂院に登校した俺は、昼休みになると冬華と一緒に件のターゲットについて調査に出た。

「彼女が入間の指定した人物で合っているのよね」

「ああ、そうだ」

俺達の対象は二年の教室が並ぶ教室棟の廊下にて、多くの女子生徒に囲まれて楽しそうに歓談していた。

「へぇー。彼女、外者にしてはえらく人気者じゃない」

曲がり角に身を潜め、顔だけちらっと出して様子を窺う冬華が感心するように呟く。

「御堂和奏といえば、そんじょそこらの男子より格好良くてモテるって校内じゃちょっとした有名人だからな」

二年御堂和奏。

スラッと背が高く、ステージ映えしそうな中世的な雰囲気を纏うキリッとした目鼻立ちの美形。スカートではなくズボンを着用していて、ぱっと見だと完全に美青年だ。

そりゃあ組織内で声が通るのも納得がいく。御堂がノーとつきつければ、レジスタンスに所属する女子はほぼほぼ従いそうだし。

「確かに、貴方の三百倍はモテそうね」

「そりゃどうも。別にいいんだよ。俺はうるはにさえ好かれれば」

「はいはい。ちなみにその桃島さんが、ああいう美形が好みだったらどうする気？」

「…………」

そういやうるはのタイプってどういうのなんだろう？　実は知らないんだよなぁ。聞く勇気が出なくて……。

「とりあえず、外者の有権者一人一人に挨拶回りしているという体で接触してみましょう」

「わかった」

頷くと、早速行動を開始する。

「ねぇ、ちょっといいかなぁ？」

周囲の女子生徒をかき分け、御堂の前に冬華が立った。御堂以外の女子から異端者消えろの視線が刺すように集中する。

「おや、どうしたんだい桃島さん？　君から声を掛けてくるなんて珍しいね。お茶の誘いだったらすまないが予定がつまっていてね。でも必ず君との時間も作るから、よければ連絡先を教えてくれないかな？」

きらっとウインク。こいつ、キャラ濃っ。

「そうじゃないの。私が生徒会長選挙に立候補していることは知ってるよね。今私は、一次選挙に向けて外者の皆さん一人一人に挨拶とお願いに回ってるんだ」

冬華も冬華でスルースキルが強い。

「学校生活の中でなにか困ってることがあったら、いつでも相談に来てね。みんなが笑って過ごせる学校作りに向けて、頑張るから」

うるはになりきってか、両手をぐーにかわいい仕草をする冬華。

するとみ御堂は鼻に手を当て、思案顔になって、

「困ってることねぇ……。あるよ一つ、今とても困ってることが」

「あら、それは──」

冬華が「おっ」と反応した瞬間、御堂はすっと冬華に接近したかと思うと。

「それは僕達外者なんかのために頑張ってくれてる君があまりにも眩しくて素敵すぎるせいで、僕の胸が君のことでいっぱいで午後からの授業に集中出来なそうなことさ」

冬華の顎をくいっと掴んで傍によせ、耳元で甘く囁いた。

「………へ？」

冬華が目を丸くして唖然となる。

そして俺はというと──

「ふざけんなよっ」

鳥肌が立つような不快感に襲われ、無意識のうちに御堂の手をばしんと払いのけると、俺は冬華を御堂の視界から遮るようにして二人の間に立っていた。

御堂は一瞬だけ面食らったような顔になったものの、すぐさまふふんと余裕の表情に戻って、

「おやおや嫉妬かい？　男である君が、女であるこの僕に？」

「うるせぇ好きに受け取れよ。俺達の状況がどんなもんか知ってるだろ。おふざけに付き合ってる暇はないんでな。行くぞ、うるは」

俺は踵を返すと、冬華の手をとって強引に歩き出した。

「えっ、あ、はい……」

冬華は未だ思考が現実に追いつかないといった様子ながらも特に俺の手の振り払う素振りはみせずに付いて来てくれる。衝動のまま道なりに進んでいると、今は使われていない空き教室が目に入ったのでひとまずそこに入った。

「――悪い。ついかっとなって気付けば手が出てました」

教室の中央くらいまで進んだところで、冬華の手を放すとぱっと両手を合わせて謝った。

「きっと冬華なら、あんな状況からでも向こうのペースに乗ることなく冷静に交渉に持っていったんだよな。なのに俺ってば、あんなあからさまな挑発に乗ってしまってほんとバカだよなぁ。それも男ならまだしも女子だとわかってる相手に……」

駆け引きの場で私情を優先させるなんて、自分で自分が嫌になる。政治家を目指しているものとしては失格もいいところだ。煽り耐性上げとかないと、将来マスコミにバッシングされた時やらかしそう。

そう落ちこんでいると、冬華が茶化し半分優しさ半分のどっちともとれそうな微笑を浮かべて見つめていて、

「なに、桃島(ももしま)さんが美形が好みかもとか言ったから変に意識でもしちゃった？」

「……その理由もゼロとは言い切れないんだけどさ」

俺は脳内で整理しながら言葉を紡いだ。

「なんつーかその、ここにいる桃島うるはは一応、俺の彼女なわけだろ。たとえ相手が女だろうと、そういった目で見られてるのに、彼氏の俺がぼさっと立ったまま見てるのは違うと思ったつーか」

なんだか無性に恥ずかしく言葉が先細りしていく俺を前に、冬華(とうか)はにやっと感心したように笑うと、

「へぇー言うじゃない少年」

高揚をぶつけるようどんと肩でタックルしてきた。

「ようやく、私の彼氏である自覚が出てきたってことよね。あのイケメンちゃんに顎クイされた時よりもよっぽどドキドキしたわよ今の」

うるはの顔をした冬華がアホ毛をふわんとさせてえへへとはにかむ。それは本当にうるはが見せる笑顔のようで。なんだろう、胸がドキドキして——いーや、相手はあの鮫島(さめじま)冬華だぞ。男を喜ばせる仕草を熟知しているハニトラの天才。反骨精神を忘れるな俺……。

「あのー、お取り込み中すまないのだが——」

「「うわっ⁉」」

俺と冬華がびっくりしながら振り返ると、御堂が少し気まずそうな表情で空き教室に入って来ていた。

「なんでお前が俺達を追ってきてんだよ？」

「おいおい、そう邪険に扱うのは違うんじゃないかな。コンタクトを取ってきたのは君達のほうだろ。本来ならもっと歓迎されるべきだと思わないか」

名門校だからか、内外関係なく、うちの生徒ってなんか自信家なやつ多すぎやしないか。

「さきほどは試すような真似をして悪かったね。君達があまりにもわかりやすい嘘をついていたものだから、ついからかいたくなってしまった」

「わかりやすい嘘？」

「そう。桃島さん、君はさっき、『外者の皆さん一人一人に挨拶とお願いに回ってる』と言ったよね」

「ええ、それがなにか？」

「だったら君の行動は不可思議だ。だって僕の周りにいた女子生徒の中には、外者の子だっていたのだから。なのに君は最初からずっと僕以外に興味を示してなかった。これは外者の生徒ではなく、僕個人に何か用があったと見る方が正しいだろう」

思わず「あっ」と声を上げてしまった俺の様子を目に、冬華は「迂闊だったわ」とばかりに頭に手をやった。といっても、この学園に来るようになってまだ日の浅い冬華がそんなところまで気づけるはずがない。これは視野が狭く、あの時冬華の提案に何一つ思わないまま頷いた俺の落ち度だ。反省しないと。

「それで、本当は僕に何の用だったんだい？　と言ってもこの時期のこのタイミングだ。どこからかぎつけたのか知らないが、大方レジスタンス絡みとみて間違いないんだろうね」

「そこまで察しが付いてるならもうずばっと言うね。お願い、外者と呼ばれ不当に扱われているみんなの地位を向上させるためにも、今度の選挙私に力を貸してくれない？」

「断る！」

まるでこれを言いに来たんだとばかりに御堂はキリッとした顔で力強く言い切った。

「理由は単純だよ。僕が君を嫌いだからだ」

冬華の顔に指を差してびしっと言い放つ。

「おっと誤解しないで欲しいが、桃島さん個人に恨みがどうってわけじゃないんだ。単に親ガチャSSRを引いただけで何の努力もなしに美味しい物を食べて名門校にさも当たり前の顔で通っているお嬢様、お坊ちゃん連中全てが嫌いってだけでね」

「さっき内部組の女子に囲まれてた時はそんな素振りを一ミリも見せてなかったが――なるほど、こっちが本性というわけか」

「そりゃあ隠すに決まっているだろ。この天堂院で馬鹿正直に内部組嫌いオーラなんて出してるとか、チンピラがヤクザに喧嘩をふっかけるようなもの。そりゃもう数と暴力で瞬く間に粛清されるのは明白だ。対外的に仲良くしとくにこしたことはないからね」

猿でもわかる理論だとばかりに御堂が肩をすくめる。

「そうか。けど、そういうことなら俺達に素を見せてよかったのか？」

「構わないさ。レジスタンスが絡んでくる時点で、遅かれ早かれバレるだろうし」

正直な話、御堂の親ガチャSSRうんぬんはわからないでもなかった。実を言うと、うるはと出会った直後の俺は、似たような意見を持っていたから。

ま、今となっちゃその時の人を見る目のない自分を死ぬほど後悔してるし。それにうるはを馬鹿にされて黙っていられるはずがない。

「つーか、そのうるはを他の内部組と一緒くたにするのはやめろよ。いいか、確かにうるはは、勉強こそ出来ないかもしれないが――」

「言っておくが僕はお前も嫌いだ。おっと、ちなみにこれは一個人に対しての嫌悪だから勘違いするなよ」

「へ？」

双眸を鋭くさせ、敵意を明確にずびしと。な、なんでだよ？　俺、お前とはほぼ初絡みだよな？

「これでも最初は君のことを尊敬していたんだぞ。内部組から嫉妬や嫌悪の目に晒されながらも、物怖じすることなく学年一位を貫き通す丹念と信念にね」

「そりゃどうも……」

「そんな君が、内部組――よりによって学年ビリの教育係に甘んじているとはいったいどういうことなんだ。聞けば君が桃島のために毎回作ってる試験対策ノートとやらは、成績トップが纏めただけあって相当なものらしいじゃないか。なのに、桃島を優先して外者の仲間が頼んでも断っているとも聞いている。そんな優秀な才能を、媚びへつらうことにしか利用してないなど――はっきり言って君は敗北者だ」

見下すような視線を向けられるも、なに一つ響かなかった。うるはを好きになったら敗北者？　別にいいよそれで。実際、あのかわいさに勝つのは無理だもん。

「僕は君とは違う。求める側ではなく求められる側」

「求められる側？」

冬華が小首を傾げると、御堂はしたり顔になって、

「ああそうさ。さっきの光景を見ただろ。彼女達は僕を求めてやって来て、僕が少し頼めば何だって聞いてくれる。そう、外者であるこの僕のお願いをね」

まるで宝塚スターみたいに、御堂が自信満々に手を掲げる。

「外者の立場改善だってそう。内部組の下での与えられたかりそめの栄光などではなく、いずれ僕自らの手で勝ち取って見せる。その時僕は、天堂院の歴史を変えた英雄として末永く名を刻むことになるだろう。そう、僕が尊敬するかの鮫島冬華総理のように」

「「!?」」

高らかと放たれた言葉に俺と冬華は同時に目を見開いた。待て待て今なんつった!?

「鮫島冬華総理だと？」

「そうさ。桜庭はもちろんのこと、流石にいくらお馬鹿の桃島さんとはいえ、知ってるだろ。なんと言っても歴代最年少で女性初の総理大臣になった超超有名人だからね」

知ってるも何もそこに本人がいるからな。

「彼女が躍進のためにとった方法を巷では倫理観にかけるなど、批判する意見が多いが僕は違う。あの恵まれた容姿を武器に馬鹿な男共を手玉に取ってのし上がっていく剛胆さ。寧ろ尊敬に値するね」

冬華を令和の魔女と誤解しているのは、どうやら世間一般と同様らしいが、こういう捉え方もあるんだな。——待てよ、ってことはなんだ。御堂のやつ、冬華に憧れて内部組の女子を誑かしてるっていうのか？　んな、あほな。

「彼女は本来ならこの学園にいるクズ連中と同じく、生まれ持った血筋や権威に甘んじて悠々自適な生活を送ることを許された側の人間だ。しかしそうすることなく茨の道を選び、あくまでも己の力で信念を貫こうとするスタイルは本当に素晴らしい。ここの学園の親ガチャSSR共に爪の垢を煎じて飲ませてやりたいよ」

こいつどれだけ熱狂的な信者なんだよ。

そうして、大絶賛された鮫島総理その人はというと——

「ええ子やわぁ」

なんか、孫を前にしたおばあちゃんみたいな反応をしていた。

「この学園に足を踏み入れてからというもの、会う人会う人奇人変人ばかりで変人の養成所かなにかと思っていたけれど、ようやくまともな人に会うことが出来たわ」

長い道のりだったわと苦労を噛みしめるような表情でエアー涙を拭き取る冬華。おいまて、それ俺も入ってんのか？　どう考えても御堂の方がキャラ強いし変人だろ。

というかこれもう、鮫島総理に会わせれば一瞬で解決するんじゃ——

内心でそう思いながら冬華に目配せすると、

「嫌よ」

悟ったのか、厳しい視線で即答された。

「まだ何も言ってねぇだろ」

「少年の凡庸な考えなんて口に出されなくともお見通しよ。一国の総理をＪＫがほいほいと呼べる関係なんてどう見てもおかしいでしょう。今、この段階で桃島うるはが変に悪目立ちするのはリスクの方が高いわよ」

確かに。考えが浅かった。

「それに、彼女にアホになった私を見せて幻滅されたくない」

早口気味で吐き捨てるようにぼそりと。お前、絶対それが一番の理由だろ。けど、だったらこの外者コンプレックスをどう懐柔するつもりなんだ。この拗らせようは正直説得無理じゃね？

「ま、せいぜい頑張ることだ。もっとも、僕達の票はあてにするだけ無駄だと思うがね」

最後にそう言うと、御堂は清々しいオーラをまき散らしながら去って行ったのだった。

「――あの子の弱みって何かしらねぇ……？」

放課後。誰も居なくなった教室で、頬杖をつき物憂げな顔をした冬華が呟いた。

「清々しいくらいの掌返しだな。でも結局その路線しかないよなぁ。……いいのかよ。一応冬華のファンなんだろ」

「背に腹は代えられないでしょう。それに、彼女の自分達の手で何とかしたいという主張は、外者みんなのためというよりも見下してきた連中の立場を逆転させて笑いたい――そんな独りよがりの劣等感が先行している気がしてならないの。英雄とは自ら名乗るものではなく、他者によって授かることで初めて意味を成す称号。もっと大きなところで蹴躓いて後戻りできなくなる前に、気付かせてあげたいわ」

自分を尊敬してると言ってくれた手前、冬華なりに思うところもあるってわけか。

「弱みねぇ……。あ、漫画だと王子様キャラが実はプライベートの時はめっちゃかわいい服着て少女趣味ってのがお決まりだったりするよな」

「そうね。後は、心の奥ではオラオラ系の男に無理矢理手込めにされる願望があったりとか。実は女性として扱われない日々に不満を抱いていて、夜な夜なエッチな自撮りを裏垢に投稿してるとかよくあるパターンよね」

「は?」

俺がぽかんと目を丸くしていると、冬華は慌てて早口気味に弁明した。

「じょ、女性向けのティーンズ雑誌だとそういうのが多かったりするの! 決して私が特殊な趣向ばかり読んでるわけじゃないから勘違いしないで。疲れ切った大人の女性はそういう刺激的でバイオレンスな恋を求めがちって傾向があったりするだけだから」

一国の総理が何読んでんだよ。ほんと、この人の恋愛観って……。

「あっ。そう言えばあるじゃない。もう一つのお約束展開!」

閃いたとそう口にした冬華は何故だか目を輝かせていて、

「初対面で大嫌いと宣言したヒロインが主人公と絡むにつれ次第に惹かれていき、最後には大好きになっちゃってる恋愛ドラマの王道展開。特に昔は尊敬していたって点がポイント高いわよ。きっと今の嫌いは好きの火種になるもの。これはもうフラグバリバリね。ヒロ×ワカはある!」

勝手に盛り上がる冬華。なんだよヒロ×ワカって。ヒ◯アカみたいに言いやがって。

「ということで少年、何か適当にあの子の悩みでも解決して、心を盗んでくるのよ」

「どういうことだよ。つーかそんなの、嫌に決まってるだろ」

「どうしてよ？　なに、もしかして自信ないの？」

にまぁっと発破を掛けるように笑う。この様子、本気でわかってないのかよ……。

「あのなぁ、俺には桃島うるはって好きな人がいるんだ。なのに御堂にハニトラまがいの目的で接触するとか、なんだかうるはへの想いに不義理を働いてる感じがして気がすすまない」

「はぁ、また青臭いこと言って。あのね、今私達があれこれ頑張ってるのは他ならないその桃島さんのためでしょ」

「そりゃそうだけど」

「だいたい不義理というなら。少年だって私と恋人になる代わりに選挙に勝つためのノウハウを教えてほしいという条件を出してきたじゃない。それと今とどう違うと言うの？」

「そう、そこだよそこ。実はそれもあって俺は気が乗らないって言ってんだ」

「ど、どういうこと？」

「あのさ、曲がりなりにも冬華は俺の彼女なんだろ。恋人に他の女を誑かしてこいとか普通言うか？　言われた側だっていい気分にはなれないよな」

御堂が冬華を口説こうとした時、俺は仮にも恋人である以上指をくわえている場面ではないと思って動いた。けど、その恋人のいる生活を体験したいと言い出した冬華が率先して御堂を落としてこいだとか、工藤との一件もそうだったけど、なんで俺の方がこの関係を大事にしてる感じになってんだよ。ったく。

「これがもし本物の関係だったら、大切にされてないのかとか、他の女に言い寄っても何も感じないのか——とか色々考えちゃうんじゃないのか。冬華が体験したかった恋愛って、そういうのじゃないよな」

うるは本人に同じこと言われて見ろ、泣くぞ俺。

「……そうね。少年の言う通りだわ。ごめんなさい」

冬華は、アホ毛をしゅんとさせてばつが悪そうに顔を俯けた。あれ？　なんだか珍しく素直に謝られたぞ。いつもなら、断固とした信念で自分が正しいと譲歩しないはずなのに。

そうらしくなさを覚えて小首を傾げていると、

「……ねぇ、少年？　人を好きになるってどういうこと？」

冬華がしおらしく尋ねてきた。

「は？　なんだその哲学みたいな話？」

「……ごめんなさい。やっぱりなんでもないわ。忘れてくれる？」

これ以上この話題はなしとばかりに冬華はふっと顔を背けた。何だよその、絶対なんかありそうな素振り。

ま、本人が忘れろって言ってる以上、しつこく迫るべきではないよな。話題を戻そう。

「にしても、その御堂の悩みを解決するって路線はありかもしれないいんじゃないか。それも俺じゃなくて冬華が」

「私？　それは一体どういう理由よ」

「ほらさっき冬華が嘆いてたみたいに、あいつプライドめっちゃ高そうだっただろ。内部組である桃島うるはに助けられたとなったら、性格的に借りの作りっぱなしにはしとけなそうってか。一度くらいなら協力してくれるんじゃないかって」

「なるほど……。悪くない、試してみる価値はあるかも。問題はあの子が今どんな悩みを持ってるかだけど」

「そこだよなぁ。あいつ取り巻きとか人脈変に広そうだから変に探り入れようものなら一瞬でバレそだし……あ」

――ひょっとして。

「おい、あるかもしれねぇぞ。周りに気取られることなく、御堂の悩みを知る方法。うるはがこの前始めた鮫島総理のラジオ。あいつが熱狂的な冬華のファンってなら、聞いてたりすんじゃないか？　コメントとか、お便り送ってたりとか……」

「あ、ありえるかもしれないわね。けど……そうかぁ。私の大ファンがあれを聞いてるのかぁ……。あの知性とはかけ離れた脊髄反射トークを……」

この前のラジオの様子を振り返ってか、複雑な顔になる冬華。

「とにかく、今日のラジオの時に確認してみようぜ。つってもあの膨大なコメントの中から、御堂っぽいアカウントを見つけるとか途方もない作業になりそうだけど」

「？　ああ、その辺なら別に心配しなくても大丈夫よ。要は彼女がいるかどうかを特定できればいいのでしょ。全部斉藤にお願いするから」

「いやいや斉藤さんだけに苦労を押しつけられねぇだろ」

「あら、斉藤はそっち方面のスペシャリストよ。視聴者の中から、天堂院関係者しか使用不可能なアマッターに出入りしているＩＰアドレスを拾ってほしい――とかお願いしたら一瞬でやってくれると思うわ。下手に私達が手伝おうとしても足手まといになるだけよ」

「すごっ……」

知らなかった。そりゃ鮫島総理の右腕である以上、単に事務処理能力に優れた人だけだとは思ってなかったけど。

「当然よ。だってこの鮫島冬華の第一秘書だもの」

そうして夜。

うるはがラジオを始めた中、別室に集まった俺達は、斉藤さんにお願いしてコメント欄に御堂のアカウントがいないかを特定してもらっていた。

画面内に漫画や映画でしかみたことないような、プログラムの羅列がざざーっと流れる。なにをやってるのかさっぱりわからん。

「――ありました。ミドー、このアカウントは御堂さんのものと見て間違いなさそうです。まったく、個人の特定に繋(つな)がりやすい情報をアカウント名に使用しているとか。最近の若者のネットリテラシーの低さは末恐ろしいです」

「でかしたわよ斉藤」

「おっと、前回のラジオにも来ているみたいですね。今、コメント一覧を表示します」

斉藤さんがさっと操作すると、モニターに御堂が前回のラジオの時に打ったと思われるコメントが時系列順に表示された。

「これは――本当にあの子が書いたものなのよね……?」

コメントを読んだ冬華が目を見開く。

「おいおい、まさかすぎるだろ」

俺も同様に驚きが隠せなかった。少しでも前に進めばいいって気持ちでしかなかったのに、匿名で口が軽くなってるとはいえ、こんなとんでもないのが待ってるだなんて――

○○○

二日後の夜。校門前にて。全てが終わった俺達は、入間を呼び出していた。

程なくしてやって来た入間が「お待たせしました」とぺこりとお辞儀する。

「約束通り、彼女とは話をつけてきたよ。私を支持してくれる方向でオッケーだって」

「はい。それについては聞き及んでおります。あの内部組嫌いで有名だった彼女が、一転して桃島さんを支持する方向に変えたと」

「流石だな。その報告をするため呼んだのに、もう、裏取りは済ませてあるってわけかよ」

「して、どうやってあの御堂さんの説得を？　失礼ですが、内部組アレルギーの御堂さんが桃島さんの話を真っ正直に飲むなんて、凡人のわたくしには想像し難いと言いますか」

「意外と簡単だったよ。誠意を持って話し合いに行ったら、それでレジスタンスの——自分達の未来のためになるならって、あっさりオッケーもらえちゃった」

「差し支えなければ、同意に至った経緯についてこと細かく教えてもらえないでしょうか。わたくしも小間使いとして、一応上に報告義務があるので」

——なにか御堂の弱みでも握ったんだろ。なぁ教えろよ。へりくだった入間の言葉を直訳するときっとこんな感じだろう。聞くまでは絶対に話を進めないという空気の入間に、冬華はひょんとアホ毛をゆらすと不敵に笑った。

「うーん、報告の必要はないんじゃないかなぁ。だって私は、そのリーダーって人と直接会って話を付けてきたんだもん」

「は？」と口をぽかんと開けて唖然（あぜん）となる入間に、冬華が更に切り込む。

「御堂和奏（わかな）こそ、天堂院（てんどういん）レジスタンスのリーダーその人、なんだよね。——ねぇ、そうでしょう？」

冬華が明後日（あさって）の方向に声を飛ばす。

すると、入間よりも俺達に先に呼ばれて物陰に隠れていた御堂が颯爽（さっそう）と現れた。

「あぁ、そうさ。僕こそが天堂院レジスタンスのリーダー御堂和奏さ」

「なっ⁉」

予想外の事態とばかりに動揺した入間が一歩後退した。どうにもこいつにとって、内部組アレルギーの御堂が俺達と肩を並べるとは思ってもみないことだったらしい。

「貴方（あなた）の本当の目的は、リーダーの指示でレジスタンスの意思を統制して私に協力すること——じゃなくて、その反対、レジスタンスを裏切ってリーダーである彼女と私をぶつけてどちらかを潰す、いえ、あわよくば共倒れを狙っていた——そうなんだよね！」

ドラマで見る探偵かのように、びしっと指を突きつける冬華。何故（なぜ）だかアホ毛までもがビビッと連動してるのがちょっとかわいい。

「彼女が内部組の私に断固として協力しない姿勢を崩さないのは、レジスタンスの一員である貴方なら火を見るよりも明らかだったことでしょうね。そうなった時、切羽詰まった私は彼女の弱みを握って無理矢理（むりやり）従わせようと——あるいは内部組の圧や権力を使って、

潰しに掛かるかもしれない。いいえ、最初からそれこそが狙いだった」

「大方、うるはが本気で俺達一般家庭組のために頑張ってるとは思ってなかったってところだろ。どうせ、選挙で勝ちたいがために今だけいい顔してると。厳しいとなれば掌返しで他の内部組生徒同様平気で外者の御堂に危害を加えるんじゃないかって」

そこは裏切り者だろうが腐ってもレジスタンス側の人間。内部組は外者を見下しているという前提の認識が仇となったってことか。

「ま、悔しいけど入間の見解通り、僕は一度、彼女の手を突っぱねた。が、彼女の方は君の思惑通りには進んでくれなかったみたいだけど」

「だって私は選挙のための建前なんかじゃなく本気でみんなが笑顔で過ごせる学園を目指しているんだもん。御堂さんに私の本気が伝わるまで、誠意を込めて何度もお願いする気でいたから。そのおかげで、互いの認識の行き違いに気づけたんだけどね」

冬華が不敵に笑う。まぁ、ことこの話に関しては完全に建前なんだけどな。

きっかけは言わずもがな月曜の夜の出来事である。

あの日、俺達がうるはのラジオコメントで目にした内容。それは——

『はぁはぁはぁ冬華お姉様のアイドル衣装キマリすぎて尊みがやばぃいいい☆彡　ああ、このまま成仏しちゃいそう♥♥♥』

『今まで凜々しいお姿とは一転したアイドル分野への挑戦。総理就任後も留まることを知らないそのあくなきチャレンジ精神に感涙です。私も見習って、苦手な古文や英文を頑張るぞう！』

『私も冬華お姉様のように不条理と真っ向から渡り合える強い女でありたいと、今とある学園でレジスタンスを率いて、学園の理不尽と戦っています』

『ほんと男って頼りになりませんよね。私が作ったレジスタンスの男共も、日和ること言うやつらばかりで困ってます。あぁ冬華お姉様の爪垢を煎じて飲ませたい』

王子様キャラブレブレで熱狂的ファンガとなった御堂の愚痴の数々だった。まさかあの超過激派リスナーが御堂だったとは……世間て狭いな。

なんだかパンドラの箱をあけたような気分で顔を見合わせた俺と冬華は、言わずとも一つの結論を通わせた。あれ、これもう御堂がリーダーなんじゃねぇ——と。

それを事実として見た時、人間の行動に矛盾が出てきたというわけだ。

なんでレジスタンスの人間がリーダーの懐柔を頼んで来たのか。彼はさもリーダーが他にいるような口ぶりでいたが、嘘をついていたことになる。これはもう怪しさしかない。

そうして俺達の方針は定まった。もう一度御堂と会って、話し合おうと。

理由はどうあれ、あいつが身内に陥れられようとしてるのは紛れもない事実。俺達がその内輪揉めに利用されようとしていることも。

俺達は御堂を空き教室に呼ぶと、まずは御堂がリーダーであることを確認した。

「はぁ？　なんだい君達は、僕がリーダーだと知らぬまま接触を図ったというわけなのかい。この僕が仕える側の存在に見えたとでも？」

お前ら人を見る目がないなとばかりに御堂は大袈裟に肩をすくめた。どんだけお前、自信家なんだよ。

まーよくもわるくも入間にその辺を利用されたんだろうな。仮に御堂が自らリーダーを名乗ったところで、入間から「自信家でリーダーを狙ってるからもうその気になってるだけ」「その点もリーダーから危険視されて今回の依頼をお願いすることになった」的なことを言われれば、敵対心剥き出しの御堂と違い友好的な入間の言葉を鵜呑みにした可能性が高いし。

そうして御堂がリーダーと確定したところで、俺達は入間からの依頼について包み隠さず打ち明けた。交渉事のエキスパートである冬華いわくこう言った警戒心マックスの手合いには余計な隠し事や上からの交渉は逆効果。いい情報を持ってきたと恩を売るのではなく、あくまで対等な関係を結びたいと、相手の目を見て心に訴えかけるよう真摯に言葉をぶつけてこそ光明が見えるとのこと。

「その話、僕をたばかろうとしてるってわけではないんだな……」

御堂の知るうるはのゆるふわな雰囲気とのギャップもあってか、至極真面目な態度の金髪ギャルを前に、徐々に揺らぎ始める。

「うん、本当だよ。ね、私達は協力するべきだと思わない？　自分達を裏切り出し抜こうとした存在をこのまま放っておくなんて、言わないよね」

「だとしても、だねぇ……」

それでも、御堂は身内の人間ではなく毛嫌いしてる内部組の言葉を信じることに懊悩の色を示し、最後の一歩を踏み出す気になれない様子で──

「よし、じゃあこういうのはどうだ。御堂が今ここで俺達を信じてくれるってなら、一つ交換条件を呑んでやる」

「交換条件だと？」

ここが勝負時だと俺は得意げに言葉を放った。今まで冬華の傍で見て学んだ人を見る力を活かして御堂を説得してみせる。ずっと冬華だけに任せきりは顔が立たねえからな。

「あぁ。今度の定期考査に合わせて、御堂の苦手な古文や英文を俺が教えてやるよ。俺がうるはにいつも作ってる必勝対策ノート。あれを御堂にも作ってやる」

「な、なんで僕が古文と英文を苦手にしてることを、桜庭が知っているんだ⁉」

予想だにしていなかったとばかりに、御堂が驚愕する。

「そりゃお前がレジスタンスのリーダーかもしれないってなったら、それ相応に学園内での成績や評価とかは調べるだろ」

もちろん嘘である。きっかけはあのラジオだ。あの時、御堂が古文や英語が苦手なのを気にしていることを知り、これは使えるかもと思ったのだ。前に御堂が俺のことを嫌いと言った時も、外者よりうるはを優先して教えていることが気にくわないって感じだったし。内部組より、同じ外者——自分に教えるべきって本心が隠れてたんじゃないかって。

「どうだ、悪い話ではないと思うけど？」

「…………いいだろう。ちょうど次のテストは頑張りたいと思ってたところだからな」

御堂は渋々ながらも最後には首を縦に振ってくれて——こうして御堂の協力を得ることに成功した俺達は、彼女に頼んで入間に嘘の情報がいくように仕向けてもらい、現在に至るというわけだ。御堂が帰った後、冬華に「やるじゃない」と肩を叩かれた時は、少しだけ認められたような気がしてちょっと嬉しかった。

ちなみに、例のラジオの件については御堂の沽券に関わるので流石に本人には黙っていることで一致した。ある意味レジスタンスの救心力を揺さぶれるレベルの弱みを手に入れたわけではあるが、かの令和の魔女もファンの好意を利用するほど鬼ではないらしい。

「さぁて、私達をたばかろうとした落とし前どうつけてもらおうかなぁ」

にまぁっと悪女のように笑う金髪少女。この路線、うるはなら絶対しないだろうけどちょっとアリかもしれない。

「僕は親の七光りで威張ってる内部組のやつらが大嫌いだが、こうやって誰かの陰に隠れて動くことしか出来ないこすい人間はもっと嫌いだ。消えろ」

御堂がゴミを見るかのようなきつい視線を入間に向ける。

「くっ……」

歯がゆそうに顔を歪めた入間がちらりと後ろを見た。負けを悟り、撤退するような雰囲気だが、

「おっと、消える前に誰に頼まれたかを教えてよ？　外者である貴方が、単独で身内を裏切ろうとしていたなんて思えない。きっと、これが上手くいった暁には手厚く迎えてくれる予定だった内部組の人がいるんだよね。大方、私とレジスタンス双方の存在をよく思わない対立候補のだれかだと思うけど」

「…………」

「あっ！」

冬華の問いを無視し、入間は無言のままそそくさと逃げ出していった。

「待ておい！」

俺は半ば反射的に後を追うべく駆けだした。——のだが、

「ひーくん、追わなくていいよ」

すぐさま大きな声で呼び止められる。

「い、いいのかよ？　捕まえて誰と裏取引してたのかとか聞き出した方がよくないか？」

「今はいいよ。下手に彼へ強引に迫ってるところを誰かに見られたら、それはそれで切羽

詰まった私が外者脅して票を迫ってた——だとかろくでもない創作を広められそうだし」

「な、なるほど……」

「うーん誰が黒幕なのかはさっぱりだけど、一つ言えることは工藤でないことだけは確かかなぁ。あの男は良くも悪くも外者のことを見下しすぎているしね。レジスタンスの存在を知ったところで、脅威に思って排除しようなんて考えないと思うなぁ」

「マジかよ。工藤以外で俺達に目を付けてるやつがいるとか、一体どこのどいつなんだよ」

「そうだね。なにはともあれ、その人にとって0・1%の私が無視できない敵に映ったということだよね。見る目あるよねっ」

まだ見ぬ敵に高揚するよう夜風に金髪を靡かせながら冬華は勝ち気に笑った。

「さてと、ようやくここからが本題だね。一難去ったということで改めて、天堂院レジスタンスのリーダーである貴女と交渉とさせてくれる？」

気持ちを切り替えるように冬華が真面目な表情で御堂を見据えた。

「私としては、同じ外者の地位向上を願う同志として一緒に協力できると思ってるんだけど、どうかなぁ？」

「悪いがリーダーとしての僕のスタンスは当初と変わらない。もちろん、多少なりと僕個人の私情が混ざっているのは否定しないが、この天堂院レジスタンスに集った多くの外者は、内部組に学園から権力や立場を盾に理不尽な要求や不当な扱いを受けたことがある者達だ。彼等が僕の声に耳を傾けてくれたのは、偏に外者だけでやつらを見返したいという理念に賛同してくれたからに他ならない。そんな彼等の思いを僕は裏切ることは出来ない」

申し訳ないと少しばつの悪そうな表情をしつつも、確かな意思と共に言い切った。なんか悔しいけど認めるよ、御堂はリーダーの器だ。何者にもなれていない俺と違ってな……。

「ただ、お前らのおかげで助かったのも事実だ。だからレジスタンスではなく僕個人として、少しは協力してやるよ」

「本当か？」

「あぁ。内部組の彼女に借りを作ったままでは癪だからね」

俺が尋ねると、御堂は肩をすくめて頷いた。

「僕の力を使って外者生徒を集めてやる。ただし、僕が手を貸すのはそこまでだ。僕がレジスタンスのリーダーとして何かを口にすることはない。勝ち上がりたければ、己の手で切り拓いてみせろ。お膳立てはしてやるから、そこで演説なり何なり好きに行って彼等の心を直接掴んでみせることだな」

「ありがとう。十分だよ」

それなら得意分野とばかりに冬華がくすりと勝ち気に笑う。

「ただ、日程に関してはこっちで指定させてくれないかな。泣いても笑ってもこれが一次選挙突破を出来るかどうかが掛かった最後のチャンスだし、念入りな下準備をしなきゃ」

これはきっと建前だ。過去二回、ほぼアドリブで平然と演説をやってのけた冬華が、自分の得意分野で怖じ気づくはずはない。ようするにうるはとまた入れ替わりが起きる可能性の薄い日――言うなれば安全日を狙うってことだよな。一度そのせいで、失敗している以上同じ轍を踏むのは避けたいと。

冬華の手にあるハートの痣の中は現在、そこそこに黒塗りが溜まっている。確かに、万全を期すなら空っぽになった状態でやるべきだろう。

「そりゃあいいけど。最低でも演説をする二日前には声をかけろよ。こっちにだって、根回しとかあるんだから」

「うん、もちろん」

冬華が得意げに笑って頷くと、この場はお開きになった。

そうして俺達が着実に事態を好転させている裏で、うるはもまた、鮫島総理として一つの実績を作っていた。

うるはがライブのレッスンを活かせないかとTikTokに上げた総理ダンスが、同世代の若者を中心に大きくバズったのである。

多種多様な才能を持ち何事にも手を抜かず全力に取り組む、希代の総理大臣として様々な世代から支持を得ることになった。

おまけに斉藤さんいわく、鮫島総理となったうるはの周囲から見れば今までとはまるで別人でしかない一面が、政敵連中の中ではどんな隠し玉を持っているかわからないおいそれと手出しできない女だと勝手に誤解されて評価が上がったらしい。

かくして冬華を失墜させる目論見でプッシュされたはずのオペレーションIは、奇しくも建前として掲げられていた効果や目的を軒並み果たしたどころか、鮫島政権を盤石にするための礎となったのだった。

そうして入れ替わった二人が本人では出来なかっただろう快進撃を続ける中、神様から一息つけとでも言われるように、翌日の木曜日には二人はまた元に戻った。

順調だ。すげぇよな二人とも。

いつの間にか互いに入れ替わった先で自分の才能を十二分に発揮し、本物が不得意としていた分野で成果を出している。

特にうるはの得意としている要素は、学業では評価されにくい事柄だったから、たとえそれが世間的には鮫島総理としての功績であっても、うるはが活き活きとしている姿を見るのは、本当に嬉しい限りだ。

二人とも純粋に尊敬する。俺も引き続き二人のサポート頑張らないとな！

………………あれ？

なんかすっげぇ大事なことを忘れてる気がするけど、気のせい、だよな？

第五話　そうして彼女の口から出たのは「ぎゃふん」ではなく「はきゅん」でした。

「入れ替わりについて、一つ見えてきたことがあるわね」

　木曜日の夕方。公邸のリビングにて。元の姿に戻っていた冬華がそう口にした。

「それって恐らくあれだよな。入れ替わってる時よりも、元の状態の時の方が圧倒的に短いっていう」

　確信半分に尋ねると、冬華はこくりと肯定した。

「ええ、そうよ。実際、少年に見えてる例の痣はまだ一日と経過してないにもかかわらず、既に半分以上溜まったエネルギー？が消費されているのでしょう？」

「ああ、そうだ」

　念のため二人の手を一瞥する。痣に残った量は三分の一程度。今までの傾向通りなら、今日戻らずとも明日のどこかでまた入れ替わってることだろう。

「けど不思議だよねー。変身してる時よりも、元の時の方が短いなんて。ヒーローとは逆だよ逆」

　面白いよねとうるはが脳天気に笑う。

「ま、望む状態になってる間が短いって話なら一応筋は通っているんじゃないか」

今の状態が、格闘ゲームなんかでよくある覚醒ゲージがチャージされた後のフィーバータイムって考えるとちょっと納得がいく。消費より充電の時間が長いってのも理にはかなってるし。

「そして、元の姿に戻っていられる期限は、持っても一日で多少誤差はあるものの今のところ二日目を迎えたためしはない。まーでもこのタイミングで元に戻れてほっとしたわ。これで心おきなく最後の演説に望めそうだもの」

一次選挙の投票日はもう五日後まで迫っている。最悪、リスクを負いながら臨まなければいけなかったからほんとよかった。

「よし、じゃあわたしも、次のラジオの日程決めて斉藤さんにまたお便りのフォーム作ってもらおうっと。次はリクエストの多かった恋愛相談回だから、気合い入るなぁ」

「ほ、ほどほどにお願いするわね」

アホ毛をぴょんと跳ねさせてはりきるうるはを前に、逆に不安になると冬華が頬を引きつらせる。

けれど次の瞬間、何故だか冬華はふと優しい顔になって、

「けど、ありがとうね桃島さん」

「んん？　なんでこのタイミングで感謝の言葉？」

「斉藤から聞いてるわ。今回のラジオの件が成功すれば、私が今まで得られなかった同世

代からの支持を強固なものにするまたとないチャンスだって。オペレーションIの当初の目論見通り、若い世代が選挙に政治に興味を持ってくれるようになれば、利権やお情けで上がっていたクズ共が選挙で勝てなくなり、きっとこの国はよりよい方向に進むでしょう」

少子高齢化社会において、ただでさえ少ない若者は、どうせ誰が議員になっても変わらないと考え、貴重な休みを選挙投票に使うのはばからしく足を運ぼうとしない。結果、老人達の声だけが反映され、今の若者にはウルトラスーパーハードな世界が出来上がってしまっている。

その負の連鎖をようやく断ち切れるきっかけが作れると、冬華が嬉しそうに微笑んだ。

「最初はなんでよりによって、まるで私の正反対みたいなこんなアホの子と——なんて嘆いていたけど、今は入れ替わった相手が貴女でほんとよかったと思ってる」

「お礼を言うならわたしの方こそだよ。生徒会長選、やればなんとかなるって勢いで出てみたはいいけどさ。きっと、わたしじゃ駄目だった。おバカなわたしじゃ、みんなが納得してくれるようなすごい言葉、思いつけなかったもん」

「それはちょっと違うわ桃島さん。そもそも貴女が行動を起こさなければ何も始まらなかった。その勇気は、紛れもなく貴女のもたらした成果よ。そこは誇りに思うべきだわ」

「そっか。ようし、これからもわたしはわたしを貫くぞぅ」

「ま、貴女の場合は元気と勇気が二郎系の特盛りなみにあふれ出てるから、少しは自重するべきなのかもしれないけど」

「ししし」

苦笑と、破顔。冬華とうるはが笑い合って心を通わせる。

そんなやり取りを眺めていた俺は――

あれ俺、政治家として自分がどこまで通用するか試す――だとか言っていたくせに、二人と違って何もできていなくないか……!?

初心を思い出し、焦燥していた。

額に嫌な汗が浮かぶ。そう言えば冬華が以前言ってたよな。

悔しいって感じるということは、自分の中にこの人に勝ちたい、負けたくないって想いがある心の表れ――だと。

最近それすら薄くなってるってことは、主役ではなく脇役でいる自分を本心が受け入れているわけで――

正直、二人の才能に圧倒されているのは事実だった。俺にはきっと、二人のような不特定多数を引きつける才能は持ち合わせていない。

そもそも俺の目指す夢は政治家でいいのだろうか。俺が政治家になって成し遂げたかったのは、真面目な人が損しない世界。悪を正しく裁き、善人が報われる世界。けど、それってわざわざ俺が表舞台に立たなくとも、今みたいに裏方として二人をサポートすることでも辿りつける、よな。さっきの選挙についての話もそうだけど、冬華も、俺と似たような理念を持ってるみたいだし。あぁ才能なしで徒労に終わるくらいならいっそ……。

つーかなんで俺、冬華のこと嫌いだったんだっけ？　令和の魔女と呼ばれ、ハニトラでのし上がり、パフォーマンスを優先に自分本位で好き放題やってると映ったからだよな。けど、それは誤解で――この人はこの人なりの正義を成し遂げようと……。

「――ねぇ少年。ちょっと聞いてるの？」

冬華の少しムスッとした声に、負のスパイラルから呼び戻されてはっとなる。

「わ、悪い。ちょっと疲れてたのかぼーっとしてた」

「はぁ、しっかりしてよ。それで例の件、御堂さんに手配してもらえるよう頼んでおいてもらえる？　外者を集めるのに二日は欲しいと言ってたからちょうどいいはずよ」

「今から二日後ってなると土曜だけど――そういや来週は祝日があるから半日授業の日か」

天堂院学園では祝日によって週末が三連休になる場合、その土曜日は午前中だけ授業があったりする。そうか、月曜日が休みってことはここが実質最後の選挙運動のチャンスになるってことなのか。これは、気合い入れていかないとだな。

「了解。半日授業の後って日程で伝えとくよ」

俺はスマホを取り出し御堂に連絡を送った。

すると、何やらうるはが興味深そうにその様子を見ていて、

「およ、ひーくんってばいつの間にか王子ちゃんと連絡先交換したんだ？」

　王子ちゃんというのはうるはが御堂（みどう）につけたあだ名だ。今更だけど、冬華（とうか）はうるはでいる時に俺以外の誰かと会う時は、うるは本人との齟齬（そご）が出ないようにしっかり固有名詞を口にするのを避けてるんだよな。ほんと、細かいとこまでしっかりしてて尊敬する。

「ん？　ああこの前、御堂からお膳立てしてもらう約束をした時にな。御堂がレジスタンスのリーダーである以上、これから何かと連絡の入り用があるだろうし」

　本来なら、リーダー同士が交換するのが筋なんだろうが、そこは内部組アレルギーの御堂だ。学園外まで内部組の人間とは会話したくないってのと、基本的にやつとのやり取りは外者（そともの）同士、俺がすることになった。それだけなら、よかったんだけど――

「あいつ、連絡先を交換してからというもの、やれ内部組女子の誰それを落としただの、くそどうでもいい自慢話めっちゃ送ってくるんだよな」

　大方、自分の方が勝ってると自慢したいんだろうが、俺は別にうるは以外はどうでもいいからなんの嫉妬も起きない。ただ返信するのがめっちゃめんどいのが困りものだ。協定関係を結んでいる以上、無下にするわけにもいかないし。

「……ふうーん」

○○○

翌日。俺はいつものように、天堂院に登校していた。昨日は公邸から帰宅した後も、悩みを引きずってなかなか寝つけずにいたから寝不足だ。教室についたら一眠りしよう。などと考えつつ、ふわぁとあくびをしながら校門をくぐった時のこと。

「やぁ、桜庭。相変わらず冴えない顔してるなぁ」

偶然同じタイミングで登校してきた御堂が俺の横に並ぶと、爽やかスマイルで話しかけてきた。まだ脳が半分寝てる状態でこの眩しさはこたえる。身体が拒絶反応を起こしているというか、朝から高カロリーの揚げ物を押しつけられた気分だうげぇ。

「そりゃどうも。そっちは相変わらずキラキラしていて羨ましいよ」

「そうだろそうだろ。君もお手本にするといい」

皮肉ったはずなのにこの自信、マジでどっからくるんだ？

「そういえば、例の件の方は順調なんだろうな？」

念のため声を潜めて話す。

「ふん、誰にものを言ってるんだ。もちろんぬかりはないさ。君達の方は予定通り準備を進めといてもらって全然構わない」

任せておけと、御堂が自信満々に胸を張る。

冬華による講演会の予定は土曜の半日授業が終わった後、講堂で十三時三十分からの開始予定だ。既にうるはのスマホで講堂の使用許可をとってあるらしい。

実はこの日程、偶然にもうるはのラジオと時間が被っていた。あっちは十三時にスタート。過去二回は夜にやっていたプレラジだったが、アンケートを取ったところ休日ならお昼がいいとの声がそこそこ多く、試しにお昼の時間にやってみようと、斉藤さんからの助言もあってこの時間になったらしい。それと、全てが上手くいってうるはの一次選挙突破が決まったら「公邸で打ち上げがてらにピザパがしたい！」なんてお祭り大好き人間のうるはがにこにこ顔で言ってたけど、冷静に考えて公邸にピザって届けてくれるのか？

「ああ、そういえば桜庭、一つ君の耳に入れておきたいことがあったんだ」

「はぁなんだよ？」

また、内部組の誰々の胸を揉んだとかしょうもないことじゃないだろうな。

話半分に聞こうとしていたところ、急に真面目な顔になった御堂が極秘の話だとばかりに俺の耳元に寄った。

「入間が自主退学を申請した」

「はぁ!?」

予想外の話題に思わず声が漏れる。眠気が一気に吹き飛んだ。

「それ、肩身が狭くなって学校にいづらくなったとか、そんな単純な話じゃないんだよな」

「ああ、きっとな。あいつ、もともとぼっちだったし今更そんなこと気にしないだろう」

それは知らんがな。

「入間自身の意思ではなく、口封じって見るのが妥当だろうね。どうやら僕達の敵は、生徒内だけではなく学園そのものに働きかけることが出来る化け物らしい。そそるねぇ」

「そこまでするのか……」

生徒会長選挙で退学者が出るとか、どうなってんだこの学園。まるで政治の派閥争いじゃねぇか。そりゃ、この学園のトップに立つことは、将来国のトップに立つことと同義ってのは有名な話だけど。だとするなら、そんな自分のためなら他者の犠牲を平気でいとわないクズなんて尚更トップには出来ない。問題は一体誰が――

そう思考に入ろうとしたその直後、

「おっはよー二人とも！」

明るく大きな声が背後からかかった。

振り返るまでもなく、その声の主は俺と御堂の間に割って入ってきて、

「えっへへ。朝からぴたっとくっついて仲いいねお二人さん。わたしも交ぜよう！」

「おいおい、普通は交ぜてよだろ。これだから周りにちやほやされて育った内部組は、全部自分の意見は肯定されるものと思ってるから嫌になる」

「いやぁそれほどでもー」

辟易する御堂と、嫌味もなんのそのと頬を掻き陽気に笑う金髪少女。

そんな二人を目に——俺は開いた口がふさがらないでいた。

おい、ちょっとまって。

このテンションが高いはつらつとした様子、間違いなく本物のうるは、だよな？

入れ替わってないのか？　元に戻ってから丸一日は経過したはずなのに……。

「うるは、なんだよな……？」

驚愕から思わず言葉が漏れる。それに反応したうるはが、きょとんと小首を傾げた。

「およ？　うしし、流石はひーくん。すぐに見抜かれてしまうとは。おぬしなかなかやるのう」

脇腹に両手をあて得意げにばーんと笑ううるは。その手にある痣の状態は昨日別れた時とまんま同じで、ギリギリを保っている。

「どうしてまだ変わってないんだ……？」

「さぁーなんでなんだろうねぇ。あ、もしかしてストーリーに関わるけどまだ会ってない重要人物がいたり、必須クエストを終わらせてないとか？」

「そんなゲームみたいな条件は流石にないと信じたいよな」

仮にそうだったとしても、時間は止まらずストーリーは進んでるわけだし。

「——おいお前ら、僕を差し置いてなにわけのわからない話をしてるんだ」

無視するなと肩を怒らせた御堂がふくれ面で訴える。

驚きのあまり失念してたけど、そういえば今は御堂(みどう)もいたんだった。この話題は止(や)めだな。万が一にでも憧れの冬華(とうか)と会ってるなんて知ったら面倒くさいことになりそうだし。

「悪い。単なる身内ネタのノリだから忘れてくれ」

「ふん。にしても、この間取引を持ちかけてきた時や入間(いるま)を懲らしめた時とは雰囲気が全然違うというか」

御堂が値踏みするように、うるはを見回す。

「まるで人が変わったような感じで——いや、こっちが僕が知っていたはずの桃島(ももしま)か。一体どっちが本当の桃島なんだい？」

「ふっふっふー。一体全体どっちでしょう！」

「ふん、食えない女だ。ようは典型的な学校の授業では計れない才能の持ち主だったということだろ。それとも、学園ではあえてバカを演じて虎視眈々(こしたんたん)と機会を窺(うかが)っていただけなのか。いずれにしろ、天堂院(てんどういん)の大半を締める脳天気なお坊ちゃんお嬢様連中とはひと味違うのは認めてやる」

「わーい。ありがとー」

な、なんか勝手に御堂の中でうるはの評価が上がってる……。中身が入れ替わってるなんて漫画みたいな話、普通は想像しないもんな。しかもそれによって実は憧れの冬華お姉様と会ってただとか。——なにはともあれ、ひとまず入れ替わりに関してはもう少し様子見でいいか。

今までの傾向からして二日目までもった試しはないんだから、学校が終わる頃には入れ替わってるはず。ここであまり深く気にする必要はないよな。どうせ焦ったところで、何かが変わるわけではなさそうだし。

と、俺はこの自分の楽観さを、すぐに後悔することになる。

放課後になっても、うるははうるはのままだったのだから。

○○○

「――どど、どうなってるのよ!?」

放課後になると、斉藤さんが俺達のことを迎えに来ていた。理由は言わずもがな。予想と外れて、うるはと冬華が未だに入れ替わってない件についてだった。

そうして訪れた公邸で会った冬華は、まるで初めてうるはと入れ替わって出会った時みたいに、ひどく狼狽えていた。いや、今の姿の冬華の方が冷静沈着で妖艶な大人の外見とのギャップが相まって、心なしか余裕がないように見える。

「このまま明日まで入れ替わりが起きないってことはない、わよね？」

「わからない……」

珍しく覇気のない声。冬華はどうしてここまで慌ててるのだろうか？　自分ではなくうるはが演説に挑むことになったら勝算がない――いや、なんかそれだけじゃない気がする。

「理由はどうあれ、現状総理と桃島さんが入れ替わっていない以上、念のために今のうちから最悪の事態を想定しておくべきでしょう」

どんよりとした空気の中、唯一いつもと同じ調子の斉藤さんが淡々と口にした。

「最悪の事態……」

この前の失敗を思い出してか、うるはが息を呑んだ。うるはもうるはでらしくないよな。超がつくほど前向きな性格で、一度や二度の失敗を引きずる人ではなかったはずなのに。

「はい。わかってるとは思いますが、お互いが本人のままで明日のイベントに挑むパターンです。桃島さんは選挙演説、総理はラジオ配信ですね」

「そう、だよな。このまま入れ替わりが起きない可能性が捨てきれない以上、目を背けるわけにはいかないよな」

「その通りです。事情が事情なだけに、私達に立ち止まることは許されません。ひとまず、選挙演説についてはプロ中のプロである総理に原稿を書いてもらいましょう。今から練習すれば、ある程度形にはなるかと」

「どうだ。いけそうか、うるは？」

俺は努めて優しく尋ねた。この勝つか負けるかの瀬戸際に何私情を持ち込んでんだって思われるだろうが、極力無理をさせたくないってのはやっぱりどうしてもある。この前の、大勢の不信の目に晒されて震えているうるはを目にしているだけに、なおさら。

「……わかった。わたし、やってみる。冬華さんみたいにはいかないだろうけど、ひーくんと冬華さんが必死に繋げてくれたバトンだもん。わたしが、ゴールに持ってくよ」

うるはは数秒黙考した後、スカートをぎゅっと握って強い眼差しでこくりと頷いた。やっぱ強いよなうるはは。よし、そうと決まったら全力サポートあるのみだ。

「ああ、その意気だ。――冬華、頼む至急うるはの演説の原稿を作ってくれないか？　うるはがスムーズに読めるように、なるべく難しい言葉は使わずにだと助かる」

「………中止にしましょう」

「は？」

聞き間違い、だよな……？

「ええ、中止にするべきよ。万が一を想定した時のリスクが大きすぎる」

「なに言ってんだよ。ここで諦めたら、終わるんだぞ全てが。それ以上に考えるべきリスクってなんだよ？」

ここを乗り切れなければうるはが一次選挙を突破することはまず不可能。ここは力を合わせて困難を乗り切るところだよな。

「今の鮫島総理があるのは、こういった正念場で逃げずに立ち向かいしっかりとものにしてきたからなんだろ？　俺が言うのもなんだけど、なんか冬華らしくない気がする」

「違いますよ、桜庭さん」

冬華へ非難の視線をぶつける俺に、斉藤さんが強めの口調で割って入った。

「貴女がそんなに不安がっているのは、桃島さんが演説をすることではなく、その桃島さんの代わりに、鮫島総理自身がラジオ配信をやること。ですよね、総理？」

「は？　いやいやなにを言ってるんですか。普段もっとヤバイやつら相手に舌戦を繰り広げている冬華が、今更ラジオごときに……なぁ」

賛同を求めるように視線を向けるも、冬華は何も言わずに顔を俯けたままだった。

「今回のラジオは鮫島冬華が同世代の女性と本音で語るをテーマに、十代二十代の女性を中心としたお悩み相談。まぁそのお年頃な世代の悩みと言ったらおのずと恋愛相談が主体になってくるでしょう。もちろん、一コーナー丸々恋愛相談に使用する予定でした。ようするに今まで色恋に一切経験のない総理が苦手意識を持って避けてきた分野なのですよ」

「冬華が苦手意識を持って避けてきたこと……」

確かに今まで一緒に過ごしてきて、この人恋ってものをまるで理解してねぇとは思ったことが度々あったけど、まさかそんなキャラがぶれるまでの苦手意識を持っていたとは。

そう言えば以前、斉藤さんにお悩み相談はうるはの方が適任って言われてた時、あの負けず嫌いな冬華にしては珍しく素直に認めていたよな。それだけ恋愛相談は避けたかったわけで……。――ああっ!?

そうか、そういうことかよ。

だからあの時、冬華は俺のうるはへの告白を受け入れたいだなんて急に言い出したのか。

あの時は失った青春を体験したいだなんてだいそれたこと言っていたけどそれは建前で、本音は恋愛を経験して冬華なりに苦手を克服したかったんだ。

なのに冬華といえば、恋人やデートってラベルだけで満足して、恋人のいる生活ってものにまったく向き合おうとしなかった。――いや、これは冬華がこと恋愛においては幼稚園児レベルで、なにがわからないかすらわかってないのが問題だったのかもしれない。超理論派な彼女は、恋とは時に理性より感情を優先するものだということを理解出来なかったのだろう。そもそも好き同士でもない二人が付き合うところからして冬華の恋愛体験計画は破綻していたんだと思う。

「とはいえ、諦めたら終わるのはこちらも同じです。一度ライブの中止を宣言しての二度目の中止。世間にあまりいい印象を持たれないのは確かでしょう。勝手に期待した分、その倍以上勝手に失望するのが民衆というもの。それにプレラジは今や国民が注目する一大コンテンツになりつつありますからね。それも相まって、メディアや評論家はここぞとばかりに叩く(たた)に違いないです」

「つまり、対応や世論次第では最悪支持率50％を割りかねないってことか……」

支持率50%を割れば待っているのは鮫島内閣の総辞職——冬華の総理人生が終わるかもしれない。

「冬華さん、やろうよ。わたしも頑張るから」

うるはが励ますようにぐっと両拳を握る。

それでも冬華の心には響かなかったのか浮かない表情のままで。

「そんなこと言われても、無理なものは無理よ。絶対また、やらかすに決まってる。どう計算しても勝てるビジョンが見えないの」

また？　またってなんだ？

「はぁ……負け戦がそこまで怖いのですか？」

見損なったとばかりに、斉藤さんが辛辣なため息をついた。

「高校生の桃島さんが同じよう不得意なことに立ち向かおうと覚悟を決めてる時に、大人の貴女がなにうじうじしているのですか」

咎めるようなきつい視線。それでも冬華は首を縦に振ろうとはせず、

「い、一度持ち帰って検討するから、一人で考えさせて！」

破れかぶれといった様子でそう言うと、冬華は逃げるようにリビングから去って行った。

ドンドンと階段を上がる音。どうやら、二階にある自室の方へ向かったと思われるが……。

「やれやれ、少し言い過ぎましたかね」

　まるで手のかかる子供を持つ母親みたいに斉藤さんが苦笑して肩をすくめた。

「プライドの高い彼女のことですから、お二人の前で発破を掛ければ意固地になってやむなく立ち上がってくれるのではと思ってましたがまさかの逆効果とは。私以外の前であぁも醜態を見せるとは思いませんでした。お二人のこと相当信頼されているのだと思います」

　信頼、か。そういやなりゆきとはいえ、冬華にとっては恐怖するほど未知の存在で苦手な部分――恋愛を共有する相手として俺を選んでくれたんだよな。

　今ならわかる。それが刺すか刺されるかの世界に身を置き、人を基本的に信用しない冬華にとってどれだけ勇気のいる決断だったのか。

　だったら彼女の告白を受け入れた俺には――きっと果たさなきゃいけない責任があるはずだ！

「ちょっと俺、冬華ともうちょっと話してくる」

　気付くと俺は立ち上がってそんなことを口にしていた。

「ひーくん？」

「わかりました。ここは一度、桜庭さんに任せてみるとしましょう」

　突然の行動に呆気に取られるうるはと、感心したように頷く斉藤さん。

　俺は階段を上がって冬華の部屋に向かった。

　彼女の部屋の前に立つと、俺は一度深呼吸してからノックする。

「冬華、俺だ。少し話があるんだが、入っていいか？」

……返事は返って来ない。

俺は無言を肯定と受け取り、入ることにした。

何気に年頃の女性の部屋に入るのは人生で初めての経験。なんか二重に緊張してきたな。

そうして冬華は——ベットの上でふて寝するように布団にくるまっていた。

「なによ、笑いに来たわけ？」

布団から顔だけひょこっと出し、出てけと訴えるようにジト目を向けてくる冬華。

「大の大人が——一総理が嫌々駄々こねてふて寝している惨めな様を。ふん、いいわよ。気が済むまで笑えばいいわ。私にだって得意不得意はあるの、幻滅したきゃ勝手になさい」

「幻滅なんて、むしろその逆つーか、正直言うとさ、俺、少しほっとしてる」

「は？」

「二十三歳という異例の若さで女性初の総理大臣になった天才美女鮫島冬華も、ちゃんと人だったんだなぁって」

「なによ、当てつけみたいに。やっぱり馬鹿にしに来たんじゃない」

拗ねるような視線に、つい苦笑が浮かぶ。

「そうじゃなくって。実は俺、冬華とうるはが自分達の長所や個性を活かして入れ替わり先で成果を出してるのを見て、いつの間にかすっかり政治家としての夢を追う自信をなくしてしまってたんだよな。俺じゃこの二人みたいになれるビジョンが見えないって。いつのまにか冬華が忘れるなって言ってくれてた悔しさってやつがすっかりなくなってた」

「ふーん。ま、確かに桃島さんには驚かされたわ。あの呆れるくらいの前向きさは見る人に勇気を与え、頑張ろうって気にさせてくれるというか、ああいうのをタレント力というのかしらね。頭はあれだけど、彼女、人を先導する仕事に向いていると思うわ」

「本当にそうだよな。冬華もうるはも俺にはない頭の回転の速さや斬新な発想で、与えられたチャンスをしっかりとものにしていく。こういうのが主役になれる素質ってやつなんだなって」

それに気付いた時、二人に置いてかれるって焦りと同時に、俺では彼女達のようにはなれないって一種の諦めみたいな感情も覚えた。総理にしろ生徒会長にしろ、不可能を可能に変えていく力こそ、人々が求めるものであり、俺にはたぶんない要素だって。

「そんな冬華が、恋愛相談に何故ここまで難色を示しているのか、なぁお願いだから聞かせてくれないか。単に苦手だからやりたくない——ってだけじゃないんだろ。こんな理屈や理由も抜きに、はいそうですかって受け入れるのは冬華自身が一番嫌っていたことだろ」

そう真剣な表情で迫ると、冬華は躊躇いつつもおずおずと口を開いて、

「…………初めてではないからよ。恋愛相談で失敗するのが……。それも直近でやらかしてるから、なおのこと怖いの」

「へ？」

「……初めて元に戻った日のことあったでしょ。実はね、あの時私、やらかしちゃったの。女子大生からの恋愛相談に上手く答えられなくて、その子から来なければよかったみたいな顔されて失望されちゃった。『きっと総理は本気で人を好きになったことがないんですね』って言われてさ。まぁ、ご名答なんだけど」

乾いた笑い。それがさっき口にしていた「また」の意味。

「そう、だったのか……」

思い返せば最初に元に戻った時、冬華は質問に上手く答えられなかったうるはと同じくらいしゅんとしてたっけ。負けず嫌いな彼女だからこそ、勝つことが当たり前だったからこそ、こんなにもたった一度の失敗を強く引きずっていると。

「ええ。それ以来ね、私の脳裏からあの子の失望した顔が離れないの。桃島さんの身体でいる時も。ほんと、脳と記憶のメカニズムってどうなってんだか」

私の身体に保存しといてよと冬華が吐き捨てる。

思い当たる節がある。それは御堂と協力関係を結ぶ方法を考えていた時。ハニトラまがいの作戦を推奨し始めた冬華に、俺が仮にも恋人である人に頼むことじゃないと断固反対の姿勢を示すと、冬華は珍しく自分の非を素直に認めて謝ってきてた。

そうして柄にもなく自信なげな顔で「人を好きになるってどういうこと？」と尋ねてきて

――あれはそんな経緯があったからなのか。でも結局、彼女は俺に頼ることを止めて……。

「私ね、前にもちょっと話したと思うけど、以前同世代のインフルエンサーにネットで煽(あお)られたことがあるの。鮫島(さめじま)総理に足りないのは共感力だって。富に名声に美貌、なんでも持ってる勝ち組の人生だからこそ、彼女のできて当然の自信に満ちあふれた言葉は、恋に友人に学校や職場――色んな人間関係に雁字搦(がんじがら)めになりながらも必死でもがき生きている我々十代二十代の等身大の女性の心には響かないって」

何かで聞いたことがある。女性が基本的に悩み相談に求めるのは、正論ではなく自分の苦しみや悩みを理解して共感してもらえることだって。確かに冬華の自分を基準にズバズバ言っちゃうところは、同性に対してのウケが悪そうだな。

「当時は私の何を知ってるんだってそこまで気にしてなかったけど。桃島さんと入れ替わってわかったわ。普通の女の子は肌のスキンケア一つとってもすっごい努力してるんだもの。そりゃ共感性がないなんて言われるわけよ。私なんてドカ食い大好きでスタイルの維持なんてまるで気にしてないような、生まれ持った才能に甘んじてただけのラッキーガールなのだから」

「だとしても冬華は冬華なりに、自分の知らない世界に立ち向かおうとしてたんだよな。その、偶然聞くことになった俺のうるはへの告白を急に受けたいとか言い出したりとか」

「ま、まぁそうね……。でも結局その結果がこれ。はぁ、どうにも打算や利益を優先して物事を客観的に考えがちな私には恋愛は向いていないみたい。思い返せば、少年にも色々と駄目だしくらっちゃったものね。なのに未だに好きって気持ちがなんなのか、これっぽっちも見えてこないし。ようするに恋愛偏差値○の私は一生恋というものを理解できず、恋をすることはないんでしょう」

自嘲した冬華はどこか諦めがかったような遠い目をしていた。

「そうね、結論が出た以上、これ以上恋人ごっこに付き合わせても時間の無駄だものね。今日で恋人関係は終わりにしましょう。ああ、安心して、約束通り桃島さんを生徒会長にはちゃんとしてみせるから。今まで私の無茶ぶりに付き合ってくれてありがとう」

吹っ切るように冬華がにこやかに笑う。

「……それは違うだろ」

俺はそんな冬華に対し、気付けばそう口にしていた。

「へ？」

「そもそも冬華は恋愛に向いてないって結論を出せるほどに、本気で向き合ってないよな。なのに無理とかそう結論づけるのは早計つーか、ぶっちゃけ馬鹿だと思う」

それは冬華に政治家としてのノウハウを学ぶ対価として、冬華の恋人役を真っ向から務めてきた俺だからこそこれははっきりと断言できることだった。

「ば、馬鹿⁉　この私が？　初めて言われたわよそんなこと」

「なぁ冬華のその、周囲を蔑ろに自分本位で良し悪しを決めつけてずんずんと進んで行くスタイルって、絶対間違ってるよな。自分の意見や判断こそが全て正しく、他人の意見には頼らない、その傲慢で独りよがりな考え方。俺はそれがいけ好かないって前々から思ってたんだ」

　きっとこれは俺がずっとテレビで見る鮫島総理を気にくわないって思ってた本当の理由。思い返せば斉藤さんも冬華のそういった一面を難点だと考えていたんだろう。だからあの時、うるはにラジオをしたいと相談された時、冬華に内緒の強攻策に出たに違いない。

「政治にしろ恋愛にしろ、そんな一人で全部抱え込んで一人で結論だすもんじゃないだろ。国民なり恋人なりと一緒に悩んで時にはぶつかり、双方が納得する答えを模索していく。そういうもんじゃないのか」

　それはこの人が天才すぎた故に、気付くことのできなかった欠点・弱点なんだろう。ああ、それが今までこの人の凄さに圧倒されて誰もちゃんと向き合って来なかったのが原因というなら俺が向き合うんだ。彼女に恋人役を渡されてそれを受け入れた俺の責任として。

「それに冬華はさ、極度の負けず嫌いで負けや失敗には何の価値もないって思ってるみたいだけど、それ、俺はちょっと違うと思うんだよな」

「どういうことよ？」

「俺は本気でやったことに対しての失敗には価値があるって思うんだよ。ほら例えば、悔しさが上を目指すための活力になるみたいに。失敗を経験したからこその成長ってのが」

「本気の失敗には価値がある……」

「ああ。だからさ、失敗を恐れずに本気でぶつかってみようぜ」

それはきっと俺自身にも言えることだ。いつからか、二人の凄（すご）さに圧倒され、明確な敗北を知るのが怖くて、無意識に本気で夢を追うことから目を背け始めていた……。

だからこそ俺は、もう一度立ち上がる。もう迷ったり目を背けたりはしない。この恋愛クソザコ女を前に進ませるためにも！

「……決めたよ」

「ん？」

「俺の新しい目標。俺は総理大臣鮫島冬華（さめじまとうか）に負けたって思わせられるような男を目指すよ」

「へ？」

「俺は冬華を幸せにしたいんだ」

「へぇえええっ!?」

冬華と出会い、冬華と一緒に過ごし、そして冬華の本音を聞いて一つ確信したことがあった。この人はきっと自分すら客観的に見すぎているせいで、自分がどうしたいかより、自分がどう動けばいかに損をせず利益を出せるかを潜在意識で優先的に考えている節がある。そのせいで冬華はきっと自分自身の幸せというものを見失っている。

だから俺は冬華に勝って、冬華のスタイルが間違っていることを証明し、価値観を変えてやる。それが冬華を幸せにするってこと。彼女の根幹を崩し、価値のある敗北を知ってもらい、互いを思いやり頼り頼られることでこそ恋愛は成り立つってことを理解してもらえれば、彼女はようやく誰かに本当の恋ができるんじゃないかって。

「いいか、次に鮫島冬華に土を付けるのはこの俺だ。だからそれまで、誰かに負ける――ましてや総理の座を放棄するなんて許さないからな」

「許さないって。貴方ねえ。そんな一方的な感情の押しつけが交渉になってるとでも――」

「ちなみにもし俺が挑んでる途中で冬華が総理じゃなくなった場合――俺に負けるのが怖くなって逃げたとみなすけど、それでいいんだな？」

わざとらしく挑発するようにふっかける。

「なっ、なによその暴論。認められるわけないじゃない」

納得いかないとばかりに冬華が眉間に皺を寄せた。

「その代わり、冬華が勝ち続けるために恋人としての俺の役割が必要ってならいくらでも利用されてやる。というか困ったら俺を頼れ。今の鮫島政権があるのは、俺の支えがあってこそ――そう冬華が思った時点で、俺の勝ちみたいなもんだろ」

「……これまた随分と強気に出るじゃない」

「勝ちに貪欲になれって教えてくれたのは冬華だろ。俺は自分の目指す理想のために、不条理や理不尽に抗う能力を磨くって決めたんだ。それには総理の補佐ほど、うってつけな環境はないもんな」

今はまだ何者にもなれていない俺だけど、党内には敵だらけで修羅の道を進む冬華を支え、おまけに外者の地位向上を掲げるうるはを生徒会長選挙で勝たせることを成し遂げたら、それは一種の誰にもできない——俺だからこそできた、俺の存在価値の証明に繋がるわけだろ。どうせなら目標はでっかく、そのためにもっともっと勉強して努力してみせるさ。そうして俺が冬華に勝ち、生徒会長選挙にも勝ち、政治家として通用することを証明してみせたその時は、もう一度——今度こそ好きな人に告白するんだ。

「言っとくけど、私が少年を政治家として格上だと認めるとか、無謀中の無謀、天地がひっくり返ろうともありえないから」

「そんなのここ二週間冬華と一緒にいて、実際に人を魅了する演説ってやつをまじまじと見せつけられてきた俺が一番よく理解しているよ。けど、何度失敗しようが最後に勝ちゃいいだけの話だろ。これが俺の本気の勝負。もちろん、やるからには勝つ気しかないけどな。で、どうする？　まさか逃げるなんて言わないよな？」

にっと笑う。演説に必要なのは見栄とはったり。これは冬華から学んだことだ。

「………はぁあ。わかった、わかったわ、わかったわよ。やってやる、やってやればいいんでしょう」

数瞬首元をとんとん叩き黙考した後、冬華はやぶれかぶれといった様子で唸った。

「乗ってあげる。その代わり、これでもし失敗したら、その時は少年のせいだからね」

布団で半分顔を隠し、拗ねるように俺を見つめる。

「責任とってもらうから」

「はは、なんだよその野党みたいな返し。まさか冬華から一番嫌ってそうな言葉を聞けるなんてな」

「う、うるさい」

「で、あれだけ大きくふっかけたからには、プレラジの恋愛相談に向けて、ちゃんと私が納得するような対策を用意してくれるのよね？」

「そこはだなぁ……そうだ。まず、こと恋愛に関してだけは自分ベースで考えるのを捨てるってのはどうだ？」

「自分ベースで考えるのを捨てる？」

「ほら、冬華は恋を知らない。つまり恋愛に関してはずぶの素人ってことだろ。けど、恋を知らなくても、恋をしている男ならすぐ近くにいるじゃん。俺を参考に、冬華ではなく俺ならどう動くか考えてみろよ。そういうシミュレートは冬華の十八番――いや、いっそ、うるはに作ってた対策ノート。あれの恋愛版を作るとかアリかもしれないな。想定されそうな質問パターンを冬華に考えてもらい、俺だったらどう感じるかを纏めておく的な……」

妙案だと俺は独りごちる。初めて会った際、総理として原稿の暗記はお手の物って話だったし、ノートの内容を丸暗記して生放送の状況に応じて引き出すくらい、冬華にとって造作もないことだろう。ああ、これでいこう。いける気がする。

「あの、少年、その対策ノートと言うのは一体なに？」

「ああ、冬華にも協力してもらわなきゃだから今から説明するよ。心配しないでくれ、きっと上手くいくと思うから」

「ふぅん。ま、いいわ。今回は少年を利用するって決めたのだから、最後までその方針でいってあげる。負けたら貴方のせいだから」

「お、おう」

なにはともあれ、いつもの冬華に戻ってくれてほっとした。

「……ねぇその話を始める前に、ついでだから一つここで、恋人として利用させてほしい事柄があるのだけど……いい？」

指先をもじもじと、今までにないしおらしい顔で冬華が尋ねて来た。

「ん、事柄？　ま、まぁ俺でできることなら別にいいけど？」

「そ。じゃあ遠慮なく」

冬華はそう頷いたかと思いきや、ふぁさっと布団をはためかせ、

「――へ？」

気がつくと俺は、布団の薄暗い世界で冬華にぎゅっと抱きつかれていた。

「漫画やドラマでかじっただけの知識だけど、辛い時に恋人にこうやって甘えると、元気が出るんでしょう？　後学のために少し経験したいというか――お願い、少しだけこうさせてくれる……？」

甘い声音と甘美な匂い。

「あ、ああ、冬華がそうしたいなら……」

頭がくらくらと思考が停止して考えがまったく纏まらない。

「そ。ありがと」

優しくつぶやくと、心地よさそうに目を細めて俺の胸に顔を当て、

「……あたたかい。どくん、どくんって少年の鼓動が伝わってくる……」

え、ちょ、おい、待ってくれ――

誰か教えて欲しい、一体今、何が起きてるんだ!?

冬華 side

やばいやばいやばいやばいやばい。

昨日の私ってば、男子高校生相手になにしてんだぁあああ!?

いくら精神的に参ってたとはいえ、あれは流石にない。斉藤の耳に入ろうものなら絶対馬鹿にされるし、万が一御堂さんに知られたら幻滅されてファン辞められそう。

あ、あいつもあいつで悪いのよ。

いきなり幸せにするだとか、まるでプロポーズみたいな言葉を口にするせいで、空気に飲まれちゃったというか……なんか、ああすれば元気になれる気が無性にして、けどなんでそう思ったのか言葉にしろと言われてもできなくて——ああ、もう感情を優先させるとかほんとらしくない。

けどまぁ、実際効果があったのは確かで、そのおかげもあって、今私がここに座ってられるのも紛れもない事実で……。

土曜日の昼時。公邸にて。昨日の少年とのやり取りを思い出していた私は、真っ赤になった顔を押さえて悶々としていた。結局あれからも何故か入れ替わりが起きることなく、私は鮫島冬華として配信の開始時刻を待っている。このかつてない緊張感、全国中継で総理就任の所信表明をやった時より勝るかもしれない。

ただ、覚悟は決まっていた。私はもう逃げない。正直失敗するのはとても怖い——けど、少年を信じるってそう決めたから。

手元にある少年が徹夜して作ってくれた恋愛相談対策ノートを一瞥して決心を固める。

このノートは、私がこんな質問が来ると無理——とシミュレートした六十のパターンに対し、少年が「桃島さんに恋してる自分ならどう思うか」を基準にあれこれ考えて模範解答を書き記してくれたものだ。既に全項目に目を通してあって完璧に暗記済。私のために寝不足で頑張ってくれた少年を信じて戦って見せるわ！

そうこう考えている内に遂に予定時刻がやって来た。

まるで自爆スイッチに向かうが如く震える指先に大丈夫と促しながら、私はボタンを押して配信を開始する。

「はい、始まりました鮫島冬華のプレジデントラジオ。みなさん、いかがお過ごしですか、鮫島冬華です」

まずはあたりさわりのない定型的な挨拶からのオープニングトーク。

それから雑談を交えながら多種多様なお便りに答える「ふつおた」のコーナーに入る。今日は私と同世代にあたる十代後半から二十代の声を聞くがテーマなだけあって、美容やオシャレなどの質問が殆ど。私は、桃島さんからもらっていた美容知識メモを思い出しながら答えていく。

コメントの反応を見るに今のところは大丈夫そう。一つ懸念があるとすれば、笑顔を絶やさないというのは想像以上に難しいわね。自分の姿なのに桃島さんの入った鮫島冬華を参考にしないといけないのがちょっともどかしい。頑張ってもたせないと。

特に問題もなく順調に進む中、いよいよ鬼門の恋愛相談コーナーがやって来た。

さっきの「ふつおた」のコーナーもそうだけど、お便りの選定は斉藤に一任してあり、私は見ていない。これは桃島さんの時からのスタンスで彼女の「せっかくの生配信なんだから、初めてお便りを見た瞬間のドキドキな反応があった方がいいよ」との意見をとってこうなったらしい。

斉藤いわくプレラジは、総理大臣である鮫島冬華が国民の一人一人と同じ目線に立って悩み、考え結論を出していくところに魅力があるのだと。だったら私の我儘で変えるわけにもいかない。それにあの子に出来て私出来ないってのも癪だもの。

【コンカフェで働いている私は仕事上、男性と近い距離で接することが多いのですが、どうも彼氏がそれをよく思っていないようで、今はまだ遠回しですが辞めるように言ってきます。私はこの仕事に誇りを感じていて辞めるなんてもっての外ですし、なによりも彼氏から私が仕事中に相手をそういった恋愛的な目で見ていると思われていることが不満です。そこで同じように職業柄、男性と過ごす時間の多いだろう鮫島総理に相談です。恋人がこういったやきもちを焼いてきた場合どう対処していますか？　やっぱり私は彼と別れるべきなのでしょうか？】

最初の相談。

「そうね……」

読み終えた私は、顎に手をあて考える。い、いきなり重いのが来たわね……。
けどこの手の質問は私のシミュレートの範囲内。対策ノートでもらった少年の模範解答や解説を照らし合わせれば――よし、やってみせる。

「まず忘れないでほしいのは、彼が貴女のことを大事に思っていることね」

私は対策ノートで得た情報を頼りに言葉を紡ぐ。そういえばこの話、工藤が「俺の女になれ」と勝負をふっかけてきた一件と少し似ている気がする。

「それに、貴女が何も思ってなくても、向こうがそういった目で見ていることは十分ありえるわよね。その中には強引に迫ってくる輩が現れる可能性だってある。そういう心配で言っている場合もあるから、一概にやきもちで済ませるのは愚行よ」

あの時の――本来の鮫島冬華と同じように、工藤の慢心や下心を利用しようとアウェーな勝負に笑顔でのった私に、少年が身を案じて怒ってくれたように。

「一度、二人でちゃんと話し合って本音をぶつけてみなさい。そうすれば見えてくるものがきっとあるはずよ。それに、ここにお便りくれてる時点で、貴女にだって別れたくない気持ちがあるってことでしょ」

答え終わった私は、恐る恐るコメントを目にする。これまで自分の得意フィールドとは違い、手応えがわからないのが少し怖かった。

『やばい、興味半分で見てたのにリアルにためになったかも』『私もすれ違いで失敗したことあるからめっちゃわかる』『つか、総理の経験談っぽそうなのがちょっとウケル』

ほっ。どうやら上手く答えられたみたいね。

【私には仲のいい男友達がいるのですが、仲が良すぎるせいか、逆に次の関係に中々進めずに困っています。それにもし彼にそんな気はなく、告白が失敗して気まずくなり今までの関係すら危うくなるかもと考えると怖くて怖くて何も行動できずにいます。何かいいアドバイスもらえないですか？】

二つ目の質問。

「そうね……」

顎に手を当て再び思案顔で対策ノートの内容を辿る。──該当しそうな内容があったわ。

うん、この少年からもらった解答を参考にちょっと工夫すれば──

「ここは一つ刺激を与えるべきだと思うわ」

私は人差し指をぴんと立ててそう言った。

「例えば、その彼に見知らぬ男と楽しそうにしているようなツーショット写真を見せるの。そこで写真の相手と遊んだ話でもして、彼がどう反応するか思いっきりゆさぶってみましょう」

ちらっとコメントを見る。『好きな人のために好きでもない人とデートとか本末転倒w』

『それは流石にやりすぎじゃね？』『男の方が可哀想。私ならそんな女と絶対に付き合いたくない』あらあら、どうにもみんな誤解してるようね。

「ポイントは、あくまでも見知らぬ男と楽しそうにしているような、よ。そこを間違えちゃ絶対に駄目。傍目から見てそういう雰囲気が出てればいいのだから、そのお相手は必ずしも男性である必要はない。知人に頼んで男装してもらいましょう。出来ればその彼と面識のない人が好ましいわね」

『男装女子とは盲点だった』『流石は総理、男を手玉に取る方法を熟知している』『まぁ、私は最初からわかってたけど』うふふっ。コメントの掌返しがちょっと愉快。

「わかってると思うけど、彼の反応を見て脈ありだと感じたらちゃんと気持ちを伝えるのよ。間違っても嫉妬してくれるのが嬉しくて、ついズルズルとひっぱちゃう――なんてことにはならないように。好きな男性に『行くな』と少し強引に後ろから抱きつかれて引き止められたい――って気持ちは理解できなくもないけど、やりすぎは身を破滅させるわよ」

以前少女漫画を読んでいいなぁと憧れたシーンを思い出して苦笑する。

これに関しては、私にも御堂さんと初めて会った時の一件があったからちょっとだけ共感できた。私の手をぎゅっと強く握ってあの場から連れ出した、あの時の少年の大胆な行動や我慢ならないって表情には、確かに少しドキッとしたもの。自分が本当に好きな相手にやられたら、尚更でしょう。

……あぁそうか。

工藤の時も御堂さんの時だって、少年はなんだかんだ悪態をつきつつも桃島うるはに入った私にちゃんと恋人の視点としてからも向き合ってくれていたってことなのよね。

それが契約で仕方なくであっても、桃島さんへの恋心と葛藤しながらも、私のために頑張ってくれて、寧ろ私の方が恋人やデートって形式だけで満足し、心では何も歩み寄ってなくて……。彼の言う通り、本気で恋愛と向き合おうとしていなかった。

それにしても対策ノートの内容を思い返せば思い返すほど、少年ってばほんと桃島さんのことが大好きよね。住む世界の違いってのもあるとは思うけど、私に近づいてくる男は権力や身体目当てで下心丸出しだったから、ああいった純然たる愛情を向けられている桃島さんがちょっぴりだけ羨ましい。

「…………」

仮に、仮にの話だけど。もし私が完璧なまでに桃島さんになりきれたら、少年はあの気持ちを私にも向けてくれたりするんだろうか？

あの、桃島さんのためなら自分の犠牲なんて厭わないといった、呆れるくらいに合理的ではない献身的な愛を……。

——って、なに考えてるのよ私！　ま、まるで少年に好意を向けられることを望んでるみたいに。あ、ありえない。相手は六つも離れた年下よ。冷静になりなさい。

と、気持ちを切り替えるように首を振ると、三つ目の質問に目を通した。

【鮫島総理にとって、理想の男性像とはどんなものですか？　またこれをされたらやばいってなる理想のシチュがあったら教えて欲しいです】

へ？

読み終えた後ではっとなる。

な、なによこれ、恋愛相談というより、私に対しての質問じゃない!?

斉藤のやつどんなお便り拾ってんのよぉおおお。

「そ、そうね……」

手に顎を乗せて悩む。

ここで当たり障りのないことを言って逃げるのは駄目、よね……。桃島さんが、本気で取り組んでいたことを、当本人である私がプライドを優先させて手を抜くなんて。

そ、それにここで言葉に出して整理すれば、私が少年を恋愛対象として見るはずないという証明にもなるし……。

「……頼りになる男であるのが必須条件ね。私が仕事で疲れたり落ちこんでる時に愚痴や鬱憤を広い懐で受け止め一緒に悩んでくれたり、たっぷり甘えさせてくれる人。それでいてもしもの時は俺に任せろって多少強引にでも引っ張ってってくれる人かしら……」

恥ずかしさで直視出来ないとカメラから目を逸らして言った。

その直後、コメント欄が今日一の反応を見せて滝のように流れる。『い、意外だ』『総理の悩みを背負うとか無理じゃねw』『俺のことか』

それらの応酬を受け羞恥やら照れやら困惑やら諸々がない交ぜになった私は、

「い、いいじゃない。私だって総理である前に年頃の女なのよ！　一度くらいは『俺の女』的な感じに俺様系で多少強引に迫られてみたいわよ。悪い⁉」

気付けばそう大声を出していた。

やってしまった。な、なんてことを私は……。

うぅ、顔が熱くて死にそう。もう恥ずかしすぎてコメントが見れない。

いやぁああああ。今すぐ消えてしまいたいぃいいいいい。

少年、助けてぇええええ。

○○○

冬華の方は大丈夫だろうか？

時刻は十三時十分。もうラジオがスタートしている頃だ。

あっちの様子も気になるところではあるが、冬華ならきっと上手くやれるだろう。俺達は俺達のやるべきことに集中だ。

講堂には、休みの日にも拘わらず、工藤の時以上の三百を超える多くの生徒が集まっている。恐らくは全てが外者の生徒。これが天堂院レジスタンスリーダーである御堂のなせるわざってことか。

「いやぁ、緊張してきたなー」

舞台袖からちらっと様子を見たうるはが両肩をうずうずと、落ち着かない様子で笑った。

「ふん、どこがだよ。その浮つきようは、僕にはいつもと何も変わりないように見えるけどね。全く、どうやら君の辞書には恐怖の二文字はないと見える」

鼻をならし御堂が少し面白くなさそうに肩をすくめた。

「ま、せいぜいお膳立てした僕の顔に泥を塗らないようにだけは頼むよ」

「顔に泥を塗る？　泥パックならお肌にいいからわたし自分で塗ってるよー。あ、王子ちゃんにも教えてあげようか？　にひひっ」

「む、無敵かよこの女……」

嫌味を素で躱された御堂が顔を苦くすると、うるははなんでそんな反応されたのかわからないとばかりに、「およ？」と小首を傾げた。

傍目から見る限りでは御堂が言うように、いつもの元気なうるはなのだが——

この学園で誰よりもうるはを理解してると自負してる俺には、わかってしまう。

あの、普段とは違う独特な笑い方。それでわかってしまった。

今のうるはが、はったりだけのから元気なことを。

ああ、間違いない。うるはのやつ、何故だか知らないけど、この前の失敗を未だに引きずってる。

「ま、なにはともあれ、僕は約束通りこれで君達への借りを返した。――では、悪いけどこれから少し用事があるので外させてもらうよ」

御堂は背を向けると華麗に手を振って去って行く。

「あ、ああ。ありがと」

お前はうるはの演説を聞かないのか。

なんか残念だなと眺めていると、彼女は歩き様にポケットからイヤホンを取り出していて――はっ、理解したぞ。あいつ、絶対に冬華のラジオを聞きに行っただろ。

そうして、奇しくも俺はうるはと二人きりになったわけだが――

「……うるは、一応聞くけど、本当に大丈夫なんだな？」

こう尋ねるのは、少し卑怯だったかもしれない。

「ん、なんで？　にはは大丈夫に決まってるじゃん」

「うるは……」

その虚勢が余りにも痛々しく、二の句が継げないでいると、

「……あはは、やっぱひーくんに嘘はつけないかぁ」

うるはは目を合わせようとせず、参ったとばかりに頬を掻いた。

「ごめんひーくん。ほんとは今けっこうギリギリでやばいです」

「そうか……。けど、なんかこういうのもあれだけど、らしくないよな。俺の知ってるうるはは一度の失敗でへこたれるようなたまじゃないっつーか」

以前講演会で失敗した夜、公邸でしょげていたうるはを見た時から不思議に思っていたことだ。その場で落ちこむことはあっても、あそこまで引きずるうるはを見たのはきっと初めてのことだったから。

「なぁよければその理由を話してくれないか？　俺は、うるはの力になりたいんだ」

うるはの目を見て真っ直ぐにそう言うと、うるはは何故か困ったような笑みを浮かべて、

「……それはね、ひーくんだからだよ」

「お、俺？」

「わたしがこの選挙に立候補したのは、ひーくんのため。いつもお馬鹿でダメダメなわたしと一緒にいてくれて、呆れることなく熱心に勉強を教えてくれるひーくんに少しでも恩返しできればって思ったから」

ああ、それは知ってる。

「ほんとはね、ちょっと不安だったんだ。お馬鹿なわたしがみんなが納得するようなことを喋れるのかなぁって。そんな時、冬華さんがわたしと入れ替わって、まるでヒーローみたくばばーっとどんでん返しに持っていって――けど、結局わたしが台無しにしちゃった」

宙を仰ぎうるはが遠くを見つめる。

「いつもならさー、どんなにやらかしても、また次頑張ればいいってそこまでへこまないんだけどさ。ひーくんと冬華さんが、わたしの失敗を取り戻すためにどれだけ頑張ってくれたか知ってるから、また台無しにするかもって考えたら不安で不安で。なによりも次失敗したら、ひーくんが今度こそわたしを見限ってどっか行っちゃうんじゃないかって考えたらわたし……」

肩を震わせ、うるはが今にも泣き出しそうな顔になる。

「そっか……」

それが今回、前向きでめげないうるはが珍しく弱気だった理由。もしかすると自由奔放な彼女が初めて感じた責任感だったのかもしれない。

それも他でもない俺のために――

俺は心にじんと温かいものを感じながら、うるはの震える手をぎゅっと握った。

「へ、ひーくん？」

「聞いてくれ。立候補者はあくまでも桃島うるはだ。今ここに集まってくれてる人達はうるはの言葉を聞きに来ていて、うるはが出てくるのを待っている。そこは残念だけど、俺に代わってやることはできない」

優しく諭すように語りかけるも、うるははそれを拒むようしゅんと顔を俯けた。

「けど一緒に傍にいて、一緒に非難や奇異の目に晒されることは俺にだって出来る。――だから俺も、うるはと一緒に壇上に上がって戦うよ」

勇気づけるように笑って力強くそう言い切ると、うるはがかすかに顔を上げる。

「後、なんか勘違いしてるっぽいけど、俺がうるはを見捨てるとか、夏に雪が降るくらいにありえねぇから。この先どんなことがあっても、俺はずっと味方だ。さぁ、格好良くばーんと決めて一緒にこの選挙のヒーローになってやろうぜ！」

「ひーくん……」

胸を張ってそう締めた俺に、呆気に取られた様子で目を見開いていたかと思うと、

「ししし。そうだね。うん、ひーくんとわたしはずっと一緒だぁ。たはー漲ってきたぁー！」

うるははすぐさま歯を見せて笑い、俺の手をぎゅっと強く握り返して天高く突き上げた。

「ようし、ひーくんとわたしでこの学校に伝説を作るぞぅ！」

「あぁ。その意気だ」

二人で顔を合わせて今一度にっと笑うと、俺達は手を繋いだまま壇上に上がった。

その選挙演説には相応しくない、ともすれば婚約発表でもするのかというような光景に、場内がざわつく。

そんな奇異の視線をものともせず、演台に立ったうるはは笑顔で声を出した。

「みなさん、桃島うるはです。今日はわたしのために来てくれてありがとうございます」

　それはいつもの、俺の好きなうるはの笑顔。

　もう大丈夫そうだと確信した俺は、そっとうるはの手を放そうとする。ここからは冬華の書いた原稿を読むから、流石にずっと繋ぎっぱなしというわけにもいかないし。

　が、何故かうるははさせないとばかりに強く握り返してきて、

「このままがいい」

「へ？」

「これはわたしが始めた戦いだもん。冬華さんではなく、桃島うるは自身の言葉でみんなにお願いしなきゃいけない。そんな気がするの」

　唖然とする俺に、うるはが俺にだけ聞こえるよう囁いた。

「だから、特等席で見守ってて」

　最後にそう言うと再びみんなに目を向けた。

「突然ですが、うちのひーくんは凄いんです」

　いきなり名前を呼ばれて心臓が跳ねる。な、なんで俺のこと？

「ご存じの方もいると思いますが、彼は中学で天堂院に入学して以来、常に成績トップの優等生。それに面倒見がよくて優しく、勉強ダメダメなわたしのことを見捨てることなく、どこがわからないのか親身に寄り添って丁寧に教えてくれます。本来、ひーくんみたいな人こそが生徒会長になるべきだとわたしは思います」

やばい。経緯や理由はどうあれ好きな人に賞賛されるのはめっちゃうれしい。気を抜いたらにやけてしまいそう。でもこれ、うるはの演説というより、俺の応援演説になってないか？

「ですが、残念ながらそれは出来ません。みなさんも知っている通りそれがここ天堂院学園のルールだからです。それだけでなくこの学園には、一般入試で入った成績優秀なみなさんより、わたしのように親がちょっとお金持ちで寄付金を多くくれる——内部組の生徒が優遇されるようなおかしなルールがいっぱいあります」

暗黙のルール。これこそが本題だと、うるはが表情を険しくする。

「わたしは本来その恩恵を受けている側の人です。ここにお集まりのみなさんの中には、『なんでお前がその話を？』とか『恩恵受けてるならそのまま黙ってればいいんじゃないの？』とか思ってる方もきっといると思います。でもそれではきっと駄目なんです。真面目な人がちゃんと報われる学園。そうでないとこの学園の生徒は人として大事なものを見落としたまま卒業してしまう。わたしはそんな気がするんです。この天堂院を通じて出会った学友であるはずのわたし達が、どうでもいいことでいがみ合い、蹴落とそうとする。そんなのわたしは間違ってると思います！」

うるはが強い口調でそう言い切った。

「ですから、どうかみなさんの力を貸してください。わたしが生徒会長になって、そのおかしなルールをぶっ壊し、凄い人を凄いと言える学園に変えてみせます。どうか、よろしくお願いします！」

言い終えるとうるは俺から手を放し、丁寧なお辞儀をした。

すると数秒の間を空け、ぱちぱちと誰かが拍手をした。

拍手はたちまちのうちに伝播し、大きな渦となって会場を包み込んだ。

それは桃島うるはが外者の生徒に受け入れられた瞬間でもあって――やったなうるは！

「ありがとう、ありがとう」

予想以上の熱狂に困惑しながらも、笑顔で手を振りみんなの気持ちに応えていくうるは。

「え、えっと、続きまして、みなさんからの質問にお答えしていこうと思います」

拍手が鳴り止むのを待つと、うるはがたどたどしくそう口にした。彼女の額には演説で全力を出し切ったとばかりに汗が浮かび、心なしか熱っぽそうな顔をしている。

限界が来てるってことだよな。よし、いざという時は、俺がしっかりサポートしないと。

「はい」

おかっぱで眼鏡をかけた真面目そうな女性徒が手を挙げた。

「ここにいる皆さんの支持を集めれば、確かに一次選挙突破は手堅いかもしれません。ですが、最終的に選挙を制し生徒会長になるためにはこの学園の生徒の過半数の票、つまり内部組からの支持を得る必要がありますよね。それに対して、具体的な展望をお聞かせください」

うっ、いきなり核心的な質問。これは流石に俺が代わりに答えた方がいいよな？

そう決意してうるはからマイクを貰おうとしたその刹那、

「――お答えしましょう」

アホ毛をきりっとさせ、金髪の少女が凛然とした態度でそう言った。

彼女の自信にありふれた毅然とした笑みを目に、背筋に電撃じみた感覚が駆け抜ける。

ひょっとして――冬華、なのか⁉

唖然とする俺を一瞥した彼女は、肯定するように微笑みを浮かべると、すぐに向き直った。その手にあるハートの痣は初めて見た時と同じように空に戻っている。

「内部組の中にも、家柄や出自等による見えない序列があったりします。家や親に恩を売るため引き立て役に徹するよう言われているような者や、交友関係や趣味を制限されている者など、ひょっとするとみなさんよりも理不尽な環境で過ごしているかもしれない生徒がいたりするのです。そこに不満を持つ人達の声に耳を傾けながら、着実に支持を伸ばしていければと思っています」

ぱっと思い浮かぶのはやはり工藤と彼の支持者の関係だ。あの時、冬華の演説で心揺れた人が多かったことからも、冬華の着眼点は的を射ている。

「私が立候補表明の場で述べた誰もが笑顔になれる学園は、言い換えると誰もが頑張り次第で輝き主役になれる学園です。生まれや貧富、名声の差に関係なく、実力や成果が正当に評価される学園作りを目指し、邁進していく所存です」

そこからは冬華のターンだった。

外者達から次々と上がる質問、要望、意義を冬華はすらすらと答えていく。

桃島うるはなら本当に現状を変えてくれるかもしれない。

冬華がご静聴ありがとうございましたと一礼する頃には、そんな希望や期待に満ちた視線が、会場内に溢れかえっていたのだった。

○○○

「――んーん。勝ったわ勝ったわ！　もらったわよー！」

講堂を出た冬華が日光を浴びながら上機嫌で伸びをした。この様子だと、聞くまでもなく鮫島総理としての方も上手くいったようだ。ほんと、よかった。

俺達は校門に向かって歩き出す。

「頑張ったらお腹がすいたわ。ね、少し気が早いけど、勝利の祝杯といきましょうよ」

道中、冬華がお腹をさすりながら上目使いに尋ねてきた。その腹の減り具合の半分はうるはのだけどな。

「まぁそうだな。そっちがどうだったかとか気になるし、どこか落ち着ける場所で情報共有といくか」

それならうるはと斉藤さんも呼んだ方がいいだろう。お互いがどうだったかの共有はもちろんのこと、なにより止まっていたはずの入れ替わりが何故あのタイミングで起こったのかが気がかりだ。きっとなんらかの理由があったはず。二人から状況を聞きつつ今までのタイミングと照らし合わせて敷き詰めていけば、見えてくるものがあるかもしれない。

そう考えを纏めて口を開こうとした矢先、御堂が「よう」と爽やかに手を振って現れた。

「ふ、どうやら上手くいったらしいな。一応、おめでとうと言っておこうか」

「らしいな——って、なにかなそれ。貴女もしかして、私の演説聞いてなかったの？」

「ああ。言ったじゃないか、僕には用事があると」

こいつが帰って来たってことは、どうやらうるはのラジオも終わったみたいだな。どうでもいいが、なんで御堂はやたらと気分よさそうなんだ。素でうるはを褒めるとか今までなかったよな。なんかいいことでもあったのか？

「さっき、アマッターを確認したら桃島うるはの支持率が10％まで上がっていたよ。これで君の一次選挙突破はほぼ確定的となったわけだ。この先、期待させたみんなを裏切ることにならないように切に祈ってるよ」

「そりゃあどうも。ま、これで代わりに工藤の方は落選でしょう。……ひーくん、心配かけてごめんなさい」

「ん？」

「ほら、工藤との賭で貴方には余計な心配を与えちゃってたから、謝っておこうかなぁと」

「え、ああ。まぁそうだけど……」

なんでまた急にそんな柄にもなくしおらしく……？　――と、小首を傾げていると、

「――いやいや名演説だったねぇ」

噂をすればなんとやらってやつだろうか。

目の前に立ちふさがるように姿を見せた工藤が、わざとらしく大袈裟に拍手した。

その背後には、いつもの取り巻き連中とは違った柄の悪い男達が四人。

なんだろう、嫌な予感がしてならない。見ないうちに遊び相手が変わったとかそんなんじゃなさそうだもんな。そもそもこいつら、うちの生徒かも怪しい。

「なんの用かなぁ？　素直にライバルの健闘を讃えに来た――って感じじゃないよね？」

「おいおい、そういう決めつけはよくないんじゃないか」

「なにしに来たかは知らないがお前の負けはもう決まったようなもんだぜ。残念だったな」

「ふふ、悔しいがその通りだろう」

あのプライドの高いザ・御曹司の工藤が、外者の御堂の挑発に目くじら一つ立てずに受け流しただと？　なんだなんだこいつの得体の知れない余裕は。

「投票日は三連休明けの火曜。このままいけば恐らく桃島が当選し、変わりに俺が落選することだろう。――ただ、これはもしもの話だが、もし外者の地位改善を訴え続けていた立候補者が顔に痣を作って登校して来たら、周りはどう思うだろうねぇ」

下卑た視線が、冬華を見回す。ちっ、そういうことかよ。

「そうだね、イメージとしては最悪なんじゃないかな。外者の地位改善なんて掲げるからこうなった。もしかすると、彼女を応援している自分達だって危害を被るかもって。そういう風潮がばばぁっと伝播し、私に投票を躊躇う人が続出するんじゃないかなぁ」

「ほう、理解が早くて助かるよ」

感心とばかりに上から目線で口許を歪ませた工藤が背後に控える取り巻き達に目配せした。すると、連中は待ってましたとばかりに鉄パイプやらバールのようなものやらを取り出すと、野党のような笑みを浮かべて工藤の前に出た。

「最終の忠告をくれてやる。今すぐ立候補をとり消せ。そうしたら、ここでおイタするのは止めてやるよ。ああ、もちろん、桃島は約束通り俺の女になってもらうがな」

舌なめずり。こいつ、この期に及んでまだそんな馬鹿なこと考えてるのかよ。

「貴方、自分が何をしようとしてるかわかってるの？　そんな人生ドロップアウトしたような連中を引き連れて白昼堂々人を襲うだとか。これはれっきとした暴行罪、脅迫罪よ。成功したところで、貴方だってただじゃすまないわよ」

それは合理主義の彼女にとっては余程の驚愕だったのだろう。焦る冬華の口調は素の自分に戻っていた。

「ああ、君の言う通り誰かに見られたら俺様は終わりだろうね。誰かに見られたら」

そこが重要だとばかりに笑った工藤が強調してみせる。実際、彼の強気を裏付けるように、午前中は学校だったのにも拘わらず辺りにはまるで人気がなかった。ああ、普段なら部活やらなにやらでそこそこ人がいるはずなのに、これは異常すぎる。

「くそ、人払いは既に完了してるってことか。それにこの規模、どう考えても生徒だけでなく、教職員まで抱き込まれているよな」

これがさっきうるはが演説で訴えたように存在するこの学園の闇。リスクを負ってまで工藤がこの場にいるのは、プライドの高いこいつのことだ。自分をコケにしたやつらが散々な目に遭うのを見ないと気がすまないとかそんなところだろう。いい性格してやがる。

「なるほどね。学園の暗黙のルールに真っ向から喧嘩を売るとこうなるわけかい。ひゅー勉強になるねぇ」

口こそ平気と言わんばかりの御堂だったが、その手はふるふると震えていて流石に余裕がなさそうだった。たまに忘れそうになるけど、こいつだって女の子だもんな。

「な、なによそれ……」

冬華が額に汗を垂らして狼狽える。最近わかってきたけど、どうもこの人は理屈を度外視した感情的で突拍子もない行動にもろく弱いらしい。

ならここは――

「下がってろ二人とも」

俺は御堂と冬華を守るように前に出た。

「お、おい桜庭！」

「無茶しないで。一緒に逃げましょう！」

「心配すんな。こんな三流悪党なんて俺の相手じゃないさ」

二人を安心させようとにっと笑って自信のほどを露わにすると、工藤達に向かってゆっくりと歩き出した。

「し、少年！」

それでも心配だと冬華の震える声音。

「言っただろ。俺はうるはが負けを認めたくなるような男を目指すって。だったら、こんな小物程度に負けてなんかいられねぇだろ」

いわゆる昔とった杵柄ってやつか、荒れてた時代のおかげで喧嘩にはちょっとした自信があった。それに日々の筋トレの甲斐あってあの頃より見違えて体格がよくなったからなおのこと。これもある意味、勉強は自分を裏切らねぇってことだよな。

「おいおいなに格好つけちゃってんだよ。ほんとは内心ビビりまくりなんだろぉ？」

そんな俺の平気そうな態度が気にくわなかったのか、鉄パイプを持った取り巻きの一人が威圧するように大声で言うと、俺に襲いかかった。

俺は最低限の動作で避けると、踏み込んだ勢いを利用してみぞおちに拳を放つ。

男が「ううっ」とくぐもった声と共に倒れた。まずは一人。勘が鈍ってないのは、喜んでいいのやら微妙なラインだ。

連中にとっては予想外だったらしく、動けなくなった仲間の姿を一瞥(いちべつ)して狼狽(うろた)える。

その隙を俺は見逃さない。

「——がっ⁉」

「——ぐっ⁉」

一人、二人と瞬時に間合いに飛び込むと、同じ要領で当て身を浴びせ、戦闘不能へと追い込んだ。

「ど、どうなってんだよこれは……」

残された取り巻きの男が焦り逃げ腰になるも、俺が離れたことでフリーになっていた冬華達を目にした途端、「へへ」と嫌らしい笑みを浮かべて駆け寄ろうとした。させるかよ。

即座に追いつくと、襟を掴(つか)んで勢いよく投げた。コンクリの床に叩(たた)きつけられた男が、「げうっ」と声なき声を漏らして意識を失う。

残るは——

「ひ、ひぃ……」

俺が一瞥すると、工藤はまるで化け物に見入られたかのように腰を抜かし、恐怖で顔を真っ青にした。

完全に戦意を喪失しているが、あっちからふっかけてきたんだ。手心を加える通りはない。あぁ、工藤にはさんざん言いたい放題されてきた分、俺にも鬱憤が溜まってるからな。一度一発がつんとやっとかないと俺の気がおさまらん。

「なにが俺の女にしてやるだ」

怒りを燃焼させ、顔面めがけて拳を振り下ろした。

「この人は俺の大切な人だ。絶対にお前みたいな小物になんて渡さねぇよ」

顔面すれすれで拳を止めた俺は、毅然とした態度で言い放った。

ま、外者の俺があの工藤を殴ったなんてことが公に知れたら、どんな不当な処罰が待ってるかわからないし、むかつくけどここが落としどころだろう。にしても、工藤を見習いたいってわけじゃないけど、俺もいつかは好きな子の前で「俺の女」だとかズバッと格好良く宣言してみたいもんだな、ほんと。

寸止めしたにも拘わらず白目を剥き間抜け面で気絶した工藤を目に、俺はそんなことを考えながら苦笑を浮かべたのだった。

冬華 side

「——はきゅん⁉」

どくんどくんどくんどくん。

頭が高熱にうなされたようにぼーっとする。

心音がまるではじけ飛ぶんじゃないかというくらいに異様な高鳴りをみせて鳴り響く。

いい、今、し、少年ってばななななんて言った⁉

確かに言ったわよね。「大切な人」って、「絶対にお前になんて渡さねぇ」とも。

どくんどくんどくんどくんどくん。

尚も加速する心音。

やばい、それに対して今の私ってば、めちゃくちゃ嬉しいと感じている。

どれくらいやばいかというと、もう語彙がやばい意外出てこないくらいにやばくて、もうとにかくやばい。

桜庭弘樹。

桃島さんと入れ替わった直後に偶然出会った少年。

初めは十代特有の無敵感というか、能力が理想に追いついていないパターンだと、呆れることが多かった。

それでも私の人生で同世代の人と色眼鏡抜きに対等に接する機会なんてのは殆どなかったから、新鮮でなんだかんだ一緒にいて悪くなかったのもまた確か。それに事情が事情なこともあって裏表気にせず正面から向き合える関係だっただけに、柄にもなく感情的になってはしゃいだこともあったわね。

ただ、なりゆきとはいえそんな彼に私の恋人役を望んだのは、結論から先に言うと失敗だったと思う。

これに関しては彼がどうこうというより、ただの一男子高校生にすぎない彼に、期待しすぎた私の落ち度よね。まるでラブコメ漫画みたいな出会い方をしたものだから、つい運命的だとか勝手に舞い上がった夢見る少女を捨てきれないでいた自分に。

それに私はどうやら、性格的にとことん恋愛には向いてないみたいだから……。

と、一度はそう結論づけ、終わらせようとしたはずなのに――

そんな私に、彼は諦めるなと言ってきた。

私と恋人じゃなくなることは、桃島さんへの不義理を感じていた彼にとって喜ばしい展開のはず。なのに少年はそれを突っぱねた上で、私にもっと本気で向き合えとはっぱをかけてきた。伊達に交渉や人の感情を逆手に取って総理の座までのし上がったわけじゃないもの。彼の自分のためと言わんばかりな暴論に近い宣言の一番の真意は、私を立ち直らせて前に進ませること。彼自身が気付いてるかは定かではないが、万年赤点常習犯である桃島さんの教育係を根気よく続けている点からしても、どうにも彼は一度手を貸した相手には努力が報われるまで見届けないと気が済まないタイプというか——嫌いな相手だろうが一度やると決めたらとことん恋人役に向き合ってくれるほど超がつく程に面倒見のいい性格らしい。

単なる高校生にすぎない少年が、総理の私に面倒見のよさを発揮してくるとか。ほんと、私ってばどれだけ弱っていたのやら。お、おまけに、「幸せにしたい」だとかまるでプロポーズみたいなこと口にするものだから私の動転のしようったら、そりゃもう急に前総理が辞めるとか言い出した時の比じゃなかったと言うか……素直に話すと、少しきゅんとしました。はい。

にしても負けず嫌いな私を奮い立たせるためとはいえ、総理の私に、政治家として勝ってみせる——なんて。以前冗談で私が口にした台詞をまさか本気で返してくるとは思ってもみなかった。それもあの真っ直ぐな目は本気だった。過去にも、そうやって私に啖呵を切って挑んできた相手は何人かいたが、いずれにしろ私との実力差を痛感して私の下を去っていった。彼だってここ二週間ほど私と一緒に過ごし、才能や経験の違いを肌でひしひしと感じただろうに、少年は心折れるどころか、私のスタンスを否定し、私に負けを認めさせることで証明してみせると宣言してきて——

初めてだった。私という存在がいかほどのものか知った後でも戦いを挑んできた人は。

それも地位や身体目的ではなく、純粋に鮫島冬華という人間に負けを認めさせたいがために。今までこんなにも素の自分に歩み寄ってくれた人はいなかったからこそ、嬉しいと感じ、あの時、たとえ勝算が測定不能でも少年を頼って立ち上がろうと決心したんだと思う。

そうして今、私の窮地に顔色一つ変えず、私を守るために颯爽と立ち向かってくれた。まるであの時の、私が困った時に頼れる男になるという言葉が本気だと証明してみせるように――おまけに「大切な人」とかきゃーやばい。

六つ離れた年下だろうが関係なかった。

あれこそ鮫島冬華が恋愛を諦めているなんて自分に言い聞かせながら心の底で求めていた理想のタイプ、夢見る少女に戻された瞬間であって――

「ふん、まさか桜庭にあんな隠されていた特技があったなんてな」

「……そうね」

「僕達のことを守るために一人であの大勢に立ち向かうだけでも勇気のいる行為なのに、まさか何食わぬ顔で蹴散らしてしまうなんて。褒めるのは癪だが、今の桜庭は素直にかっこよかったな」

「……そうね」

「おねえ――鮫島総理の言ってる通りだった。確かにこれは女の子なら一度は憧れる最高のシチュエーションというか、きゅんとなっても仕方ない」

「……そう、ん？」

「もし僕が女なら惚れていてもおかしくなかった」

「いい、そういうのは」

「は？」

「そのネタはもうとっくの前に終わってるの。今更やらなくていいから！」

胸中で動揺や困惑と葛藤しながら何とか言葉を絞り出す。これ以上事態をややこしくしないでよもう。というかそもそも貴女、女でしょう。

「な、なんだよそれは……。ま、心配しなくても狙おうなんて気はないから安心しろよ。負け戦に挑むなんて、僕の性にあってないからね」

大袈裟に肩をすくめた御堂さんは、

「あいつはどうせ誰かさん以外の女には興味を示さないんだろうし」

やけるねぇと苦笑を浮かべ、まるで祝福するかのような視線を向けた。

まるでその誰かさんが私だと言わんばかりに。

その瞬間、胸がずきっと鈍い痛みを訴えた。

それは私ではなく、きっとあの子――桃島うるはへと向けられた視線。

その視線が私に否応なしに現実を突きつけ、酔いから覚めるような感覚に陥る。

あぁそうよね。彼が好きなのはあの子だもの。さっきの言葉も桃島さんに向けての発言で、なのに私ってば柄にもなく舞い上がっちゃって――

そういつものように客観的に分析して冷静に処理しようとしたその時、全身の血の気が引くようなかつてない虚無感が私を襲った。

まるでその事実を受け入れることを、鮫島冬華（さめじまとうか）の本能が拒絶しているようで――

それだけでなく、どうにかして自分のものに出来ないか、そんなことを考えちゃってる自分がいて……。

い、いいじゃない。だって今ここに桃島うるはとして実在するのは私なんだもの。

あの言葉は私に対して放たれた言葉、そう受け取っても……。

もともとこの騒動は私が起こしたもので、桃島さんは何も知らないし言ってしまえば関係ないのだから、少年が私を通していった可能性は捨てきれないでしょう！　そうよね！

誰に言い訳するのやら、私は胸中で叫ぶ。

不意に握手会の時の私の言葉が浮かんだ。

勝ち目のない恋。見込みがないならきっぱり諦める。もっといい男がいるはずだから、そっちを探した方が有意義。

……そんなの無理よ。

今なら理解出来る。私があの時いかに残酷なことを口にしていたのかが。

こ、これが恋……。

エピローグ　二人の総理

「うぇーい一次選挙突破おめでとー。やったねぇ二人とも！」

放課後の公邸。うるはがばんざーいと両手を挙げ喜色満面の笑みで出迎えた。

「おいおい、なんでお前が祝う側なんだよ」

「そうね、本日一番の主役なのに」

肩をすくめて苦笑した俺の横で、冬華がくすくすと笑う。

三連休が終わり火曜日を迎えた今朝、天堂院では一次選挙の投票が行われた。

そこで桃島うるはは投票率10％を獲得し、見事一次選挙を突破したのである。まだ外者の支持の半分しか得られてないのが少し気になるところではあるが――なにはともあれ、今だけは勝利の余韻に酔いしれてもいいんじゃなかろうか。ほんと、正直うるはの立候補を聞いた時は、正直な話ここまで来れるとは思ってもみなかったし。

「改めておめでとう桃島さん。ここまで票を獲得出来たのは、間違いなく最初の貴女の演説が有権者の心を掴んだからよ。そこは誇りに思いなさい。もう貴女は既に、周りに馬鹿にされるだけの女ではないってことよ」

「えへへ、ありがとう冬華さん。冬華さんも頑張ったみたいというか、いやぁまさか冬華さんにあんな乙女な一面があったとはねぇ」

「なっ!?　ちょ、貴女もしかしてアーカイブで入れ替わる前のを見たの!?　卑怯よ！」

顔を赤くして冬華が唸った。

本人は絶対に話したがらないが、どうやら鮫島総理のプレラジの方も、大絶賛で終えることが出来たようだ。入れ替わってバトンを繋いだうるはが、終わった直後からまたやって欲しいと声が上がるくらい好評だったと満面の笑みで語っていた。

その甲斐あって、鮫島総理の支持率は急上昇。

●あなたは今の鮫島内閣を支持しますか？

支持する　43％　どちらかといえば支持する　36％

支持しない　7％　どちらかといえば支持しない　11％

どちらともいえない　3％

これが現在、アプリで見ることが出来る鮫島内閣の支持率。

一見では入れ替わったうるはがやらかす前にほぼ戻っただけの数字ではあるが、冬華と斉藤さんいわく増えたのは、元々なかった若い層からの支持だからとてつもなく大きい変化らしい。俺自身も知ってる中で、一度失速した支持率をここまで回復させた総理を見たことがないから、これが凄い所業なのだなってことはわかる。

　ちなみにそのアーカイブというのは、プライドの高い冬華が「あんなの私のキャラじゃないから消して」と斉藤さんに指示し、音声トラブルがあったことを理由に現在お蔵入りになっていて視聴できなくなっている。……アカウントの管理者であるうるはと斉藤さん以外に。冬華のいない時にこっそりうるはに頼んで見せてもらうことにしよう。

　ってなわけで本日はうるはは一次選挙突破&冬華支持率70%復活おめでとうパーティ。

　リビングでは斉藤さんが宅配で頼んだピザや飲み物を並べて準備をしていた。

　にしても、公邸にもちゃんと届けてくれるんだなピザって。この電話を受け取った店員が一体どんな反応したのかちょっと気になる。俺なら絶対悪戯電話だと考えるし。

　そうして、俺達はピザパーティを楽しんだ。が、その最中、冬華は高校生の身体のままお酒に手を伸ばそうとして斉藤さんに咎められたり、それなら胃袋で幸せを満たすと一人でＬサイズ一枚にがっついてたら「わたしの身体で食べすぎないで」とうるはに説教されていた。一国の総理に怒られてしゅんとなる金髪ＪＫ。この構図だと入れ替わりが起きてないように見えるのが、ほんと面白い。

　そうして、食べ終えた後——

「ちょっといいかしら？」

　宴もたけなわといったムードだったところに、急に真面目な顔になった冬華が俺とうるはを見た。

「実は二人に大事な話があるの」

冬華が斉藤さんに目配せすると、斉藤さんはこくりと頷き、話を引き継いだ。

「お二方の入れ替わりについてありとあらゆる角度から情報収集を進めていた結果、ようやく成果と言いますか、一つ奇妙な伝承に行き当たりました」

「奇妙な伝承？」

「はい。それはある図書館に眠っていた地域伝承を集めた古書に載っていたのですが——はるか昔、この国には入れ替わりの術に長けた陰陽師の家系が存在したとか。実際、その陰陽師の術によって外交と内政に長けた者を臨機応変に入れ替えて一人の絶対的な王を作りあげることで、長らくの繁栄を遂げたとされる地域があったらしいのです」

「な、なんだそれ……。ようするに、伝承は本当でその入れ替わりの術とやらが今でも実在して、例えば陰陽師の子孫か何かが冬華とうるはにその術を施したとでも言うのか？」

「まだ、そこまではっきりとは断言できないわ。ただ、斉藤からこの報告を受けた時、思ったの。仮に過去にそういった政治利用していた事例があるのなら、今でも水面下でそれを秘匿して利用している輩がいてもおかしくないんじゃないかって」

「けど、そうなってくると一つ不可解な点が出てくるよな。総理である冬華はともかく、なんで一女子高生でしかないうるはが入れ替わりの対象に選ばれたんだよ？」

「理由だけなら至極明解かと。考えてみてください。一国の国のトップが、全国模試最下位で世間知らずなお馬鹿ＪＫお嬢様と入れ替わるのですよ。普通だったら国の存続に関わる大パニックものですよね。それにもしこのメンタルお化けでなければ、重圧で潰れていたっておかしくありませんよ」

「んん、わたしもしかして、褒められてるようですごい悪口言われてない？」

「――ってことはなんだ。国家転覆を目論見、意図的に全国ビリのうるはを入れ替わり対象に選んだ何者かが存在するってことなのか？」

「流れとしてはそう考えるのが一貫性があるわね。もっとも、国家転覆までは考えていなくても政権交代を狙った野党の筋も考えられるけど――どちらにしろ私の、現政権の崩壊がメインだったと見て間違いないでしょう」

そんな陰謀に、俺の好きな子を巻き込んだやつがいるってのか。許せねぇ。

「古書によると、その入れ替わりの術とやらには、入れ替わり対象となる相手の身体の一部を用意しないといけないらしいのです。例えばベタに髪の毛だとか。ちなみに冬華の髪の毛なら、官邸に出入りしている人ならわりかし誰でも簡単に入手できる気はします」

「うるはの方は――ま、まさかあの学園に入れ替わり事件の関係者がいるとかそんなこと言わないよな」

冗談気味に笑うと、冬華は顔を顰めて、

「いえ、その可能性は否定できないわね。髪の毛自体はその気になればどうとでも採取できそうだけれど、こんな大それた作戦なら、私の入れ替え対象先はきっと慎重に選定されたはずよ。この人なら盛大にずっこけてくれると期待できる、それこそ、普段のやらかしまくりだった桃島さんを知ってるような……ね」

「天堂院学園といえば、数多の政治家達を輩出し、政治家のご子息も多く通う、政界とは切っても切れない関係です。学園関係者の中に政界と通じ入れ替わりに関与した人物がいてもおかしくはないかと」

「マジかよ……」

　重たい沈黙がのしかかる。

　しばらくすると、冬華が気持ちを切り替えるように大きく息をついた。

「で、その話を踏まえた上で、二人には私の夢――私が総理大臣となって成し遂げたかったことを聞いて欲しいの」

「冬華さんの夢？」

「そう私の夢であり理想。腐敗した政界の象徴である三嶋海星及びその取り巻き共――この国に蔓延る私欲を貪る悪党共全てを追放すること。この国の明るい未来を作るためには誰かが――私が成し遂げなければいけないことよ」

　強い眼差しで冬華はそう強く言い切った。

三嶋海星。青空党の最大派閥、三嶋派のボスにして巷では政界のドンと呼ばれる男。裏では相当ヤバイことをやってるって囁かれているが、その全てが噂の域を超えることはなく、警察・官僚と横の繋がりの強さから、たとえ人を殺しても捕まらない男と揶揄される化け物。冬華がこう言うってことは、ほぼほぼ真実なんだろう。

彼の悪事が白日の下に晒される時が来るなら、この国はきっと変わるに違いない。

「もし入れ替わりが鮫島冬華を失墜させるために仕組まれたものだとするなら、今頃この首謀者達は、自分達の思惑からの見当外れな展開にきっと腹を立てていることでしょう。今後より直接的な妨害が予想されるといいますか、苛烈な情勢に直面すると見るべきです」

「けど、そうなったところで私は絶対に立ち止まらない。だから、お願い。私の理想に少年と桃島さんの力を貸してもらえないかしら。こんなこと高校生の貴方達に頼むのは間違ってるし、図々しいってのは百も承知よ。――けど、貴方達と一緒なら、このふざけた状況であろうが、どんな困難でも乗り越えていける気がしたから」

どうかこの通りと誠心誠意を込めるよう、冬華が頭を下げた。

「んなの、今更頼まれなくともだろ」

とっくに俺の腹は決まっているんだから。

「うん、わたしも頑張るよー。わたしが冬華さんでいる間は、わたしが代わってこの国を悪党から守るヒーローになる!」

「ありがとう、二人とも」

冬華がまるでうるはのように、ふわっと柔らかで嬉しそうな笑みを浮かべた。

「もちろん、みんなで力を合わせて進むのは桃島さん側の生徒会長選挙だって同じよ。生徒会長になって、あの学園のふざけた暗黙のルールをぶっ潰すわよ！」

「うおおっその意気だよ冬華さん。えいえいおーだねっ」

決意の丈を表明するように冬華が振り上げた拳に、うるはがにぱあっと笑って呼応する。

それを目に俺はふと思う。二人と一緒に過ごしてわかったけど、性格や思考が真逆なこの二人が心の底から通じ合える要素はきっと数える程しかない。

冬華の理路整然とした考えはうるはにとってじれったいものに映り、うるはの考えるより行動が先のスタイルは冬華にとっては愚者以外の何者にも見えない。

今は順調でもこれから先、生徒会長選挙や政界のいざこざが苛烈になっていくにあたり、お互いの食い違いで様々なトラブルが生まれるだろうし、ひょっとしたら意見が平行線のまま衝突することだってあるかもしれない。そんな時、俺が二人のピンチを解決できるように、もっともっと勉強して二人の苦手を受け止めて代わってやれる存在になってやるんだ。その上にはきっと俺が何者かに至るための道がある、そんな気がするから。

ああ、なんつったってどの方向に行こうが勉強は自分を裏切らないからな。やってやる！

うるは side

「それじゃー、またねー」

公邸の玄関前に立ったわたしは、帰ろうとする二人を笑顔で手を振って見送る。

これはわたしが冬華さんの身体でいる時はいつもしていることだ。

「うーん、やっぱりまだ食べたりないわね。少年、二次会会場はどこ？」

「んなもんねぇよ。仮にあったとしても俺達高校生の二次会って言ったらカラオケかファミレスで、冬華の期待しているような場所には行かないからな」

「カラオケかぁ。それもありね。私、少年の歌声が聞いてみたいわ」

「だから仮の話で、行かないっていってるだろ。もうすぐ定期考査も近いんだし、帰って勉強だよ」

「はぁ、ご苦労なことねぇ」

「他人事のように感心してるとこ悪いけど、場合によっちゃ冬華だってこのままテストに――いや、心配する必要なかったわ忘れてくれ」

「ねぇ、私がひーくんに勉強教えてあげよっか？」

「お、おまっ、今わざとひーくんって呼んだだろ」

斉藤さんの車に向かいながら談笑する二人の後ろ姿。

「…………」

最近の二人は自然体というか、出会った時よりずっと仲良くなったと思う。

わたしとひーくんとまではいかないけれど、それに近い距離感はあるんじゃないかな。

入れ替わった冬華さんがわたしを演じる以上、ひーくんと仲良くいることはいつものわたしの日常であっていいことだし、学園のみんなにだっていつも一緒で仲のいい二人以外には見えてないはず。うん、なにもおかしくはないはず。

——けど、なんだろう。

最近そんな二人のことを見ていると、わたしの世界から色がなくなるっていうか。

なーんにもやる気が起きなくなるんだよねぇ。

弘樹 side

「——ねぇ。少し二人きりで話さない？」

公邸から解散し、送ってくれていた斉藤さんの車がうるはの家につくと、冬華にそう声をかけられて俺は一緒に車を降りた。

場所は初めて入れ替わりが起きた時に寄った公園。夕暮れ時で少し肌寒さを感じるこの場には、今は俺達しかいない。あれからもの凄く色々ありすぎて随分昔のことに感じるけど、まだ二週間ちょいしか経ってないんだよな。なんだか不思議な気分。

「で、話ってなんだよ？」

「私、改めて考えたのよ」

「は？　改めて考えた――って、なにをだよ？」

「少年が私に勝つために努力するというなら、私もそれ相応に、苦手な恋愛について向き合うべきだって。あの場でラジオをやり過ごすだけの付け焼き刃ではなく、いつか好きって思える人と本当に恋人になれるように真剣に取り組もうと」

「お、おう。前向きなのはいいことなんじゃないのか」

意外な話に少し戸惑う。これは冬華の負けず嫌いに火を付けたってことなのだろうか？

そう小首を傾げる中、

「そ、それにはこれまで以上に少年の協力が必要になってくるのだけど、もちろんいいわよね？」

何故だか顔を赤くさせた冬華はスカートの端を持ち珍しく自信なげに口を開いたかと思うと、次の瞬間、俺の服の裾をぎゅっと掴んで――

「私、負けたくないの。本気でやるからこそ絶対に！　たとえどれだけ失敗しても……最後には勝ってみせたい！」

まるで懇願するように上目使いで俺を見つめた。

「あ、ああ、もちろん。好きなだけ利用しろって言ったのは俺だもんな。男に二言はない」

急に迫られたことに顔が赤くなって戸惑いつつも、俺の意思は変わらないとはっきりと返す。なにをどう協力するのかまったくもって未知数だけど、いつか好きって思える人と本当に恋人になれるように——ってことは、理想のタイプを探すとかそういう感じだろうか？　あの自分が世の中で一番天才だと思ってそうな冬華が惚れるような人ねぇ……。うわ、想像つかねぇ……。

「そう、協力してくれるのね。なら、よかった」

などと悶々としている間に、冬華は手を放し満足そうに頷くと、

「絶対に、絶対によ。政治家を目指してる貴方が、言葉に責任を持たないなんて絶対に駄目だから。これからもよろしくね、弘樹——うふふっ」

口に両手を当て、にぱぁっと心の底から喜んでいることがわかる——まるで本物のうるはが見せるような満面の笑みを咲かせたのだった。

なんだろう。そんな彼女を見ていると心が早鐘を打つというか——

今、目の前の人が可愛く見えて仕方ない。

こんな感想を覚えたのは、うるはの顔で一番好きな表情が見れたからか。それとも、冬華の子供じみた一面に不意にときめいてしまったからなのか。

答えは俺自身にもわからなかった。

あとがき

みなさんこんにちは、作者の広ノ祥人（ひろのよしと）です。初めましての方は初めまして。

今作は毎度お馴染（なじ）みの学園ラブコメだけど、メインヒロインの一人はなんと総理大臣とぶっ飛んだ配役に、広ノらしいちょっと不思議な要素を混ぜ合わせ、おもしろおかしくそしてニヤニヤできる他とは一風変わったラブコメに仕上がっております。この本で少しでも楽しんでもらい、学業やお仕事の息抜きになれたら本望です。ギャップ萌は正義！

さて、ここからは謝辞となります。

担当編集者様。毎度毎度、不肖な自分のせいで余計な気苦労をおかけしてしまい本当に申し訳ないです。今回も貴方（あなた）様の助力のおかげでここまで辿（たど）り付くことができました。今後とも精進していきますので、どうか見捨てないでくださると幸いです。

イラストレーターの猫麦（ねこむぎ）様。お忙しい中、素敵でかわいいイラストの数々誠にありがとうございます。締め切りに追われて体力精神共にギリギリの中、猫麦様のイラストに何度癒やされて活力をもらったかわかりません。間違いなく、僕の命の恩人です。

その他、この本の出版・販売に関わってくれた全ての方々。本当にありがとうございました。そして最後に読者の皆様。作家とは読者の存在があってこそ成り立つものです。お手に取ってくださり心からの感謝を。それでは、またお会いできることを願って。

MF文庫J

恋愛クソザコ女が、大好きなあの子のカラダで迫ってくる

2023年 2 月 25 日　初版発行

著者　広ノ祥人

発行者　山下直久

発行　株式会社 KADOKAWA
〒102-8177 東京都千代田区富士見 2-13-3
0570-002-301（ナビダイヤル）

印刷　株式会社広済堂ネクスト

製本　株式会社広済堂ネクスト

Printed in Japan　ISBN 978-4-04-682209-3 C0193

◇◇◇

※この物語はフィクションです。登場する人物・団体・地名等は、実在のものとは一切関係ありません。

【ファンレター、作品のご感想をお待ちしています】
〒102-0071 東京都千代田区富士見2-13-12
株式会社KADOKAWA　MF文庫J編集部気付「広ノ祥人先生」係　「猫麦先生」係